김형신 게임 판타지 소설
GAME FANTASY STORY

뉴월드 NEW WORLD

뉴 월드 6

김형신 게임 판타지 소설

초판 1쇄 찍은 날 § 2009년 1월 13일
초판 1쇄 펴낸 날 § 2009년 1월 19일

지은이 § 김형신
펴낸이 § 서경석

편집장 § 문혜영
편집책임 § 최하나
편집 § 정서진 · 유경화

펴낸곳 § 도서출판 청어람
등록번호 § 제1081-1-89호
등록일자 § 1999. 5. 31
어람번호 § 제1-1021호

주소 § 경기도 부천시 원미구 심곡2동 163-2 서경B/D 3F (우) 420-822
전화 § 032-656-4452 팩스 § 032-656-4453
http://www.chungeoram.com
E-mail § eoram99@chollian.net

ISBN 978-89-251-1645-7 04810
ISBN 978-89-251-1428-6 (세트)

김형신 게임 판타지 소설

GAME FANTASY STORY

NEW WORLD

뉴월드

영혼의 소멸 ⬥ 6

부제 *Maestro* 마에스트로

〔It.=master〕n, (pl, maestros, -stri〔〕:fem, -stra〔〕)
1. 대음악가, 명지휘자
2. 〔Maestro〕1에 대한 경칭
3. (예술의) 명인, 거장

도서출판 청어람

Contents

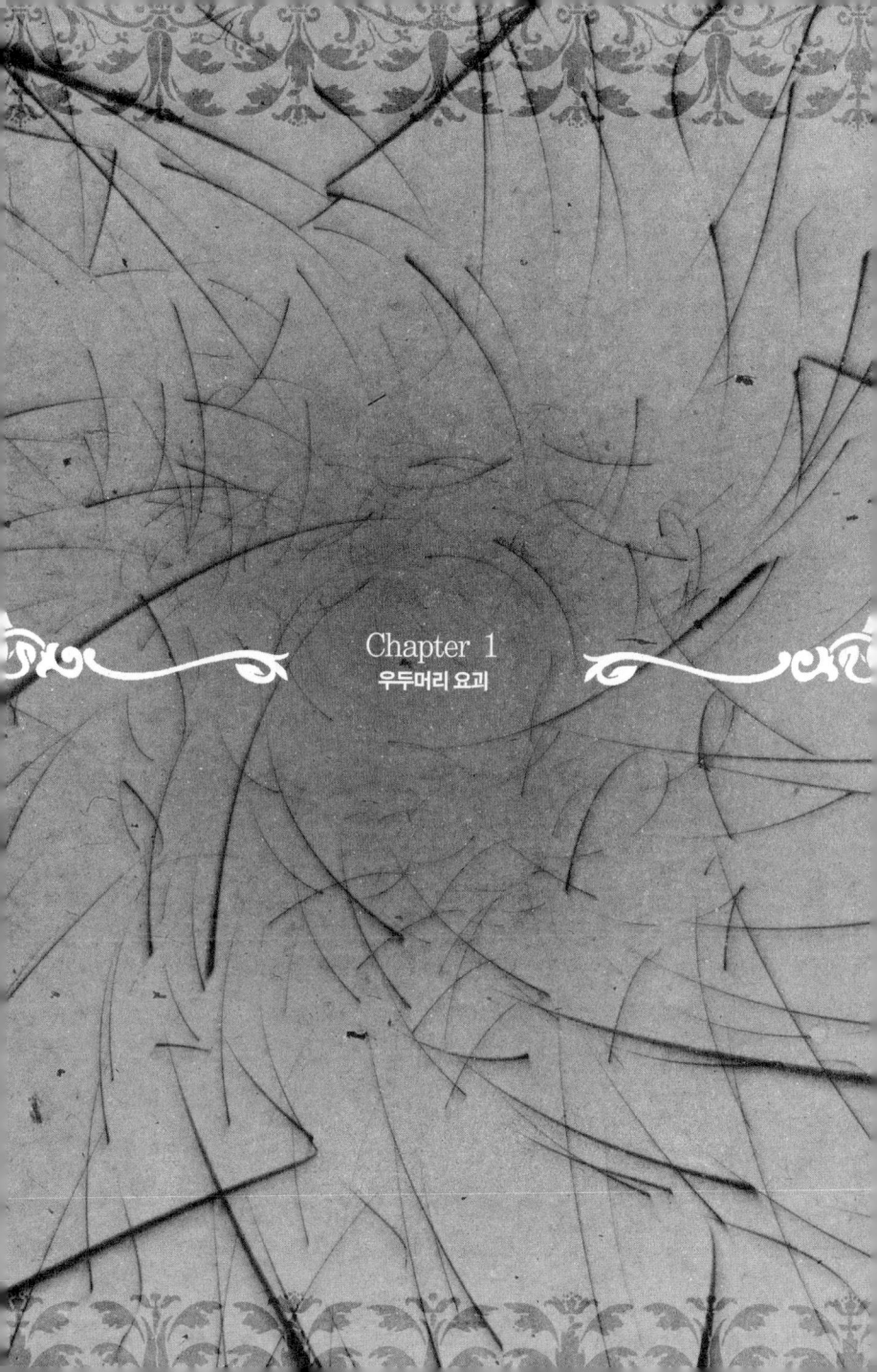

Chapter 1
우두머리 요괴

NEW 뉴월드
WORLD

"라지, 아지!"

예전보다 더욱 많아진 부하 벌들을 확인하자 루운은 다급히 둘을 소환했다.

합체를 한다면 더욱 강력해진 힘과 능력을 보유할 수 있겠지만, 일단은 부하 벌들이 더 큰 문제였다.

합체를 해서 벌들 모두에게 타깃이 될 바에야 차라리 라지와 아지한테 부하 벌들을 맡기고, 자신은 우두머리 벌을 해치우는 편이 더 나았다.

한마디로 라지와 아지는 몸빵!!

"주인, 이것들은 뭔가?"

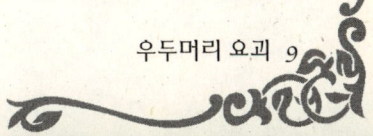

라지는 자신의 몸 주변을 덮은 끈적이들을 쳐다보며 짜증 난 어투로 물었다.

화르르륵!

불꽃이 사방을 휩쓸었다.

흰 벌들이 라지뿐 아니라 아지한테도 끈적이를 발출했는데, 아지가 불꽃을 소환해 태워 버린 것이다.

다행스럽게도 끈적이는 불꽃에 약한 듯 순식간에 재가 되어 흩날렸다.

"호홍. 이 작은 벌들을 처치하면 되는 것이죠?"

아지가 가볍게 몸을 흔들며 말하자, 루운은 고개를 끄덕이며 우두머리 벌을 쳐다봤다.

라지와 아지가 부하 벌들을 상대로 몸빵… 아니, 상대해 줄 동안 자신은 우두머리 벌을 쳐야 했다.

그러면 부하 벌들 역시 자연스럽게 사라질 것이다.

그들은 우두머리 벌에서 태어난 것처럼 보였으니.

"초월, 자연의 마나!!"

슈파아아앗! 퍼퍼퍼퍼펑!!

초월과 함께 능력치가 상승하자 루운은 자연의 마나를 연속으로 발휘했다.

십자 형태인 자연의 마나는 루운의 앞에서 진로를 막고 있는 붉은 벌들을 노렸고, 부딪치는 순간 폭발이 연달아 일어났다.

"라지, 아지! 너희들을 믿는다!"

언제나 팀플레이에서 중요한 것은 믿음이자 호흡이었다.

서로가 무엇을 하려는지 일찍 파악하고, 서로의 빈틈을 채워주면서 1+1은 2가 아닌 3, 4가 될 수 있게 힘을 합치는 것!

'라지 저놈도 상황 파악을 했군.'

루운은 힐끔 뒤를 쳐다보며 실소를 흘렸다.

나타나자마자 끈적이를 맞아 열이 받아서인지, 아니면 자신이 투덜될 상황이 아니라는 것을 알아차려서인지 내심 걱정과는 달리 라지는 열심히 싸우고 있었고, 아지 역시 전력을 다해 불꽃을 일으켰다.

"이제 네놈과 나의 승부다! 심결!"

루운은 거대한 우두머리 벌을 노려보며 스킬을 시전했다.

보였다. 벌의 무수한 결들이! 그중에서 유독 빛을 발하고 있는 커다란 결도!

"폭룡, 죽음의 검!"

키에에에!! 쿠쿠쿠쿠쿵!! 슈슈슈슈슈슈슉……!!

사방에서 폭룡들이 소환되어 우두머리 벌의 시선을 빼앗았다.

루운은 폭룡으로 큰 데미지를 줄 생각이 없었다. 범위 스킬이기에 하나하나의 위력은 크지 않으니 말이다.

그러나 적어도 우두머리가 폭룡에 신경을 돌릴 수 있게 만들었고, 그 틈새를 16개의 검기가 파고들었다.

16개의 검기는 사방이 아닌 우두머리 벌의 한 결을 향해 내리꽂혔고, 그와 동시에 우두머리 벌의 신형에서 황금빛이 발출되었다.

스파아아앗! 우우우우웅…….

'뭐, 뭐지?'

루운은 이마를 찌푸리며 뒤로 물러섰다.

빛의 세기가 점점 강해지더니 마치 폭풍처럼 휘몰아쳤다. 그로 인해 두 눈은 떠져 있으나 장님과 다를 바 없었고, 잠시 시간이 지난 다음 힘겹게 눈을 감았다 뜬 루운의 얼굴이 창백해졌다.

'무슨 소리인가 했네.'

빛이 발출되면서 귀를 울리는 듯한 진동이 들렸었다.

처음에는 아니기를 원했다. 하나, 자신의 좋지 않은 예감은 역시나 적중하고 말았다.

'세기도 힘들군.'

루운은 라지와 아지의 옆으로 몸을 움직였다.

"이봐, 주인. 너무 많다."

라지가 솔직한 심정을 담아 털어놓았다.

현재 눈앞은 물론 온 사방에 있는 벌들은 수를 세는 것조차 힘들 정도였다.

얼마나 많은지 마치 거대한 물줄기를 연상케 했다. 루운은 재빠르게 머리를 굴렸다.

어떻게 해야 놈들을 해치울 수 있을까?

답은 간단했다. 우두머리가 있는 한 부하들은 무한 재생이 될 테니, 우두머리 벌만 해치우면 된다.

그러나 우두머리 벌은 방금 전 한곳으로 뭉쳐진 죽음의 검에도 큰 부상을 입지 않은 듯했고, 오히려 빛이 더 진해진 것이 화만 돋운 것 같다.

더군다나 이제는 빈 곳을 찾을 수 없을 정도로 벌들의 수가 많아 우두머리 벌을 향해 파고드는 것 역시 쉽지 않았다.

'어쩔 수 없지.'

루운은 최후의 방법을 선택했다.

사실 자신의 뜻대로 되지 않을 확률도 많았고, 자칫하면 휩쓸릴 수도 있겠지만 어쩔 수 없었다.

"내가 신호를 보내면 합체한다."

루운의 말에 라지와 아지는 고개를 끄덕이며 자신들의 전력을 방출했다.

"가자!"

루운이 앞으로 솟구치며 검을 휘둘렀다.

폭룡이 흰색의 부하 벌들을 휩쓸었다. 지금부터 펼칠 작전에 있어 가장 까다로운 것이 움직임을 방해하는 끈적이인 탓이다.

그 뜻을 알아치린 리지와 아지도 독을 풍겨 능력에 문제를 주는 검은 벌을 최대한 피하며 흰색 벌만을 해치우도록 노력했고, 흰색 벌들을 찾을 수 없는 시점이 오자 루운은 기다렸다는 듯 스킬을 시전했다.

"검은 달!"

슈슈슉!

루운의 신형이 갑작스럽게 사라졌다.

그러자 루운을 노리던 검은 벌과 붉은 벌들은 다급히 주변을 향해 고개를 저었다.

그리고 볼 수 있었다. 어느새 자신들의 우두머리 뒤로 이동한 루운을!

"합체!!"

루운은 이동하면서 기습 공격을 한 뒤 곧바로 합체를 시전했다.

그 후, 부하 벌들이 달려오는 것을 확인하며 최대 데미지를 입히는 폭주를 우두머리 벌의 곁을 향해 시전했다.

콰지지지직!!

벌의 갑옷 같은 육체에 금이 가기 시작했다.

'빨리, 빨리!'

"파멸!"

뒤를 이어 두 번째로 높은 데미지를 자랑하는 파멸까지 발휘되었다.

부하 벌들이 지척까지 접근한 상황이라 빨리 피해야 했지만 최대의 데미지를 주기 위한 선택!

그로 인해 우두머리 벌의 육체는 폭발을 일으키며 휘청거렸다.

폭주가 가격한 곳을 한 치의 오차 없이 파멸이 재차 가격했기에 견디지 못한 것이다.

"검은 달!"

곧바로 검은 달을 시전하는 루운. 하지만 부하 벌들은 이미 루운의 신형과 닿은 상황이었고, 곧 절벽이 무너지는 듯한 폭발음이 사방에 울려 퍼졌다.

콰콰콰쾅!! 콰콰쾅! 콰콰콰쾅!!

첨벙! 촤아아악!

돌덩어리들이 계속 떨어져 거친 물결을 자랑하는 호숫가에서 루운이 솟구쳐 오르며 모습을 드러냈다.

"푸하! 위험했다."

루운은 호수에서 벗어나 잡초가 무성한 지면에 드러누웠다.

'그래도 해냈으니 다행이구나.'

루운은 가슴이 떨렸던 조금 전 상황을 생각하며 웃음을 흘렸다.

루운이 노렸던 것은 바로 붉은 벌들의 자폭이었다.

그 하나하나는 위력이 크지 않지만 수가 워낙 많다 보니 분명 엄청난 데미지를 입힐 것이라 예상했다.

그렇기에 최대한 그 데미지를 더 입히게 하려고 두 개의 스킬을 한곳에 시전해 육체를 파괴한 것이다.

제아무리 우두머리라 할지라도 속 안까지는 보호하지 못할 테니.

그리고 위급한 순간 가장 멀리 떨어져 있던 부하 벌에게 검은 달을 시전해 최대한 직접적인 데미지를 피할 수 있었다.

물론, 그 많던 붉은 벌들이 거의 동시에 폭발해 버려 그 여파는 모두 피할 수 없었지만 말이다.

'다행스럽게도 물이 있었어.'

절벽에서 내려다봤을 때는 너무나 멀어 호수를 발견하지 못했었다.

만약 호수가 존재하지 않았더라면 아무리 뉴 월드 속 육체라 할지라도 충격을 이기지 못한 채 죽었을 것이다.

그만큼 절벽의 높이는 대단했다.

하지만 호수 안으로 떨어졌기에 충격의 여파를 줄일 수 있었다.

만약 현실의 몸이었더라면 물에 떨어졌다 할지라도 죽었겠지만, 다행스럽게도 뉴 월드 속 육체와 높은 생명력으로 인해 살 수 있었다.

"이제 어디로 가야 하나?"

호흡을 가다듬고 생명과 피로도를 회복한 루운은 주변을 두리번거렸다.

처음부터 영문도 모른 채 이곳에 들어오게 되었다.

단지 강해지기 위한 것이라는 말만 들었을 뿐 어디로 가야 하는지, 어떻게 해야 하는지도 알 수 없었다.

'일단 들어가 봐야겠군.'

눈앞에 존재하는 숲을 바라보며 잠시 갈등 속에서 머뭇거리다 결정을 내린 순간이었다.

그때 어린아이의 비명이 들렸다.

"사, 살려주세요!"

스파아앗!

루운은 그 소리를 듣자마자 생각할 겨를도 없이 빠르게 숲 안으로 몸을 날렸다.

어차피 들어갈 계획이었지만, 이곳에서 처음 만나게 된 NPC를 죽일 수 없었다.

혹시 이곳에 관한 지식과 정보를 가지고 있을 수도 있으니.

"살려주세요! 으아악!!"

"괜찮으냐?"

수풀을 헤치고 달리던 루운은 어린 소년을 발견하자마자 팔을 벌리며 안을 태세를 갖추었다.

그러자 소년 역시 루운에게 악의가 없다는 것을 알아차리며 그의 품에 안겼다.

"무슨 일이지?"

지저분하게 긴 머리카락으로 얼굴을 덮고 있는 소년은 열 살쯤 되어 보였는데 무서운 것을 보기라도 한 듯 잔뜩 겁에 질려 있었다.

또한 온몸에는 식은땀이 가득했고, 루운의 말에 다급히 손가락으로 한곳을 가리켰다.

두두두두두두······.

루운은 소년의 손가락이 향하는 곳을 쳐다보다가 자리에서 벌떡 일어섰다.

그러자 멀리서 다가오는 어마어마한 수의 무리들이 눈에 들어왔다.

"도대체 무슨 일이지?"

"요괴들이에요!"

"요괴?"

"네! 얼른 도망치세요! 아저씨도 잡아먹힐지 몰라요!!"

루운의 당혹스러운 표정에 소년이 서둘러 외쳤다.

"일단 이곳에 있어라."

루운은 아이의 말처럼 도망칠까도 생각했지만 포기하고 소년을 바닥에 내려놓았다.

앞에는 호수가 있었고 자신은 길도 모르는 상태였다.

물론 무작정 달리다 보면 피할 수도 있겠지만 그보다는 강해지고 싶었다.

이곳은 자신의 수련을 위한 주술로 만들어진 세계였다.

그런데 도망친다면 주술진의 의미 자체가 사라지게 되는 결과였다.

"죽어요… 죽을 거예요! 같이 도망쳐요!!"

힘을 주지는 못할망정 불안한 예언 남발!

루운은 쓴웃음을 흘리며 소년의 머리를 쓰다듬었다.

요괴들로 인해 끔찍한 것들을 보고 겪었을 테니 저런 반응이 당연했다.

더불어 자신이 수많은 요괴를 단번에 해치울 수 있는 인물로 보이지도 않을 테고 말이다.

"걱정하지 마라. 위험하다 싶으면 돌아올 테니. 그리고 형은 생각보다 강하다."

루운은 그 말을 남긴 다음, 요괴들이 돌진해 오고 있는 방향으로 걸음을 옮겼다.

사아아아아…….

붉은, 아니, 그보다는 여러 가지 색이 합쳐진 듯한 무지개 빛깔의 새가 허공에 모습을 드러냈다.

전설에나 나오는 것처럼 커다란 새는 허공을 몇 바퀴 돌다가 자신의 주인이 명하자 빠르게 지면으로 내리꽂혔다.

콰아아앙!!

대지가 흔들렸다. 땅은 금이 가는 것도 모자라 산산조각났으며 몬스터 무리는 형체를 찾아보기 힘들었다.

"돌아와라."

자신의 펫인 새를 부르자 새는 알아듣는 것처럼 고개를 끄덕이며 역소환됐고, 적월은 약속 시간이 다 되었다는 것을 떠올리며 장소를 이동했다.

쪼르르르륵.

술잔에 술이 가득 채워졌다.

적월은 김이 모락모락 나는 잔을 천천히 집어 들었다.

그 앞에는 레니아가 앉아 있었는데, 그녀가 그에게 물었다.

"준비는 잘되어가고 있어?"

"준비할 것이 뭐 있겠어?"

"하긴, 그것도 그렇다. 실제의 전쟁이 아니니 식량이나 자금줄 등… 여러 가지가 거의 필요없지."

레니아는 적월의 대답에 코웃음을 흘리며 맞장구쳤다.

"응? 쟤들?"

그 순간, 입구를 쳐다보던 레니아가 의외라는 표정을 짓자 적월은 무심히 고개를 돌렸다가 이내 두 눈을 반짝였다.

그곳에는 플루와 아리스가 서 있었다.

"고개 돌려."

다급히 레니아에게 낮은 어조로 말하는 적월.

그 속내를 알아차린 레니아는 의미심장한 미소를 흘리며 옆으로 천천히 고개를 돌렸고, 둘이 있다는 사실도 모른 채 플루와 아리스는 자리를 잡고 앉았다.

"너희들의 뜻이었나?"

아리스의 차가운 질문에 플루는 길게 한숨을 내쉬며 앞에 놓인 찻잔을 만지작거렸다.

아리스에게서 만나자는 귓속말이 왔을 때부터 예감은 하고 있었지만 막상 들이닥치니 답답했다.

그렇다고 진실을 얘기할 수도 없는 노릇이고 말이다.

'말해서는 안 되겠지……?

루운이 말했다. 언제 어디서든 다크스 길드의 누군가가 있을지 모르니 계획이 끝나기 전까지는 항상 거짓된 가면을 쓰고 있으라고.

또한 이번 일은 자신들과 루운, 쟈케만 알고 있는 것이었다.

그렇기에 아무리 안전해도 말해서는 안 되었다. 그렇지 않다면 이미 귓속말로 모두 알려줬을 테니.

"미안합니다."

"지금 미안하다는 말이 나와?"

아리스가 고함을 빽! 질렀다. 참고 참았던 화가 터져 버린 것이다.

자신은 사과를 바라고 온 것이 아니었다. 단지 이유를 알고 싶을 뿐이었다.

다크스에서 시킨 것인지, 아니면 그들 스스로가 벌인 일인지! 또한, 정말 변심해서 이제는 그랜드 길드원들을 적으로 판단하고 있는지 등등 말이다.

한데 플루는 사과만 할 뿐 그 외 다른 말을 하지 않자 감정을 제어하기가 힘들었다.

자신이 죽었다. 스윈도 죽었다. 루나도 죽었다!

만약 지금 마을 안이 아니었다면 아리스는 바로 공격을 했을지도 모른다.

"더 이상 할 얘기가 없을 듯하군요."

결국 플루가 그 어떤 것도 해명하지 않은 채 자리에서 일어섰다.

그러자 아리스 역시 함께 일어서며 그의 멱살을 잡았다.

"내가 알고 싶은 대답을 하기 전까지는 못 가."

아리스의 두 눈동자가 살기로 가득 차 있었다.

그 모습에 플루는 쉽게 빠져나갈 수 없다고 판단했다.

'끝나기 전까지는 피하고 싶었는데……'

플루는 속으로 길게 한숨을 내쉬었다.

분명 나중에 모든 사실을 알게 된다면 오해는 물론 안 좋은 감정들도 사라질 것이다.

하나, 그전까지는 달랐으며 이런 불편한 자리가 너무나 싫었다.

마음은 안 그런데 겉으로는 상처를 줘야 하는 현실이 가슴 아팠다.

그러나 나오지 않으면 다크스 길드까지 찾아온다는 아리스의 말에 결국 이 자리까지 와야 했고, 플루는 이를 악물 수밖에 없었다.

지금은 어쩔 수 없다. 웬만해서는 사과만 하고 뜰 생각이었지만 아리스는 절대 그 선에서 만족하지 않을 테니.

"저희들의 결정이었습니다. 저희는 다크스로 들어갔고, 그들에게 믿음을 주고 싶었으니까요. 이제 저를 비롯한 진조 형과 샤니아, 릴리는 더 이상 그랜드가 아닙니다. 또한 다크스에 있는 한… 그랜드는 저희의 적일 뿐입니다."

스르르륵.

플루의 직접적인 발언이 터져 나오자, 아리스는 저도 모르게 멱살 쥔 손에 힘이 풀렸다.

아니기를 바랐다. 다들 같은 생각이었다.

그날의 사건은 무슨 일이 있었을 것이라고… 애써 믿었다.

하지만 따로 만난 지금까지도 플루는 그 기대를 무참히 깨뜨렸고, 아리스는 차갑게 웃으며 자리에 앉았다.

"그래, 너희들의 뜻 잘 알겠다……."

이를 꽉 깨문 아리스의 대답.

플루는 손이 파르르 떨렸지만 애써 티내지 않으며 발길을 돌렸다.

'죄송합니다.'

마음속으로나마 아리스와 모두에게 사죄를 하며.

"이제 의심하지 않아도 되겠군."

플루가 나가고 머지않아 아리스도 밖으로 빠져나가자, 곁에서 얘기를 잠자코 듣고 있던 적월이 만족스러운 미소와 함께 말했다.

그는 변함없이 그들에 대한 일말의 의심을 놓지 않고 있었다.

비록 그날 셋을 죽였다 할지라도 혹시나 하는 마음 때문이었다.

하나, 오늘 일로 인해 그 의심이 불필요하며, 넘어온 넷 모두 진심이라는 사실을 알 수 있었기에 웃음을 잃지 않은 채 술을 넘겼다.

왠지 술이 달게 느껴졌다.

스파아앗! 좌아아악!!

루운은 미친 사람처럼 검을 움직였다.

마나가 다 떨어졌기에 어쩔 수 없는 선택이었으며, 그러다 일정 마나가 차면 범위 스킬을 시전했다.

'경험치, 경험치, 경험치!!'

두 눈에 가득 차오른 광기!

요괴들의 수는 끝이 없었다. 허공을 나는 요괴도 있었고, 짐승을 닮은 놈들도 존재했다. 그런데 놈들은 조금 전에 상대했던 벌과는 달리 경험치를 줬다.

그것도 라르크를 안 줘서인지 꽤 많이 말이다!

그래서 루운은 위험한 순간이 와도 피하지 않고 요괴를 상대하고 있었다.

물론 생명이 아슬아슬할 때까지 도달할 경우에는 주변을 돌며 생명과 마나를 회복했다.

현재 이곳은 주술진으로 만들어진 세계였기에 포션을 사용할 수 없어 죽을 수도 있기 때문이었다.

"라지, 아지! 어디서 농땡이냐!!"

오랜만에 광렙을 하게 되자 루운은 폭군으로 돌변해 있었다.

라지와 아지 역시 최선을 다해 요괴들을 쓰러뜨리고 있음에도 끊이지 않는 잔소리!

"폭룡!!"

루운의 주변에서 폭룡들이 나타나 10여 마리의 요괴들을 휩쓸었다.

'일단 빠지자.'

그러면서 소년이 없는 곳으로 달리기 시작했다.

처음에는 소년을 따라왔었지만 이제는 자신만을 노리며 움직였기에, 소년을 지키기도 하면서 자신의 생명과 마나를 채울 수도 있었다.

'속도가 느려서 감사하군.'

요괴들은 전체적으로 움직임이 느렸다.

그렇기에 루운이 맘먹고 달리면 거리가 벌어졌다.

그러나 루운에게도 문제점이 있었으니, 바로 피로도였다.

포션은 물론 음식도 인벤토리에서 꺼내 먹을 수 없었다. 그렇다 보니 피로도를 회복할 길이 전혀 존재하지 않았다.

자리에 앉아서 쉬는 방법이 있기는 했지만 말이다.

'한 번만 더 쓸어버린 다음, 거리를 최대한 벌리고 누워서 쉬어야겠어.'

루운은 자신을 노리며 달려드는 요괴 떼를 쳐다보며 폭룡을 준비했다.

현재 가장 유용한 스킬이 범위 능력을 가진 폭룡과 죽음의 검이었는데, Max가 되면서 위력은 강해졌지만 마나 소모는 오히려 예전보다 줄어들었기에 많은 마나도 필요하지 않았다.

우두두두두두…….

요괴들이 분노의 괴성을 지르며 달려왔다.

그런 루운의 곁에는 라지와 아지가 복귀를 한 상황이었고, 거리가 좁혀지자 루운은 폭룡과 죽음의 검을 연달아 시전하려고 했다.

하지만 루운의 목적은 실행될 수 없었다.

요괴들 앞으로 갑작스럽게 소년이 나타났기 때문이었다.

"이것 참… 제 새끼들이 다 죽어나가는군요."

"무슨 소리……."

루운은 소년의 갑작스러운 말에 앞으로 한 걸음 내디뎠다가 멈췄다.

자신이 보지도 못할 움직임으로 앞에 나타났다. 그리고 요괴들을 자신의 새끼들이라 표현했으며, 아까는 흉포하게 소년을 쫓던 요괴들 역시 지금은 얌전히 그의 뒤에 서 있다.

'설마……'

루운의 머릿속으로 빠르게 생각이 스쳐 지나갔다.

"처음에는 이곳에 인간이 나타났기에 장난을 쳤지만 더 이상은 곤란합니다. 이 녀석들을 만들어내기가 쉽지 않거든요."

수련치고는 어쩐지 약하다고 생각했다.

다만 레벨 업을 빨리 돕는 특혜라고 판단할 뿐, 깊게 파고들지는 않았다.

그런데 이런 내막이 숨어 있었을 줄이야…….

"이제부터는 제가 상대해 드리겠습니다. 크아악!!"

소년의 얼굴에서 비웃음이 사라짐과 동시에 강력한 기운이 발출되었다.

"크으윽."

우드드득! 우드드득!!

괴이한 소리와 함께 무운은 뒷걸음질쳤다.

소년의 몸이 변하고 있었다. 연약해 보이는 살을 뚫고 단단하고 거친 무엇인가가 튀어나왔다.

"후우… 그러면 시작해 보죠?"

"그게 네 본모습인가?"

잠시의 시간이 지나고 완성된 소년을 바라보며 루운은 힘겹게 말을 내뱉었다.

검은색의 거북이 등 껍질 같은 육체, 등 뒤에 솟아오른 한쪽 날개, 마지막으로 붉은 눈과 두껍고 길어진 손톱…….

'위험하다.'

외형만으로도 위협적인 존재. 하나 정말 무서운 것은 바로 온몸에서 내뿜는 기운이었고, 루운은 놈이 자신보다 강하다는 사실을 느낄 수 있었다.

스파아아앗!

"음? 끝이 아니었군요?"

소년의 모습을 하고 있었던 우두머리 요괴가 한 걸음을 내딛자, 루운은 다급히 합체를 시도했다.

그러자 우두머리 요괴는 뜻밖이지만 흥미롭다는 표정으로 루운을 쳐다봤다.

"이제 가도 됩니까?"

변신을 마친 루운은 요괴의 말에 고개를 끄덕였다.

"긴장하세요."

스스스스…….

말이 채 끝나기도 전에 우두머리 요괴의 신형이 흐릿해졌고, 루운은 다급히 앞으로 전진했다.

쉐에엥!

루운의 예상은 적중했다.

우두머리 요괴는 루운의 바로 등 뒤에 나타나 손을 움직였는데, 뒤도 돌아보지 않은 채 몸을 앞으로 움직여 겨우 피할 수 있었다.

"검은 달!"

슈숙!

루운은 지지 않고 맞받아쳤다.

검은 달을 발휘해 자신 역시 우두머리 요괴의 등 뒤로 움직여 기습을 시전했다.

콰아아아앙! 지이이잉!

'대단히 단단하다!'

하나 루운의 공격은 보기 좋게 실패하고 말았다.

우두머리 요괴 역시 기습에 놀라기는 했지만 다급히 손을 휘둘러 검을 막은 것이다.

그런데 검과 손이 부딪쳤는데 통증은 오히려 루운이 느꼈다.

"이런, 방금 전 움직임은 저도 놓칠 정도군요. 이거 흥미로운데요?"

우두머리 요괴의 입가에 진한 미소가 지어졌다.

말은 흥미롭다 하지만 분명 즐기고 있는 것이었으며, 여전히 자신이 승리한다는 확신을 가지고 있는 표정이었다.

'피해야 한다.'

그런 우두머리 요괴의 자신만만한 얼굴에 루운은 이길 수 없다고 판단했다.

아직 스킬의 일부만을 발휘한 것이지만, 본능적으로 상대의 강함은 알 수 있었다.

지금 눈앞에 있는 녀석은 절대 현재 상태로 이길 수 없다!

'훗날… 갚아주자.'

결국 루운은 결정을 내렸다.

지금은 상대할 수 없지만, 놈을 피해 다니며 약한 요괴들을 쓰러뜨린다. 그리고 레벨과 능력이 만족스러울 때까지 오르는 순간! 그때 놈을 피하지 않고 상대한다.

"검은 달! 심결!"

결심과 함께 루운은 재차 우두머리 요괴를 압박해 들어갔다.

그 모습에 우두머리 요괴는 잠시 당해주겠다는 듯, 공격을 하지 않으며 방어를 하기 시작했다.

"폭주, 폭룡!!"

콰지지직! 콰콰콰쾅!!

강력한 폭주와 더불어 사방에서 폭룡들이 소환되어 덮쳐들었다.

그러자 폭주의 파괴력으로 인해 우두머리 요괴 역시 주춤거렸는데, 그사이 루운은 허공으로 치솟았다.

"다음으로 미루지."

쉐에에엥!

루운은 그 말을 남기며 빠르게 자리를 피했다.

도망치는 것이 자존심 상하기는 했지만 살아야 갚아줄 수도 있는 법이었다.

또한 포션도 쓸 수 없고, 다시 이곳에 올 수 있을지도 확신할 수 없는 상황이었기에 괜한 오기를 부려서도 안 되었다.

"도망칠 수 있다고 믿으십니까?"

하나, 우두머리 요괴는 루운을 보내줄 생각이 없다는 듯 날개를 펼치더니 빠른 속도로 뒤를 추격했다.

지글지글.

각양각색의 물고기가 맛있게 익어가고 있었다.

아지의 불꽃을 이용해서 그런지 화력이 너무 세서 겉이 타기는 했지만, 그럼에도 먹음직스러웠다.

'이제 어떻게 하지?'

조그마한 동굴에 자리를 잡은 루운은 물고기를 바라보다 말고 뒤로 고개를 젖혀 벽에 기댔다.

꽤 피곤함이 밀려왔다. 그리고 아쉬움도 들었다.

이곳은 정말 광렙을 할 수 있는 공산이었다. 우두머리로 추정되는 강력한 녀석들을 제외하고는 대부분 약하면서도 경험치가 정말 높았다.

라르크나 잡템이 떨어지지 않으니 높은 것이 당연할 수도 있지만, 그동안 레벨 업을 방해했던 마에스트로라는 직업이 오랜만에 선심 쓰는 퀘스트인 탓도 있었다.

하지만 문제점은 바로 포션이었다.

눈앞에 대어들이 펄떡거리는데도 낚지 못하는 심정!

포션만 사용 가능하다면 쉬지 않고 각성의 레벨까지 달릴 수 있을 것 같았다.

그것뿐 아니라 자신이 피해 다니는 우두머리 요괴도 상대할 수 있었다.

그러나 포션을 쓸 수 없다 보니 마음먹은 대로 할 수 없다는 것. 루운은 그 점이 너무나 안타까웠다.

'이곳에도 우두머리 요괴가 있을 텐데……'

낮에 상대했던 우두머리 요괴를 힘겹게 따돌릴 수 있었다.

따돌렸다기보다는 하늘이 도운 것이었는데, 우두머리 요괴의 속도는 무시무시한 수준이었다.

변신을 해서 허공을 나는 자신에게 전혀 뒤처지지 않는 움직임!

루운은 절망을 느꼈다. 우두머리 요괴는 그 속도를 계속 유지할 수 있지만, 자신은 시간의 한계가 존재하기 때문이었다.

하나, 처음 떨어졌던 호수를 넘어서는 순간 상황은 급변했다.

허공을 날지 않았을 때는 자세히 몰랐지만 이곳은 끝이 보이지 않는 거대한 숲이었다.

그리고 숲 사이사이에 호수가 몇 개 존재했는데… 아무래도 그 호수 안의 숲이 우두머리 요괴의 영역인 것 같았다.

그렇지 않고서야 호수를 벗어나니 우두머리 요괴가 분한 표정으로 안 따라올 일이 없지 않은가?

충분히 자신을 잡아 죽일 수 있음에도 불구하고.

다행인지 불행인지는 알 수 없지만 그로 인해 루운은 우두머리 요괴를 떨쳐 낼 수 있었고, 호수를 넘어오자마자 변신이 풀려 바닥에 떨어졌다.

그 후, 약한 요괴들이 달려들었지만 범위 스킬로 상대하면서 쉴 곳을 찾았고 현재 머무르고 있는 동굴에까지 도착한 것이었다.

더불어 만약을 대비해서 호수 근처에 있는 동굴을 선택했다.

이곳 영역의 우두머리 요괴가 나타난다면 빨리 도망칠 수 있도록.

'이대로 나타나지 않으면 좋을 텐데.'

루운은 물고기가 다 익자 한 마리를 손에 쥐면서 생각했다.

시간이 필요했다. 자신이 강해지기 위해서는 시간이 필요했으며, 그 사이 우두머리 요괴와 만나서도 안 되었다. 그럴 경우 죽음만이 기다릴 테니.

호호, 와그작.

—피로도와 생명, 마나가 모두 회복됩니다.

"커억!"

이런저런 불안감을 가진 채 물고기를 한 입 가득 베어 무는 순간이었다.

전혀 예상치 못한 도우미의 알림!!

사실 물고기를 먹으면 피로도가 회복되지 않을까 하는 기대가 있었다.

모든 것이 절망적인 지금, 그것 하나만으로도 충분히 만족스러우니 말이다.

하지만 상상도 하지 못한 생명과 마나까지 회복되었다.

그것도 일정 부분이 아닌 완벽하게 말이다!

'대박이다!!'

루운은 저도 모르게 희열에 찬 얼굴로 자리에서 벌떡 일어섰다.

그러다 혹시 방금 먹은 물고기만 그런가 해서 다른 물고기들도 한 입씩 베어 물었다.

그 결과 물고기들은 종류마다 회복 능력이 다르다는 사실을 알 수 있었지만, 그럼에도 루운에게는 큰 힘이 되었다.

"혹시……"

루운은 인벤토리 창을 열었다. 역시 창은 열렸다.

포션이나 음식들을 꺼낼 수는 없지만 장비들은 소환 가능했기에 인벤토리 역시 사용이 가능했다.

그리고 간절한 표정으로 물고기들을 인벤토리에 넣었다.

물론 피로도와 생명, 마나를 모두 회복시키는 것만으로도 충분히 힘이 되었지만 고민거리가 있었으니… 들고 다니기가 힘들다는 것이다.

특히 전투를 해야 하는 와중에 물고기를 한 손에 쥔 채 싸우는 것은 생각도 하기 싫었다.

그러나 행운의 여신의 미소는 한 번에서 끝나지 않았다.

물고기들이 모두 인벤토리 안에 들어간 것!

'좋아! 잔뜩 모아둔 다음에 열렙을 하는 것이다.'

루운은 남은 불씨들을 끈 다음 서둘러 동굴 밖으로 빠져나갔다.

물고기를 잡은 곳은 바로 호수 안이었는데, 호수 안은 루운이 재기 힘들 정도로 깊고 넓었으며 많은 물고기들이 살아가고 있었다.

풍덩엉!!

루운은 망설이지 않고 깊은 호수 속으로 뛰어들었다.

그와 함께 검을 소환하며 폭룡을 비롯해 스킬들을 시전했고, 번개의 힘을 가지고 있는 라지까지 소환했다.

이곳은 물속이었기에 불꽃 계열의 범위 스킬보다는 전기를 내뿜는 것이 훨씬 효과적이라는 판단이었다.

그리고 그 생각은 맞아떨어졌다.

라지가 전기를 방출하자 물고기들은 그 힘을 이기지 못한 채 호수 위로 둥둥 떠올랐고, 루운은 건져 내기도 바빴다.

'최대한 많이!'

루운은 무게 게이지에 한도가 생길 때까지 물고기들을 챙길 계획이었다.

앞으로도 언제든지 물고기들을 구할 수 있겠지만, 언제나 지금처럼 우두머리 요괴는 물론 부하 요괴들이 없으리란 보장이 없었다.

그렇기에 한가한 지금 최대한 이득을 보려는 것이다.

슈파아아앗!!

어느덧 인벤토리가 가득 차기 시작했다.

그런데 갑자기 라지가 물 위로 솟구쳐 올라오더니 짜증난 얼굴로 호수를 쳐다봤다.

"무슨 일……."

의아함을 담고 라지에게 말을 건네던 루운.

그의 표정 역시 순식간에 굳어져 버렸다.

무엇인가 올라오고 있었다. 온몸에 소름이 돋을 정도의 거대한 기운!

새로운 우두머리 요괴의 출현이었다.

"감히 나의 영역에서 설치다니……!!"

"크으윽!"

루운은 고막의 충격을 느끼며 양손으로 귀를 막았다.

귀청이 찢어질 정도의 목소리 크기였다.

"인간? 어떻게 인간이? 그리고 저놈은 뭐지?"

우두머리 요괴는 루운과 라지를 번갈아 바라보며 어이없는 얼굴이 되었고, 루운은 아지를 소환하며 놈을 쳐다봤다.

소 머리에 뱀 꼬리를 가지고 있으며 날개 한 쌍도 보유한 물고기였다.

놈은 하늘에 둥둥 떠 있었는데, 루운한테는 왠지 낯익은 모습이었다.

'그렇군. 육어였어.'

예전에 중국의 요괴들이 나오는 만화책에서 봤었던 기억이 스쳐 지나갔다.

육어는 겨울에 동면을 하며 난폭한 요괴는 아니었다.

하나, 이곳 뉴 월드에서는 다르게 설정된 것 같았다.

'저놈의 고기에는 어떤 효능이 있을까?'

루운은 육어의 몸통을 쳐다봤다. 물고기였다.

그리고 이곳 물고기들은 생명, 마나, 피로도를 회복시켜 주는 놀라운 효능이 있었다.

또한 육어의 고기는 부스럼 병을 낫게 해준다는 등의 전설도 존재했다.

그러니 혹시 특별한 효능이 존재하지 않을까, 하는 생각 들었다.

'포션이 생기니 나도 별생각을 다 하는군.'

루운은 조금 전과 다른 자신의 모습에 실소를 흘렸다.

우두머리 요괴를 만나지 않기만을 바랐었다.

나타나게 되는 순간 도망치거나 죽는 것! 이 둘밖에 없다고 확신했다.

하지만 최상의 포션 역할을 하는 물고기들이 있는 지금은 180도 상황이 변하고 말았다.

'강하다. 그러나 이긴다!'

루운은 라지와 아지에게도 물고기를 먹인 다음 육어를 노려봤다.

육어는 아까 나타났던 우두머리 요괴와 쌍벽을 이룰 만큼 무시무시한 기운을 펼치며 자신들을 같잖다는 듯한 시선으로 보고 있었다.

"으하하! 감히 그 정도 힘을 가지고 나를 상대하려 하다니. 내가 맞설 가치도 없는 놈들이군. 나와라!"

슈슈슈슈슉!!

육어의 외침과 함께 무수한 이동이 느껴졌고, 육어가 떠 있는 호수의 물이 솟구쳤다.

"물고기 요괴들인가?"

그곳에는 세기 힘들 정도로 많은 물고기들이 떠 있었다.

육어처럼 날개를 가지거나 여러 동물을 합친 것 같은 형태의 물고기들도 존재했으며, 팔과 다리가 있는 놈들도 보였다.

또한 물고기 수십 마리를 합친 것처럼 거대한 크기의 놈들도 얼핏 보였다.

"네놈들이 어디까지 버티나 보도록 하지! 너무 오래 기다리게는 하지 마라. 내가 잘근잘근 씹어 먹어줄 테니!"

육어의 호언장담과 함께 물고기들이 루운과 라지, 아지를 덮쳤고, 루운은 오히려 고맙다는 표정으로 달려나갔다.

스파아아앗!

루운의 검이 스치고 지나갔다. 그와 함께 일정 확률로 발휘되는 스텟 베기가 걸리면서 물고기는 피를 사방에 흩뿌렸다.

'역시… 좋아!'

루운의 입가에 만족스러운 미소가 번졌다.

물고기들을 다 모은 다음에는 안 그래도 우두머리를 찾으려고 했었다. 만약 우두머리를 발견 못한다면 요괴 떼를 추적할 계획이었다.

얼른 레벨 업을 해야 하니까!

그런데 우두머리 요괴가 스스로 앞에 나타나 줬으며, 요괴 떼들도 동반했다.

레벨 업을 하기 위해서는 최적의 상황이 된 것이다.

"폭룡, 죽음의 검!!"

루운의 스킬들이 남발되며 부하 요괴들의 시체가 산을 이루기 시작했다.

그러면서 루운은 인벤토리에서 물고기들을 꺼냈다가 넣었다 하며 생명과 마나, 피로도를 회복시켰고, 이로써 무한 사냥이 발동되었다.

비록 나중에는 익은 고기를 다 먹고 날것들밖에 존재하지 않았지만, 생각보다 비리지 않았으며 그런 여유를 부릴 상황도 아니었기에 무시했다.

─레벨이 오르셨습니다.

─고정 스텟 근력 12가 상승하였습니다.

'경이적인 속도다!'

알림음과 함께 루운은 더욱더 사냥에 박차를 가했다.

마스터 급이 되면서 얻게 된 스텟 포인트는 더욱 상승했다.

그러나 지금 루운은 고정을 제외하고 스텟, 스킬 포인트를 투자할 틈이 존재하지 않았다.

물고기 요괴들이 끊이지 않고 달려들었다.

더군다나 저 부하 요괴들은 능력치를 올리지 않아도 범위 스킬 한 방에 모두 죽음을 맞이했다.

그와 동시에 경험치는 하염없이 상승했다.

루운에게는 좀처럼 존재하지 않았던 광렙의 기회!

'네놈은 나중에… 최후의 순간 죽여주마!'

루운은 육어를 비웃었다.

그는 아직도 여유를 부리고 있다. 일부러 죽이지 않고 있다는 사실도 모른 채!

현재 루운에게 육어는 두려움의 대상이 아닌 레벨 업을 시켜주는 기계였다.

부하 요괴들이 그가 있는 한 계속 나오고 있기 때문!

'무너지지 마라. 계속해서 부하들을 소환해라!!'

루운이 재차 폭룡과 범위 스킬을 시전하며 다수의 요괴 물고기들을 죽여 버렸다.

그리고 루운의 전투는 아주 오랜 시간 쉬지 않고 계속되었다.

그가 독종이라 불리는 이유를 보여주듯…….

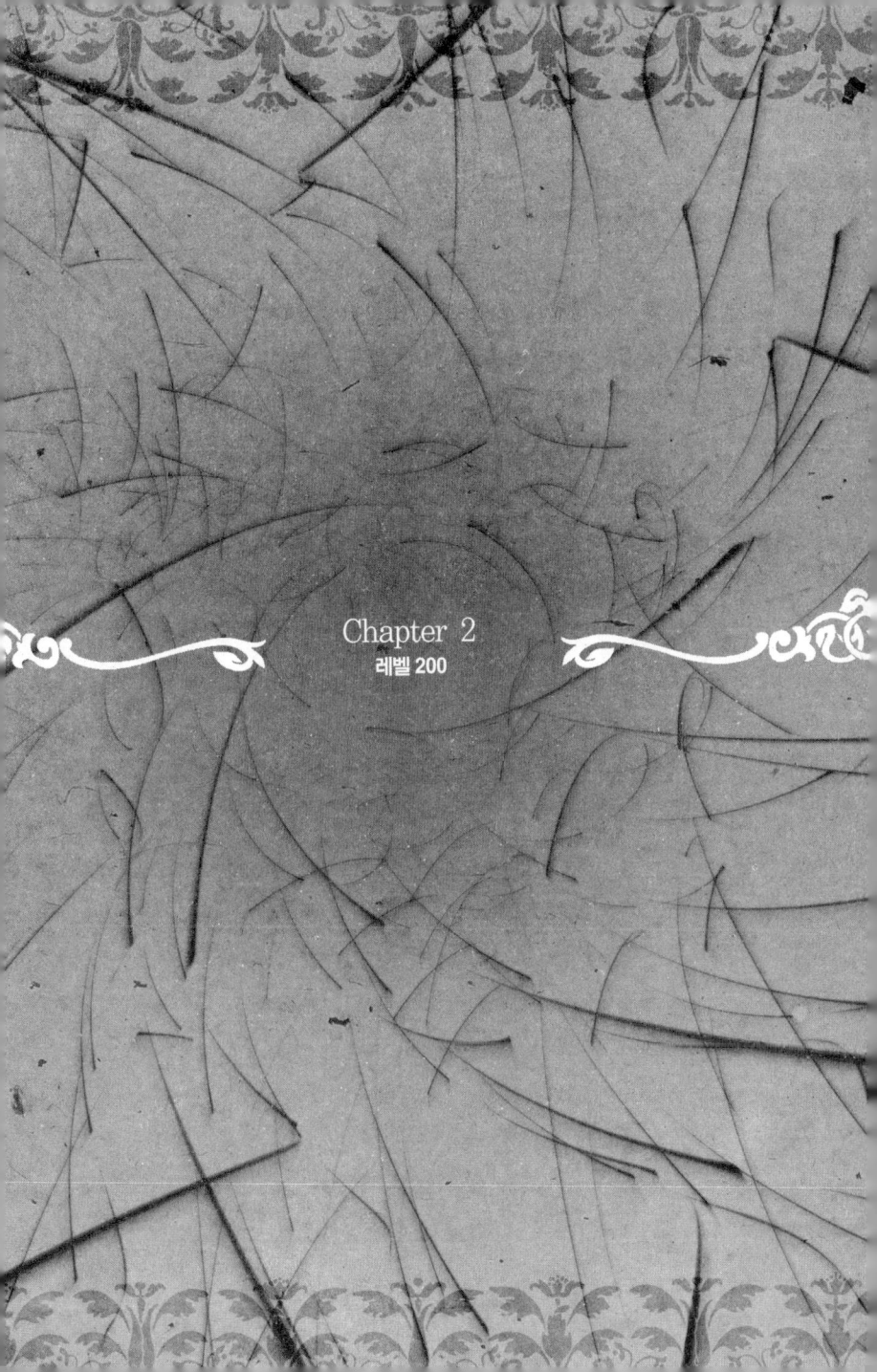

Chapter 2
레벨 200

NEW 뉴월드
WORLD

푸지지직!!

거대한 도마뱀의 형상을 한 우두머리 요괴가 머리에서 피를 뿌리며 무너졌고, 루운은 경험치가 들어온 것을 확인한 다음 신형을 돌렸다.

'이제 마지막 한 놈.'

루운은 빠르게 달리기 시작했다.

이곳에 처음 왔을 때 도망칠 수밖에 없었던 소년 요괴!

드디어 녀석한테 갚아줄 수 있다고 생각하니 벌써부터 마음이 들떴다.

'꽤 오랜 시간이 지났어.'

바람처럼 달리던 루운의 머릿속으로 짧다면 짧고, 길다면 길다 할 수 있는 시간들이 스쳐 지나갔다.

이곳 주술진의 세계로 들어온 지 두 달 하고도 보름이 지났다.

그동안 루운은 현실에서의 운동도 포기한 채 오로지 뉴 월드만 플레이했다.

광렙의 기회를 놓칠 수 없기 때문이었으며, 그 결과 두 달 반이라는 짧은 시간 동안 충분히 만족할 수 있는 레벨을 얻게 되었다.

현재 루운의 레벨은 200!!

카오스 급에서 200까지 찍는 데 걸리는 시간이 아무리 폐인이라 할지라도 네 달인데, 루운은 마스터 급에서 200까지 두 달 하고 보름이라는 시간 안에 이뤄냈다.

그럴 수 있었던 것은 물고기들의 힘이 가장 컸으며, 그다음이 거의 무한으로 나타나는 부하 요괴들, 마지막으로 루운의 폐인 기질이었다.

그 셋이 삼박자를 이루며 루운은 모두가 경악할 레벨 업을 해낼 수 있었다.

'안 되나, 되나 정말 충격적인 속도야.'

루운은 자신의 레벨 업에 쓴웃음을 머금었다.

그 오랜 시간 죽어라 해도 그렇게 레벨 업이 안 되더니, 될 때는 경이적인 속도를 발휘했다.

'두 힘도 얻었지.'

그동안 높아진 것은 레벨뿐만이 아니었다.

바로 진월과 심결의 진화였는데, 진월은 3단계가 되면서 정령들을 소환할 수 있었고, 심결은 2Max가 되어 다른 유저들도 소리를 들을 수 있게 되었다.

기존 심결은 루운 혼자만이 음을 듣는 반면, 이제 다른 유저들도 결음을 깨닫지 못해도 루운의 능력으로 가능해진 것이다.

사실 다른 유저들이 듣든, 말든 루운에게는 아쉬운 점이 많은 진화였다.

차라리 사냥이나 전투에 도움이 되는 능력이 추가되었으면 좋았을 텐데 말이다.

'전직을 못한 것도 안타깝다.'

아쉬운 점은 또 하나가 존재했는데, 바로 전직이었다.

뉴 월드에서는 전직 시스템이 상당히 중요했다. 특히 루운처럼 전직을 하게 되면 일반 유저들보다 스텟 포인트를 더 받는 직업은 더욱 말이다.

그래서 루운도 카오스 급이 되었을 때 고민했었다.

이대로 200까지 가느냐, 아니면 전직을 하러 갈 것이냐.

물론, 한 번 빠져나갔다가 다시 들어올 수노 있었다. 하지만 반대의 경우도 필히 예상해야 했다.

만약 들어오지 못한다면? 한 번 나갈 경우 끝난다면?

결국 그 갈림길에서 루운이 택한 것은 그대로 200까지 가는 것이었다.

포기하기에는 레벨 업의 유혹이 너무나 컸다. 그동안 그토록 바라고 바랐던 상황 아닌가?

그렇지만 레벨 업을 할 때마다 쓰린 속은 어쩔 수 없었다.

만약 4차 전직을 했다면 레벨 업 때마다 얻게 되는 포인트들이 더욱 많았을 테니.

"그래도 그토록 바라던 각성의 레벨이 되었으니 만족하자."

처음 떨어졌던 호수에 도착한 루운은 애써 웃으며 숲 안으로 이동했다.

인생은 언제나 양 갈림길이다. 그 두 길 중 후회가 없는 선택은 존재하지 않는다.

단지 어떤 길이 덜 후회하느냐의 차이일 뿐.

자신은 그중에서 덜 후회하는 길을 택한 것이기에 불평을 할 수 없었다.

"어라?"

얼마쯤 걸었을까? 루운은 뒤에서 들리는 목소리에 여유가 넘치는 미소를 입에 머금고 천천히 고개를 돌렸다.

그곳에는 자신의 등장이 정말 뜻밖이라는 듯한 표정의 소년이 서 있었다.

"네가 어떻게 살아 있지?"

우두머리 요괴는 정말 이해가 되지 않았다.

운이 좋아 자신의 영역에서는 벗어났지만 분명 다른 녀석의 땅으로 들어갔다.

그러면 어떤 변수가 생길지라도 살아남을 수 없다.

정말 천운이 도와 그곳을 벗어난다 할지라도 또 다른 녀석의 지역이 기다리고 있으니.

또한 아무리 높게 쳐줘도 요행으로나마 자신들을 이길 수 있는 실력도 아니었다.

그러니 당연히 죽었을 것이라 판단했는데 아직까지 살아 있었다니? 그것도 제 발로 자신에게 찾아왔다.

"이거 놀랄 일인데? 무슨 일이 있었던 것이지?"

우두머리 요괴는 소년의 모습을 버리며 질문했다.

느낄 수 있었다. 눈앞에 있는 인간이 짧은 시간 동안 대단히 강해졌다는 사실을.

"뭐, 죽음 앞에서 강해지는 것이 인간이지."

루운은 그런 요괴를 쳐다보며 검과 라지, 아지를 소환했다.

그리고 합체를 함과 동시에 진월을 꺼내 죽음의 장송곡을 연주했다.

가슴에 맺힌 한이 녹아 눈물로 승화되는 서글픈 곡이었다.

예술가가 듣는다면 죽음을 찬미할지도 모른다.

그 정도로 어둡고 어두우면서도 웅장한 곡은 쉽게 그칠 줄 모르며 연주되었고, 루운은 진월에게 자신의 지휘를 맡기며 심취했다.

자신의 능력을 올려주는 버프와 우두머리 요괴의 능력을 낮춰주는 버프가 발휘되었다.

그 후… 3단계로 진화되면서 얻게 된 힘인 정령들이 나타났다.

비록 아직은 하급의 정령들밖에 부릴 수 없지만, 작은 크기의 정령들은 보기와 다르게 강력한 힘을 갖추고 있었다.

"2분이다."

루운은 모든 준비가 끝나자 합체로 인한 날카로운 이빨을 드러내며 차갑게 웃었다.

"그 안에 너는 죽는다."

지이이이잉.

그 어떤 요괴들도 존재하지 않는 적막한 숲 속.

루운은 자신을 감싸는 빛무리에 두 눈을 감았다.

처음 160의 레벨을 찍었을 때 도우미의 알림음이 들렸다.

한 시간 뒤에 이곳을 벗어나겠냐고.

그때는 거절했지만 레벨 200을 찍었을 때는 동의를 했고, 한 시간이 지난 지금 주술진의 문이 열리는 것이었다.

'나를 기다리고 있을까?'

몸이 부웅! 뜨는 것을 느끼며 루운은 피센과 진히를 떠올렸다.

그럴 일은 없을 것이라 확신하면서도 내심 그들이 마중 나와 있기를 바랐다.

두 달이라는 시간 동안 계속 지키고 있기는 힘들겠지만, 자신이 주술진의 세계에서 빠져나온다는 사실쯤은 알 테니 말이다.

'오늘 하루는 푹 쉬자.'

그와 함께 오랜만에 얻게 된 휴식을 향한 갈증을 느꼈다.

오랜 시간 정말 게임만이 삶의 목적인 것처럼 살아왔다. 너무나 아까운 기회인지라 아프든, 어떤 일이 생기든, 단 하루도 쉬지 않은 채 말이다.

하지만 목적을 이루자 긴장이 풀리면서 루운은 급격하게 피곤함을 느꼈고, 얼른 로그아웃을 한 다음 자고 싶었다.

"오, 자네 왔군!"

"루운님! 오셨어요?"

"……."

바라면서도 없을 것이라 생각했던 루운은 멍한 눈으로 둘을 쳐다봤다.

둘은 주술진 바로 옆에 서 있었는데, 옷차림이 특이했다.

토마토가 그려진 요리사 복장!!

더군다나 나무로 만들어진 작은 가게도 차려져 있었다!

분명 주술진은 숲 속에 위치해 있었는데!

"루운님이 오실 동안 열심히 장사하고 있었어요. 처음에는 등산하시는 분들한테 한두 잔 팔았는데 어느덧 입소문이 나서. 헤헤."

"나는 일 도와주면서 용돈받고 있다네. 자네도 얼른 돕게나!"

"아니… 제가 왜……."

"손님 많은 거 안 보이세요?"

루운은 당황하며 거절하기 위해 손을 펼쳤다.

피곤하다. 힘들다. 괴롭다. 이제는 하루만이라도 쉬고 싶다!

하나, 어느새 루운에게 요리사 복장이 입혀졌으니…….

그들에게 자비심 따위는 존재하지 않았다.

생명:22,170 마나:14,430

이름:루운 레벨:200 성향:혼돈 소속:루엔

호칭:마에스트로 길드:그랜드 속성:무 명성:5,350 직업:카오스

근력:5,952 체력:1,226 민첩:716

지식:557 정신:515 재치:457

회복:540 지휘:540 분노:540

공속:480 투혼:480 마나:480

공력:360 베기:360 신수:360

스텟 포인트:0 스킬 포인트:1,440

한참이나 일을 도와주고 나서야 겨우 혼자가 된 루운은 잠들기 전 정보를 확인했다.

'카오스!'

두 달 보름 동안 열심히 레벨 업을 한 수치를 눈으로 직접 확인하게 되자 기쁨은 배로 커졌다.

스텟 포인트를 여전히 근력에 모두 몰아주어서 6,000에 가까운 수치를 보유하게 되었고, 그 외에도 랜덤 스텟 포인트로 다른 스텟들 역시 골고루 상승했다.

그리고 전직을 하며 얻게 된 스텟들 역시 레벨당 3이 올라 있었다.

'후… 이제는 좀 자볼까?'

모든 것을 확인한 루운은 만족스러운 표정으로 로그아웃을 했고, 그 시각 뉴 월드 홈페이지에서는 많은 유저들이 경악을 금치 못하고 있었다.

게시판에는 레벨에 대한 랭킹뿐 아니라, 여러 방면의 랭킹을 알 수 있었다.

그중에는 레벨 업이 빨리 오른 유저들의 순위도 존재했는데 거기서 루운이 1등을 차지한 것이다.

사실 그 점만 보면 특이한 것은 없었다.

주술진에 들어가기 전 루운이 한참 레벨 업을 할 때도 1등을 했었으니.

하지만… 두 달 보름 동안 아무런 변화가 없더니 갑작스럽게 레벨 200이 되어 나타났다!

　낙천:내 눈을 믿을 수 없군. 도대체 어떤 방법으로!
　도도한병아리:버그인가? 아니면 퀘스트?
　까칠보경:저의 안구를 의심하게 되는 레벨이군요. 분명 두 달 보름 내내 마스터 급에서 머물렀던 것으로 아는데…….
　눈류:저도 독한데… 감탄이 나올 뿐입니다. 비결 좀.
　류화:우리 주인보다 징한 인간은 처음 보는군.

　유저들은 각자의 의견을 달며 토론을 하기 시작했으며, 감탄을 하거나 버그나 잘못된 방법이 분명하다며 욕을 남기는 이들도 있었다.
　그만큼 두 달 보름이라는 짧은 시간 동안 마스터에서 카오스 급이 된 것은 모두에게 충격이었고, 화제였다.

　시현이 잠에서 깨어난 것은 오후 3시경이었다.
　시현은 일어나서도 한참이나 움직이지 않으며 누워 있다가 10분이 지난 뒤에서야 겨우 몸을 일으켜 세워 주방으로 향했다.
　그리고 가볍게 음료와 샌드위치를 꺼내 배를 채운 다음 샤워를 했고, 미진과 통화를 하려고 휴대폰을 열었다가 장혜주 PD의 부재중 전화를 발견했다.

"응? 5번이나 전화했었네?"

간혹 통화를 하고 지내지만 전화를 받지 않았을 때 이토록 많이 하는 경우가 없었다.

"에? 아로하도?"

장혜주 PD뿐 아니라 아로하에게서도 몇 통의 전화가 왔었다는 사실을 발견한 시현은 고개를 갸웃거리며 일단 장혜주 PD에게 연락을 취했다.

벨이 울렸다. 한 번, 두 번… 전화를 받았다.

마치 기다렸다는 듯 장혜주 PD는 급한 속도였는데, 목소리도 마찬가지였다.

"시현아!"

"네, 네?"

1년이라는 시간이 지나고 일적인 관계에서 사적인 관계가 되자 장혜주 PD는 시현에게 말을 놓고 지냈다.

"너 레벨 업 어떻게 된 거야? 갑작스럽게 200이라니?"

"에? 무슨 말이에요?"

"지금 뉴 월드 홈페이지에……."

시현은 장혜주 PD를 통해 자세한 사정을 전해 듣게 되었다.

그리고 자신도 놀란 표정이 되더니 빠르게 생각을 굴렸다.

두 달 보름 동안 주술진 안에서 레벨 업 했던 것이 공개되지 않은 듯하다.

주술진의 영향인지, 오류인지는 알 수 없지만 말이다.

'그 점을 생각 못했군.'

시현도 레벨 업이 빠른 랭킹 등 여러 가지 랭킹을 잘 알고 있었다.

그러나 그조차도 두 달 보름 안에 200이 될 것이라고는 예측하지 못했고, 그 기간 동안 공개가 되지 않는단 사실도 알 수 없었다.

'다시 귀찮아지려나……'

이제 라튼과 적월이 다시 자신을 주시하게 될 것이다.

'뭐, 이제는 상관없지만.'

하지만 시현은 담담한 표정으로 걱정을 지웠다.

어차피 각성하기 전까지만 조용히, 그리고 열심히 레벨 업을 하려고 했었다.

이제 남은 것은 4차 전직과 각성의 퀘스트인데 그 두 개는 그들이라 할지라도 방해할 수 없을 것이다.

더군다나 각성을 한다면 적월에게도 지지 않을 자신이 있고 말이다.

"뭐, 그렇게 되었어요."

"그렇게 되었다니? 어떻게? 일단 만나자."

"음, 그럴까요?"

안 그래도 레벨 200을 찍으면서 장혜주 PD를 떠올렸던 시현이었다.

그동안은 자신이 화제가 되지 않아 일 거래를 끊었지만 앞으로는 달라질 것이라 확신했기 때문이다.

더불어 방송국과 계약을 하면 그만큼 수입도 생기고 말이다.

"네. 그리로 나갈게요."

장혜주 PD와 약속 장소를 잡은 시현은 뉴 월드 홈페이지에서 자신과 관련된 글들을 잠시 보다가 자리에서 일어나 밖으로 향했다.

갸릉, 갸릉.

스윈은 귀여운 외형으로 울어대는 자신의 펫을 쓰다듬었다.

'이제 머지않았어!'

현재 스윈의 펫은 1단계였는데, 곧 2단계 진입을 눈앞에 둔 상황이었다.

남은 경험치는 요괴 몇 마리만 더 잡으면 되는 수준.

'과연 어떤 모습일까.'

그동안 2단계까지 진화한 펫들을 보면서 부러워했다.

화려해지는 외형, 강력해지는 능력! 물론 자신의 펫이 귀엽고 지금의 모습이 너무 좋지만 그럼에도 얼른 진화시키고 싶었다.

그리고 드디어 오늘, 진화를 앞두고 있었다.

"우리 빨리 강해지자!'

펫에게 말을 건네며 기대어 쉬고 있던 나무에서 일어선 스윈은 주변을 둘러보며 요괴를 찾았다. 그러다 허리까지 내려오는 붉은 머리카락에 배불뚝이 요괴 무리들을 발견했고, 혹시 누가 채가기라도 할까 봐 서둘러 요괴들을 향해 달려들었다.

"드디어……."

스스스스스!

요괴들 무리를 모두 쓰러뜨림과 동시에 펫의 진화 알림음이 들렸다.

그와 함께 펫의 몸에서 빛무리가 발생되었으며, 스윈은 기대가 가득 서린 표정으로 쳐다봤다.

'멋지겠지? 아니면 더욱 귀여워지려나?'

아직까지 정확하게 파악할 수 없지만 스윈은 혼자 이런저런 상상을 하며 펫에게서 시선을 떼지 않았다.

그렇게 어느 정도의 시간이 흘렀을까?

드디어 빛무리가 사라짐과 동시에 펫의 모습이 서서히 드러났고… 스윈의 표정은 굳어갔다.

"이게 가능하다는 말이야?'

적월의 집무실에 들어온 라튼은 기가 막힌 표정으로 소리를 쳤다.

"가능하다고 봐야지. 현실로 나타났잖아."

"아니, 말이 되냐고! 무슨 문제가 생긴 것 아냐?"

라튼이 이토록 흥분한 이유는 바로 루운의 레벨 업 때문이었다.

뉴 월드 홈페이지에 들렀다가 루운에 관한 글들을 보게 되었고, 말도 안 된다고 생각하면서도 사실을 확인하게 되었다.

그 결과 충격이 해일처럼 덮쳤다.

레벨이 200이었다. 그것도 점차 오른 것이 아닌 갑작스럽게 말이다!

"형, 나도 잘 모르겠어. 하지만 부정할 수 없다는 것은 알아."

적월이 글라스에 담긴 술을 비우며 말하자 라튼은 고개를 갸웃거렸다.

루운은 그랜드 길드의 핵심 인물이었다. 그동안은 제외였지만 레벨 200이 되었다면 애기는 달라진다.

오래전 루운과 적월의 시합 당시를 떠올리면 더욱 말이다.

그때 레벨이 낮음에도 적월을 이겼던 루운이었다. 그러니 만약 각성까지 하게 될 경우 또 그러지 말란 법이 없었다.

한데… 적월의 표정은 오히려 즐거워 보인다?

"너 지금 좋아하고 있지?"

"그래 보여?"

적월이 슬며시 미소를 지으며 되묻자 라튼은 실소를 흘렸다.

그래, 저런 놈이었다. 그 어떤 위험이 닥쳐도 자신을 믿었다.

"확신하는 것인가?"

라튼의 뜬금없는 질문이었지만 적월은 그 의미를 안다는 듯 고개를 끄덕였다.

'하긴, 그렇지 않다면야 즐기지도 못하지.'

라튼이 물어본 것은 루운을 이길 수 있냐는 것이었다.

"그런데 길드전은 도대체 언제 할 거야?"

술잔이 비워지는 횟수가 증가했고, 라튼과 적월 모두 취기가 올라왔다.

"조만간."

"정말이냐?"

라튼은 두 눈을 반짝이며 적월을 향해 따지듯 말을 건넸다.

그동안 그랜드와 길드전을 하고 싶었던 그였다.

그랜드를 무너뜨리고 모든 부와 힘을 빼앗고 싶었다.

하지만 적월이 지금까지 '아직은…' 이란 말만 하며 정확한 시기를 잡지 않았고, 매일 그랜드 길드원들을 족치며 상대쪽에서 먼저 달려들기를 바랐었다.

그런데 드디어 적월이 조만간이라는 발언을 했다.

"루운의 무대가 완성되었다는 뜻이군?"

라튼은 잘 알고 있었다. 적월이 왜 루운은 건들지 않고 있었는지를.

그가 강해지고, 다시 예전의 명성을 찾는 그 순간 무너뜨리고 싶어하는 계획!

"내가 떠나기 전까지는 모든 것을 해결할 테니 걱정하지 마."

적월의 상황이 담긴 발언.

라튼은 고개를 끄덕이며 속으로 광소를 터뜨렸다.

이제 조금의 시간만 더 지나면… 왕의 자리는 자신의 것이었다.

"이번에는 꼭 내가 우승한다!"

"후후. 오빠, 내 차례지?"

"둘 다 무슨 망언을……. 나야."

꽤 많은 유저들이 모여 있는 대회장 안에서 세 명의 남녀가 얘기를 주고받고 있었다. 그들은 쟈케와 샤네, 마야였다.

"그런데 이번에도 참여자가 적지 않은데?"

"그러면 수입도 더 많아지니 좋잖아? 왜? 자기는 쫄려?"

"누가 쫄려! 나는 이길 자신 있어!"

샤네가 짓궂은 표정으로 말을 건네자 쟈케는 애써 호언장담을 하며 가슴을 팡팡! 쳤다.

하지만 내면 속에 자리 잡은 불안감마저는 없앨 수 없었다.

오늘 세 명이 이곳에 모인 이유는 로또 펫 때문이었다.

로또 펫은 복권의 형식을 이용한 시스템이었으며, 일종의 펫 미인 대회였다.

처음에는 존재하지 않았으나, 펫들이 많아지고 진화를 거치면서 더욱 다양한 모습이 속출하자 많은 유저들이 펫들의 대회를 만드는 것이 어떻냐고 건의를 하게 되었다.

그리고 운영진들 입장에서도 라르크를 회수할 수 있는 좋은 방법이었기에 거절할 이유가 없었다.

규칙은 간단했다. 대회 날까지 자신의 펫을 최대한 예쁘게 꾸민 다음 일정 라르크를 지불한다. 그 후, NPC 심사위원단에 의해 우승을 한 펫의 주인이 모든 라르크를 가지게 된다.

물론 라르크 회수의 목적으로 20%를 제외한 80%가 유저의 몫이었다.

"자, 이번 달에도 많은 분들이 참가해 주셨습니다! 그러면 먼저 심사위원부터 소개할게요! 첫 번째로 미용의 달인인 가위손! 셀위댄님입니다!"

첫 번째 심사위원이 발표되고 그 뒤를 이어 패션계와 애완계, 신수계까지 다양한 이력을 가진 심사위원들이 소개되었다.

"자, 그러면 시합을 시작합니다! 1번! 나와주세요!"

드디어 모두가 기다린 발언과 동시에 한 남자 유저가 무대 위로 올라섰다.

남자 유저는 지난 대회 우승자로 이번 대회에서도 유력한 우승 후보였다.

지이이이잉!

남자는 자신만만한 표정으로 참가자들과 심사위원들을 쳐다보더니 자신의 펫을 소환했다.

그러자 빛무리가 일렁거렸고 곧 그의 분신이자 동료인 펫이 모습을 드러냈다.

'귀, 귀엽다!'

'예뻐!'

'사랑스러워!!'

적임에도 불구하고 감탄을 금치 못하는 셋!

하지만 새하얀 고양이의 체형에 분홍빛의 커다란 귀, 분홍빛 날개 등은 앙증맞기 그지없었다.

냐아아아옹!

또한, 사람보다 예쁜 눈동자로 눈웃음을 치더니 울음 작렬!

"꺄아! 나 너무 가지고 싶어!!"

교태와 함께 유저 중 한 명이 진심을 담아 외쳤고, 심사위원들도 좋은 점수를 선사했다.

그의 펫이 유독 더 예쁨을 받는 이유는 바로 크기 때문이었다.

2차까지 진화한 펫들은 보통 저렇게 작지 않았다.

그런데 진화를 하지 못하거나 갓 1차가 된 펫들은 또 화려

하지를 못했다.

한데 남자의 펫은 2차의 화려함과 더불어 1차의 작고 귀여운 체격까지 갖추고 있으니 특히 여자 유저들이 좋아하는 타입이었다.

"자, 다음은 15번!!"

차례는 빠르게 지나갔다.

올라가서 펫만 보여주고 점수를 받기만 하면 되니 오래 걸릴 이유도 없었다. 드디어 쟈케의 차례가 왔다.

"후후……."

무대 위에 올라선 쟈케는 샤네와 마야를 발견하고 살포시 비웃음을 날려줬다.

그 후 자신만만한 표정으로 소환을 하자, 드디어 2차 진화한 쟈케의 펫이 모습을 드러냈다.

터질 듯한 근육과 덩치! 고릴라를 닮은 듯한 썩 보기 좋지는 않은 외형!

하나 섬세한 꼬리 라인! 추가로 매니큐어가 발라진 손톱까지!

'깜짝 놀라겠지!'

쟈케는 뿌듯한 표정으로 자신의 펫을 쳐다봤다.

지난번에는 떨어졌지만 이번 시합은 다르다. 왜냐! 헤어스타일의 변화를 주고 염색까지 했기 때문!

앞머리만 살짝 휘게 한 다음 내렸고, 붉은 몸과는 달리 검은색으로 애교 포인트를 줬다!

"시작해라!"

그것도 모자라 필살기까지 준비했으니……

쟈케의 외침을 듣자마자 그의 펫은 도도한 걸음걸이로 전진해 심사위원들 앞으로 이동했다.

우호호호홍!!

나름 섹시한 교태 작렬!!

허리를 S라인으로 만들고 손을 입에 맞춘 뒤 심사위원들에게 신음과 함께 사랑을 선사했다.

쟈케가 미스코리아 대회를 보면서 밤새도록 연구한 포즈!

'좋아! 멋지다! 예쁘다!'

쟈케는 펫의 훌륭한 모습을 보며 뒤에서 열심히 박수를 쳤다.

이 정도 노력이면 분명 좋은 점수를 얻게 될 것이다!

두근두근! 기대 가득! 곧 쟈케의 점수가 발표되었다!

"……."

쟈케는 펫 대회 사상 최초로 탈락이라는 영광을 얻게 되었다.

너무나 저질스러운 그의 미적 감각과 과도한 리액션이 원인이었다.

"아… 그 심사위원들 정말 저질이야!"

"오빠가 더 저질이거든?"

마야가 정말 황당하다는 표정으로 쟈케를 구박했다.

사실 심사위원들은 정확했다. 안 어울리는 애교로 무장한 고릴라가 눈앞에서 그러는데 누가 좋은 점수를 주겠는가!

그런데 쟈케는 정말 자신의 펫이 탈락된 사실을 이해하지 못하는 듯했다.

"자기, 기분 풀어. 심사위원들이 이상한 거야!"

과도한 사랑이 부른 헛소리 작렬!

'에휴. 둘이 똑같지 뭐.'

그런 쟈케와 샤네를 보며 마야는 웃음을 터뜨린 뒤 풀썩! 자리에 누워버렸다.

현재 일행이 있는 곳은 마을과 멀지 않은 곳에 위치한 잔디밭이었다.

온통 녹색의 잔디가 깔려 있는 이곳은 보기도 좋지만 싱긋한 향기가 더욱 매력적이었고, 몬스터도 나타나지 않기에 연인들의 데이트 코스로도 유명했다.

원래는 주점에 갈 계획이었으나 샤네가 밖에서 먹고 싶다고 말해 도시락을 사들고 오게 되었다.

"스윈은 언제 와?"

여러 가지 야채가 섞인 주먹밥을 한 입 베어 물며 마야가 물었다.

웬만하면 불타오르고 있는 둘의 염장질을 방해하고 싶지

않지만, 지금은 아니었다.

먹고 있는 와중이라 토할 수 있으니!

"음, 금방 올 텐데?"

"그러면 우리 한판 뜰까?"

"네가 나한테 되냐?"

마야의 도발적인 발언에 쟈케는 웃음을 터뜨리며 대답했다.

물론 마야가 약하지는 않다. 그녀 역시 레벨 202를 찍은 각성 상태이니.

다만, 기능형 마법사라 할지라도 그녀의 능력을 대략 파악하고 있었기에 큰 어려움 없는 상대였다.

기능형의 무서운 점은 어떤 조합, 어떤 공격이 나올지 알수 없다는 점이었고, 그 장점이자 약점이 파헤쳐지면 동렙의 기사나 전사들에게도 이기기 어려운 법이었다.

"심심하단 말이야. 응? 하자!"

쟈케가 냉정히 말했음에도 불구하고 마야는 계속 졸라댔고, 결국 쟈케는 자리에서 일어섰다.

마야가 한 번 고집을 피우면 쉽게 꺾이지 않았다.

"대신 진짜로 할 테니 삐치기 없다."

"내가 오빠인 줄 알아?"

"내, 내가 뭐!"

"루운 오빠랑 쟈케 오빠는 그랜드 길드에서 소심 랭킹 공동 1위잖아?"

"……"

차마 부정할 수 없는 진실!

쟈케는 어떻게든 변명을 하고 싶었지만, 마야가 그동안 소심했던 일들을 줄줄이 말하려고 하자 입을 막기 위해 다급히 검을 뽑아 들었다.

그리고 진심이 담긴 외침!

"절대 봐주지 않겠어!"

"이것 봐! 또 삐쳐서 보복하려고!"

뜨끔! 쟈케의 신형이 대놓고 움찔거렸다!

그 모습에 마야는 웃음을 터뜨리며 자신 역시 준비했다.

그러면서 재차 쟈케의 소심함에 감탄했다. 사실 장난으로 한 말이었는데 온몸이 진심이라고 알려주다니…….

"빛의 화살!!"

공격의 시작은 쟈케였다.

마야가 거리를 벌리며 안전거리를 확보하려고 하자 사정거리가 긴 스킬을 시전했다.

슈슈슈슈슈슉!

허공에서 수많은 화살들이 형성되더니 마야를 노리며 파고들었다.

"대지의 비명!"

퍼퍼퍼퍽!

그러나 마야 역시 쉬운 상대는 아니었다.

피할 수 없다는 것을 파악한 마야는 방어 스킬을 시전했고, 지면이 금 가더니 솟구쳐 올라 화살을 모두 막아버렸다.

"오빠, 너무 세게 나오는 것 아냐? 소심해."

"아니거든요!"

마야의 자극에 쟈케는 울컥하며 돌진을 시도했다.

순간적으로 쟈케의 신형이 금빛으로 물들더니 움직임이 대단히 빨라졌다.

치르르르륵! 덥석!

하지만 갑작스럽게 잔디가 자라나더니 쟈케의 발목을 붙잡았고, 그의 신형이 휘청거렸다.

마야가 다급히 식물의 의지와 성장을 조절하는 스킬을 사용한 탓이다.

"너무 방심했어! 간다!"

마야는 기회를 놓치지 않으며 공격 스킬들로 전환했다.

기능형 마법사이기에 공격형 마법사들보다 데미지는 떨어지지만 무시할 수준은 아니었다.

우르르릉! 화르르륵! 촤아아아악! 쩌어어엉!

그녀의 최대 기술이라고 불리는 막강한 주문이 형상화되었다.

마나 소모가 커서 사냥에서는 거의 사용하지 않는 마법이지만 대인전에서는 유용했다.

하늘에서는 천둥이 내리치고 불꽃이 휘감는다.

바람은 칼날이 되어 사방에서 베어내며, 물은 단단한 얼음 창이 되어 땅에서 솟구친다.

그 어디에도 피할 공간이 존재하지 않는 기술!

하나, 그녀 역시 잊고 있었던 쟈케의 최대 스킬.

루운과 수련할 때는 쓰지 않았으며 PK때 단 한 번의 횟수 제한이 존재하는 최대 방어막!

"에에에에!!"

마야의 얼굴에 실망감이 적나라하게 드러났다.

천둥도, 바람의 칼날도, 얼음 창도 분명히 쟈케에게 적중했다.

또한, 쟈케의 몸 주변에서 형성된 불꽃의 소용돌이도 목표물을 놓치지 않았다.

한데 쟈케는 아무런 부상도 입지 않은 듯 여유만만한 얼굴로 자신을 쳐다보고 있었다.

"휴우. 아무리 나라도 그 기술을 정면으로 받으면 좋지 않지."

쟈케의 생명과 방어력은 대단히 높았다.

방어형 전사로 고집된 길을 걸어왔기에 당연한 것!

그렇지만 마법 방어력은 또 다른 문제였다.

마법 방어력 역시 다른 유저들에 비하면 높은 수치였지만, 그럼에도 물리 방어력보다는 대단히 낮았고, 일반 물리 스킬이 아닌 주술사와 마법사들의 기술은 최대한 방어하는 것이 좋았다.

만약 정말 운이 없게도 크리가 터질 경우에는 결과를 장담할 수 없게 될지도 모르니 말이다.

"이제는 내가 간다!"

기세 좋게 막은 쟈케가 외침과 함께 달려들자 마야는 입술을 잘근 깨물며 다른 스킬들로 쟈케를 붙잡기 위해 노력했다.

방금 쓴 마법을 다시 쓰기 위한 시간을 벌어야 했으니.

시현은 바쁜 젓가락질을 선보이며 고기를 아작 내고 있었다.

해외 출장에서 시아가 돌아오면서 가끔 그녀가 몸보신을 시켜주기는 했지만, 그래 봐야 시켜먹는 수준이었고 게임하느라 바빠서 제대로 된 음식을 먹은 적이 없었다.

그래서 장혜주 PD가 고깃집으로 가자고 했을 때 얼마나 기뻤던가!

'벌써 10인분째!'

얼굴 가득 행복이 물들어 있는 시현과는 반대로 장혜주 PD는 경악을 금치 못하고 있었다.

다행스럽게도 오늘 먹는 음식 값은 시현과 계약하기 위한 자리였기에 자신의 돈으로 계산을 하지 않는다.

하지만 값비싼 갈비살을 10인분이나 먹어치우니 시현의

식성에 놀라기도 하면서 뒷수습이 걱정되었다.

이곳은 특히나 비싼 곳이었다.

"역시 고기가 살살 녹네요!"

10인분을 후딱 해치운 다음에서야 시현은 입을 닦으며 얘기를 꺼냈다.

"저, 정말 잘 먹는구나……."

"그동안 뱃속이 가난했거든요."

"그러면 이제 일 얘기를 할까?"

갈비살이 나오기 전에 대략적인 사정을 듣게 되었다.

그동안 시현이 무엇을 했으며 레벨 200이 된 과정도 말이다.

하나, 아직 중요한 결정은 하지 않았다. 그 모든 것들을 '고고! 뉴 월드'가 독점해야 했다.

"계약이라면?"

"음. 한 번 읽어봐. 예전에 같이 일한 경험이 있으니 우리도 너한테 맞춰서 계약서를 준비했거든. 일단 네가 공개를 허락하는 것들만 방송에서 내보낼 거야. 그리고……."

"알겠어요. 계약하죠."

시현은 계약서를 가볍게 훑어보며 승낙했다.

"정말?"

"네. 누나와의 인연도 있고 최대한 저한테 맞춰주려고 했을 것이 뻔하잖아요. 더불어 저는 제가 아직 시기상조라 생각

되는 것들만 내보내지 않으면 만족해요."

"고마워!"

장혜주 PD는 진심으로 기쁜 표정을 지으며 양손을 마주 잡았다.

사실 미안한 마음도 없지 않아 있었다.

아무리 시현이 이해를 해준다 했지만, 뉴 월드에서 시현을 향한 관심이 사라지자 자신들 쪽에서 계약을 끊은 것과 다름없었으니 말이다.

그런데 자신을 생각해서 이토록 쉽게 계약을 해주다니…….

'계약 액수가 예전보다 더 좋았다!'

하나, 보이지 않는 시현의 속내에서는 짐승 모드가 발휘되었다.

슬쩍 살펴보는 척했지만 시현은 금액에 관해서는 철저하게 확인했었다.

"그런데 누나, 밥 안 시켜요?"

"컥! 너, 더 먹을 수 있어?"

장혜주 PD는 진담이냐는 듯 놀란 얼굴로 되물었다가 시현이 고개를 끄덕이자 알겠다는 듯 밥을 주문했다.

그러자 기다렸다는 듯 말문을 여는 시현.

"아참, 전 고깃집에서 밥 먹을 때 항상 추가 고기를 주문해서 같이 먹는데……."

식신이 강림한 시현이었다.

쪼르르르륵.

총 갈비살 15인분에 밥과 음료수까지 먹어치운 시현은 화장실로 향해 생리현상을 해결했다.

그러면서 4차 전직에 관한 생각을 떠올렸다.

피센과 진히의 일을 도와준 다음 피센이 그런 말을 했었다.

남은 수련은 자신이 아닌 무녀가 함께할 것이며, 어둠의 기운이 터무니없이 강해지고 있으니 서두르라고.

'교주가 말했던 그 존재가 부활하는 것인가? 그러고 보니 15개월이라 했었지.'

시현은 왼쪽 손가락을 세며 계산에 들어갔다.

교주를 처음 만났던 집회, 그곳에서 15개월이라는 계시가 떨어졌었다.

15개월은, 즉 1년 하고도 3개월이었는데 시기가 비슷하게 맞아떨어졌다.

'잠깐! 2주년하고도 얼핏 겹치네?'

뉴 월드의 2주년은 12월 5일. 오늘은 12월 2일이었다.

'어둠의 선두자 때문에 나는 이벤트도 못하는 것 아냐?'

시현은 문득 불길한 예감이 떠올랐다.

1주년 이벤트도 했으니 2주년 이벤트를 안 할 리 없었다.

'뭐, 어떻게든 되겠지. 일단은 4차 전직을 빨리 끝내야 한다.'

시간이 없었다. 어둠의 선두자 퀘스트는 물론 2주년 이벤트도 코앞에 들이닥쳤다.

그렇기에 12월 5일 이전까지 전직을 마쳐야 했다.

무녀의 수련이라면 전직이 분명하니 말이다.

터억. 쪼르르르륵.

시현이 막 손을 떼고 나가려는 그때, 화장실 문이 열리더니 누군가 들어와 시현의 곁에서 소변을 보기 시작했다.

그러다 시현은 물론 그 남자까지 무심결에 서로를 향해 고개를 돌렸고……

"컥! 너, 넌!"

"켁! 에엥?"

남자와 시현은 서로를 쳐다보며 놀란 표정을 지었다.

우연도 이런 우연이 있단 말인가? 하필이면 소변을 보면서 마주치다니.

그는 진상진이었다.

"여기는 어떻게?"

"후후! 고기 먹기 전에 똥 싸러 왔다!!"

'그 얘기를 물은 것이 아니잖아! 똥 싸면서 소변은 왜 따로 싸!!'

시현은 실소를 흘렸다.

고깃집에 왜 왔냐고 물은 자신이나, 화장실에 왜 왔는지를 대답한 진상진이나 똑같았다.

"일단 저 먼저 갈게요."

시현은 손을 씻은 다음 말하며 밖으로 나갔고, 진상진 역시 미진이 없기에 별다른 태클을 걸지 않으며 큰 일을 해결하기 위해 안으로 들어갔다.

그리고 5분 뒤…….

장혜주 PD와 얘기를 마친 시현은 밖으로 나왔는데 전화기가 울렸다.

번호를 보니 온천 이후 연락처를 주고받은 진상진이었고, 왠지 귀찮을 것 같아 무시하려던 시현은 계속되는 벨소리에 어쩔 수 없이 전화를 받았다.

그와 함께 들리는 간절한 외침!

"휴지가 없어! 똥이 굳어가!!"

"……."

정말 여전히 진상이었다.

후오오오오!

샤케와 샤네, 마야는 주변 모두가 어두운 바람에 집어삼켜지는 착각을 느꼈다.

그 이유는 바로 스윈 때문이었는데… 우울해도 이렇게 우울할 수 없었다!

세상의 절망과 고뇌는 모두 짊어진 듯한 다크 포스!!

"왜, 왜 그래?"

쟈케는 도착하자마자 인사와 함께 무릎을 양팔로 감싼 뒤 혼자 왕따 놀이를 하고 있는 스윈을 향해 조심스럽게 물었다.

그제야 스윈은 울 것 같은 얼굴로 속내를 털어놓았다.

"루루가 이상해……."

"에? 루루가 왜?"

루루는 스윈의 펫 이름으로 루운을 생각하며 붙인 것이다.

"루루가… 루루가… 흑."

"무슨 문제인 거야?"

너무나 서글픈 스윈의 표정으로 인해 셋은 긴장한 얼굴로 되물었다.

도대체 무슨 일이 벌어졌기에 저토록 힘겨워한다는 말인가?

"너무나 험악하게 변해 버렸어!"

"…고작 그 이유였냐?"

"그 이유라니! 루루가 얼마나 귀여웠는데!"

가자미 눈동자로 돌변한 쟈케!

하나, 스윈이 자신의 발언에 울컥하자 다급히 그녀를 위로하기 위해 노력했다.

"오빠 펫보다는 예쁠 것 아냐? 으하하!"

전혀 위로가 되지 않는 위로!

"보여줄까……?"

그런 쟈케에게 스윈은 긴 한숨과 함께 말한 다음 천천히 자리에서 일어섰다.

그러자 셋 모두 곧 소환될 루루를 기다리며 침을 꿀꺽 삼켰다.

도대체 어찌 생겼기에 저런다는 말인가?

스파아아앗!

빛무리가 번쩍하고 생성되더니 사라졌다. 그와 함께 세 명 모두는 이전의 모습을 떠올리며 변화된 루루를 볼 수 있었다.

"괘, 괜찮네……!"

땀을 삐질삐질 흘리며 말하는 샤네였다.

"컥… 이 아니라 나름 귀여운 것 같은데?"

애써 시선을 먼 허공에 던지며 마야가 말했다.

"내 펫보다 낫… 몬스터냐? 커억!"

개념없이 솔직하게 말했다가 샤네와 마야에게 두들겨 맞은 쟈케였다.

"……."

그 셋의 반응을 보며 스윈은 재차 깊은 한숨과 함께 루루를 쳐다봤다.

그래, 안다. 외형이 어떻든 루루라는 것은 변함없다는 사실을.

하지만 워낙 귀엽고 예뻤었기에 기대가 큰 만큼 실망도 컸던 것이다.

울퉁불퉁! 2차 진화한 루루의 전체적인 모습이었다.

1차 진화 때만 해도 너무나 사랑스러웠던 루루는 더 이상 존재하지 않았다.

온몸에 터질 것 같은 근육이 만들어졌으며, 이마에는 뿔 하나가 돋았다.

또한 양 손톱이 귀신처럼 길어져 바닥을 끌었고, 거기다가 크기는 1차 때와 차이가 없어 더욱 이상했다!

"어? 루운 접속했다."

그 순간이었다. 어떻게 해야 스윈의 기분이 풀어질까 고민하던 샤네는 루운의 접속 알림과 함께 밝은 표정으로 스윈에게 알려주었고, 다급히 루운에게 귓속말을 신청했다.

"무슨 일 있어?"

접속하자마자 인사를 하다가 샤네의 귓속말을 받은 루운은 의아함을 느끼며 질문했다.

이렇게 급히 자신에게 귓속말 신청을 했다는 것 자체가 할 말이 있다는 뜻이었는데, 샤네는 일단 와달라고 부탁했다.

스윈의 기분이 좋지 않다면서.

그러자 루운은 거절했다. 스윈은 자신이 귓속말해서 풀어주면 되었고, 바로 가기에는 위치가 너무 먼 탓이었다.

하나, 샤네가 계속 부탁을 해서 어쩔 수 없이 그들이 있는 곳으로 이동했다.

그리고 루루를 발견하곤 해서는 안 될 말을 하고 말았다.

"에? 저런 요괴도 있었어? 커어억!!"

도착하자마자 세 명에게 처맞는 루운이었다.

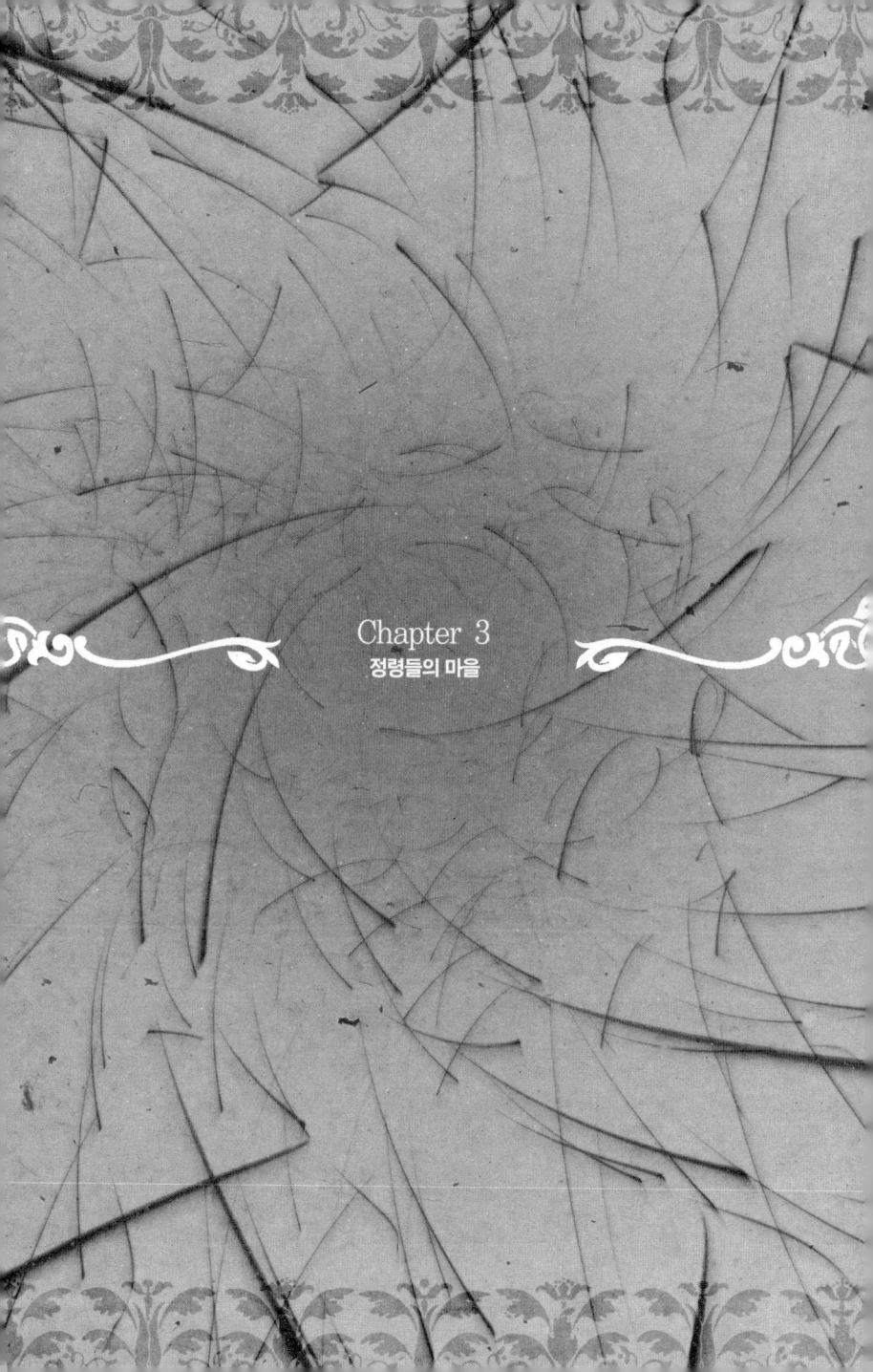

Chapter 3
정령들의 마을

NEW 뉴월드
WORLD

"이리로 내려가면 되는 것이지?"

루운은 끝이 보이지 않는 좁은 구덩이를 쳐다봤다.

스윈에게 찾아갔다가 이유도 모른 채 두들겨 맞은 뒤, 이곳에 도착했다.

전직 퀘스트 정보에 떠 있어서 오게 된 얼음 숲이었는데 무녀가 기다리고 있었다.

무녀는 여전히 포스를 풍기며 살짝 뜬 눈으로 자신을 쳐다보며 간략하게 얘기했다.

이 구덩이 아래로 내려가면 일행들이 기다리고 있을 것이라는.

그걸로 끝! 허무할 만큼 간단한 설명!

루운은 더 자세한 얘기를 원했지만 그 말과 함께 무녀는 사라졌고 홀로 남겨졌다.

"뭐… 고민한다고 답이 나오는 것도 아니고."

잠시 갈등하던 루운은 몸을 힘껏 편 뒤 뛰어내릴 준비를 했다.

상식적으로 저 위험해 보는 곳으로 들어간다는 것 자체가 말이 안 되지만, 이곳 뉴 월드에서도 특히 마에스트로와 관련된 NPC들한테는 절대 상식이 통하지 않았다.

"엉덩이야… 무사해라."

루운은 왠지 처참하게 비명을 지를 것 같은 자신의 엉덩이를 매만진 다음, 구덩이 안에 발을 넣고 걸터앉았다.

그리고 있는 힘껏 자신의 신형을 안으로 밀어 넣자, 마치 미끄럼틀을 타듯 빠른 속도로 움직였다.

"으으으으으으!"

루운의 입에서 신음이 끊이질 않았다. 얼굴은 험상궂게 일그러졌다.

놀이기구처럼 매끄럽기라도 하면 엉덩이에 통증은 없을 것이다.

한데 이 기울어져 있는 구덩이는 속도도 빠른데 지면이 작은 돌들이나 굳은 흙들로 울퉁불퉁하다 보니 고통이 상상을 초월했다.

"컥! 언덕!"

그러다 불룩 솟은 곳이 나올 때면 루운은 눈물이 날 지경이었다.

뭉툭하게 솟아 있기라도 하면 말을 안 한다.

왜 고드름처럼 뾰족하게 올라와 있다는 말인가!

트트트트트! 뻐억! 트트트트! 뻐어억!

"……."

도대체 이놈의 구덩이는 얼마나 깊은지 끝이 나지 않았다.

어느새 루운이 구덩이 속에 몸을 날린 지도 어언 10분이 지나갔다.

그러자 루운은 더 이상 아무런 고통을 느끼지 않는 듯 멍한 표정으로 내려가고 있었다.

엉덩이의 감각이 사라진 지 오래이기 때문!

"으응?"

그렇게 얼마나 더 내려갔을까?

루운은 앞쪽이 환하다는 사실을 깨닫게 되었다.

지금까지는 온통 어둠이 지배하고 있었는데 빛이 새어 들어오고 있었다!

'드디어 끝이구나!'

내려갈수록 빛은 점점 진해졌고, 머지않아 드디어 엉덩이의 무덤과 같던 구덩이를 빠져나오자 루운은 부처님의 인자함을 닮은 미소를 환하게 지었다.

하지만 웃음은 곧 비명으로 급전환했으니…….

"이것 참, 왠지 붕 떠 있는 듯한 기분인… 응? 커어어억!"

쿠우우우웅!

'으윽… 이 무녀!'

낭떠러지에서 떨어진 루운은 속으로 무녀를 씹으며 겨우 일어섰다.

디스크에 걸린 사람처럼 허리에 손을 짚고 있었는데 떨어질 때 허리를 정면으로 부딪친 탓이다.

만약 현실이었더라면 즉사할 높이!

'너무 어이가 없어서 합체도 못했다.'

과거의 세계로 들어왔다. 생명도 뜨지 않고 장비도 사라졌다. 단지 옛날에 입었던 검은 옷만이 새로 입혀져 있었다.

그래도 능력은 발휘되었기에 분명 라지와 아지를 소환할 수도 있고 합체도 가능하리라.

하나, 전혀 예상치 못했던 변수를 만나 순발력을 발휘하지 못했다.

"오오! 왔구만!"

"으하하! 잘 지냈냐?"

"여전히 병신 같군."

그때 등 뒤에서 귀에 익은 목소리들이 들리자 루운은 체념한 얼굴로 천천히 고개를 돌렸다.

물론 반가워하지 않으면 두들겨 맞기에 어색한 미소와 함께!

그곳에는 호운과 철후, 샤스라가 서 있었다.

"너무나 보고 싶었습니다!!"

과도한 반가움을 표하는 루운의 처절한 리액션!

'아… 하필이면 샤스라란 말인가!'

그러면서 속으로는 울상이 되어 눈물을 질질 흘렸다.

2차 전직 때 호운, 철후와 함께 퀘스트를 플레이했다.

3차 전직 때는 하나의 몸인 샤이린, 샤스라와 퀘스트를 하게 되었다.

그렇기에 4차 때는 어쩌면 넷 모두와 함께하게 될지도 모른다고 생각했었다.

'샤이린, 샤이린, 샤이린!!'

너무나 절망적인 추측에 루운은 그나마 자신을 챙겨주고 배려해 주는 샤이린이 포함되어 있기를 원했다.

만약 저 둘과 샤스라와 함께 여행을 해야 한다면… 자신은 스트레스로 자살을 선택하게 될지도 모르는 일!

하나, 신은 처참하게 루운의 애틋한 소망을 씹어버렸다.

샤이린과 같은 외형. 그러나 검은 눈동자! 까칠, 난폭함의 대명사인 샤스라였다.

"자… 그럼 모두가 모였으니 출발해 볼까?"

루운이 샤스라는 물론 내면에서 자신을 보고 있는 샤이린에게까지 인사를 모두 마치자 철후가 나서며 말했다.

"그런데 길은 아는 것인가?"

호운이 미덥지 않은 표정으로 말하자, 철후는 충격 먹은 듯 휘청거렸다.

"너… 나를 못 믿는 거냐!!"

"자네라면 자네를 믿겠나?"

"당연히 못 믿지!!"

휘처엉!

철후를 제외한 모두의 신형이 비틀거렸다.

자신이 무슨 말을 하는지 알기나 하면서 내뱉는단 말인가!

'정말 변함이 없구나.'

그 모습에 루운은 속으로 실소를 터뜨리며 샤스라를 힐끔 쳐다봤다.

그녀 역시 똑같은 것은 여전했는데, 아무런 감정이 담기지 않은 듯한 얼음장보다 차가운 눈으로 자신을 응시하고 있었다.

'샤이린님을 내보내 달라 하면 맞아 죽겠지……?'

이유는 대략 알 것 같았다. 자신이 과거 세계에 온 것은 수련을 하기 위함이니 전투 능력이 더 뛰어난 샤스라가 나와 있는 것이다.

"그렇게 못 믿으면 네가 길 안내를 하던가!"

호운이 계속 구시렁거리자 인내심이 바닥에 이른 철후가

결국 소리를 쳤다.

그러자 호운은 분함에도 대꾸를 하지 못하며 그에게 길 안내를 양보할 수밖에 없었다.

무녀가 위치를 알려준 이가 철후였기 때문에.

"이야, 경치가 아름답구나."

절벽에서 벗어나 10분 정도 길을 걸었을 때 숲이 나타났다.

수명을 알 수 없는 커다란 나무들과 뉴 월드를 오래 플레이한 루운조차도 처음 보는 각양각색의 꽃과 식물들.

그 광경은 감춰져 있는 요정들의 숲을 발견한 것처럼 경이적이었고 신비스러웠다.

"정말 예쁜 곳이군. 그런데 철후, 이 길이 맞는 것이지?"

"거참, 무녀한테 위치 들었어? 안 들었으면 묻지를 마세요, 앙?"

호운의 계속되는 참견에 결국 철후의 성질 작렬!

그러자 호운의 불꽃 다혈질도 가만있지를 않았다.

"네놈이 더 길치인 탓에 이러는 것 아니냐!"

"내, 내가 왜 길치야!"

당당한 표정으로 대꾸하는 철후. 하나, 손이 심하게 떨린다!

"과거 얘기 해볼까? 네놈 때문에 고생한 것이 몇 번이나 되는……."

"됐다. 노안 주제에."

"컥! 거기서 얼굴 얘기가 왜 나오는 것이냐!"

자신한테 상황이 불리하게 돌아가자 철후는 호운의 민감한 부분을 건드렸다.

쏴아아아악!

서로를 노려보는 둘의 전신에서 칼날 같은 살기와 기운이 터져 나왔다.

'컥! 이 소심한 NPC들!'

정말 별일 아님에도 불구하고 한판 뜨려는 듯 자신들의 무기까지 꺼내는 둘!

"저, 저기……."

결국 루운이 중재하기 위해 말을 꺼냈다.

시간이 많지 않았다. 어둠의 선두자들은 물론 2주년 이벤트도 며칠 뒤였다.

그런데 시작부터 이렇게 싸운다면 앞으로 퀘스트가 순탄하지 않을 것 아닌가!

"저기 뭐! 네가 왜 상관이야!"

"네놈이 나설 일이란 말이냐!"

하나 그런 루운에게 터져 나오는 거친 반응들!

'이대로 물러설 수는 없다!'

루운은 내심 움찔했지만 주먹을 불끈 쥐었다.

언제까지 이 철없는 두 NPC들에게 이끌려 다닐 수 없었다!

자신도 이제는 예전의 루운이 아니다! 레벨 200을 달성하면서 강해졌지 않은가!

"싸우고 싶다면 제가 상대해 드리죠!"

지금까지 볼 수 없었던 루운의 객기!

철후와 호운은 물론 냉정한 샤스라까지 의외란 표정으로 그를 쳐다봤다.

'후후… 설마 덤비겠어? 그동안 참고만 살던 내가 이렇게까지 나온다면 당황해서라도 분명 싸움을 멈출 거야.'

화가 단단히 난 표정과는 달리 속으로 계획된 미소를 흘리는 루운!

그런 경우들이 있지 않은가? 평소 얌전하던 이가 참다가 화를 터뜨리면 모두가 조용해지는 현상!

전혀 의외의 인물이 그러면 화가 나기는커녕 오히려 자신들이 미안해진다!

루운은 바로 그 점을 노린 것이었고, 자신의 예측처럼 침묵의 시간이 이어지자 표정을 풀며 웃는 얼굴로 말문을 열었다.

그러나 루운이 착각한 점이 있었다.

철후와 호운은 평범한 인물들이 아니라는 사실을…….

"이제 그만 화해하시… 커억!!"

지옥에 가도 이보다 덜 맞을 것이었다.

화르르륵, 지글지글.

육즙이 풍부한 고기가 불 위에서 구워지고 있었다.

'후우… 도대체 언제 도착할까?'

루운은 배고픔에 고기를 하염없이 쳐다보면서도 속으로 불평을 잊지 않았다.

철후의 말을 믿은 것이 문제였다. 아니, 믿지 않더라도 다른 방법이 존재하지 않았다.

호운은 길을 모르는 것 같았으며, 샤스라는 여전히 침묵을 지킬 뿐이었다.

그녀의 차갑고 까칠한 성격은 철후와 호운이 함께 있어도 변함없었다.

그러다 보니 철후만을 믿고 걷기 시작했는데 어느덧 날은 저물고 저녁이 찾아왔고, 다들 허기짐을 느끼자 자리를 잡고 배를 채우기로 결정되었다.

물론 고기는 유일한 제자인 루운이 잡으러 갔다 왔으며, 그사이에 철후는 길을 한번 찾아보고 오겠다며 혼자 움직였다.

"왜 이렇게 안 오는 것이지?"

손질한 고기가 다 익었음에도 철후가 돌아오지 않자 호운이 말문을 열었다.

"그러게요. 설마 길을 잃지는 않았을 텐데……."

"으하하. 그럴 리가 있겠느냐! 그놈이 아무리 멍청하다 할……."

"……."

호운과 루운의 두 눈이 마주쳤다.

지금까지는 그런 생각을 하지 못했었다.

철후가 길을 찾아줄 것이라 믿었지, 설마 자신이 길을 잃어 일행도 못 찾겠나! 싶어서 말이다. 하지만 철후라면 충분히 가능한 일!

"진짜 그런 것 같은데요!"

"하여튼 이 멍청한 놈!"

루운과 호운은 사태의 심각성을 느끼며 자리에서 벌떡 일 어섰다.

사실 철후는 어떻게 되어도 상관없었다.

그 실력에 어디 가서 죽을 것도 아니고, 언젠가는 알아서 찾아 나올 테니!

그러나 철후가 없으면 위치를 전혀 모르게 된다. 오로지 그 것만이 문제!

타타타타탁!

하나, 그때 멀리서부터 발소리가 들려왔으며 철후의 기운 이 느껴졌다.

"다행이군요."

"그러게 말이다."

그러자 루운과 호운은 안도의 한숨을 내쉬며 자리에 주저 앉았다.

철후가 돌아왔다. 이제 또 길을 찾아다녀야 할지도 모르지만 그래도 위치를 아는 이가 돌아온 것이다.

무슨 일이 있었는지는 전혀 걱정도 안 하는 무한 이기주의!

"드디어 찾았다! 찾았어!!"

'정말인가?

일행들과 가까워지자 철후가 기쁨을 잊지 못하며 큰 목소리로 외쳤다.

루운은 믿을 수 없지만 반색하며 벌떡 일어섰다.

철후가 다른 것을 찾을 리는 없었기에 목적지가 분명했다.

'이제 전직을 할 수 있구나……'

루운의 키보다 높은 수풀이 바스락거렸다.

루운은 시간이 없어 다급했었던 마음이 사라지는 것을 느끼며 양팔 벌려 철후를 환영했다.

곧 철후가 수풀을 헤치고 나타났는데, 뭔가 이상했다.

마치 운 것처럼 붉어진 두 눈! 갇혀 있다 구조된 이들처럼 너무나 감사하는 표정!

"찾았다! 너희들을!!"

'정말 길을 잃었던 것이냐!!'

루운은 혈압이 솟구치는 것을 느끼며 자리에 주저앉았다.

"이야, 나갈 때 표시를 안 하고 가서 얼마나 찾기 힘들던지! 또, 너무 멀리 돌아다니다 보니 너희들의 기운 범위 밖으로 빠져나가 정말 힘들었다!"

넉살 좋은 표정으로 자리에 앉으며 고기를 물어뜯는 철후.

그 모습에 호운은 처음부터 기대하지 않았다는 듯 그를 비꼬며 고기를 먹기 시작했는데, 철후의 입가에 의미심장한 미소가 흘러나왔다.

"후후… 길은 정말 못 찾았었지만 다른 것을 찾아냈지."

"다른 걸요?"

멍해 있던 루운은 정신이 번쩍 드는 것을 느끼며 되물었다.

"그래! 바로 마을이다!"

"마을이요? 그렇다면 그곳이 목적지?"

루운은 재차 희망의 줄을 잡으며 철후를 빤히 쳐다봤다.

아직 목적지에 대한 자세한 얘기를 듣지 못했다. 그렇기에 목적지가 무슨 형태를 갖추고 있는지 몰랐다.

그런 루운을 쳐다보며 철후는 한참이나 뜸을 들이다 고개를 끄덕이며 대답했다.

"아니! 전혀 상관없어!"

'그러면 고개를 왜 끄덕이는데!!'

하루 만에 급 늙어버린 루운이었다.

"이곳인가요?"

철후의 안내로 인해 그가 발견한 곳을 찾은 루운은 눈앞에 펼쳐진 마을을 쳐다봤다.

온통 초록색으로 이루어진 곳이었다.

집도, 건물도, 꽃도, 나무들도, 동물들도, 흙까지 싱그러운 녹색의 장관이었다.

"누, 누구냐!"

특이한 점이 있다면 아무리 숲에 위치한 마을이고 밤이 저물었다 할지라도 그 누구도 보이지 않는 것이었다.

인기척을 느낄 수 있었다. 그런데 모두 집 안에만 있을 뿐 문은 굳게 닫혀 있었다.

하지만 밖에서의 움직임을 읽은 탓인가? 바로 곁에 있는 집 안에서 어린 소년의 목소리가 들렸다.

여전히 문은 열지 않은 채 말이다.

"누구기는! 철후님이시다!"

'켁! 처음부터 저리 건방지게!'

상대의 어투에 기분이 상했는지 철후가 삐딱하게 대답했다.

그러자 루운은 그를 황급히 말리며 자신이 나섰다.

현재 이곳이 어디인지도 모르는 상황에서 괜히 심기를 건들 필요가 없었다.

그리고 이들이 자신들의 목적지를 알고 있을 수도 있지 않은가?

"길을 잃어 지나가다가 들르게 되었습니다. 괜찮으시다면 얘기를 나눌 수 있을까요?"

여전히 불만스러운 표정의 철후를 달래며 루운이 부탁조

로 말을 꺼냈다.

그런데 돌아온 것은 침묵뿐이었고, 여전히 그 누구도 모습을 나타내지 않았다.

'왜 저러는 것이지?'

단지 낯선 이를 싫어하는 것일 수도 있으나, 이른 저녁 시간에 그 누구도 밖에 나오지 않는다는 점으로 인해 무엇인가 다른 이유가 있다고 루운은 판단했다.

"결계가 존재하는군."

그런 루운의 추측에 힘을 실어주는 샤스라의 발언이었다.

"아주 미약해서 신경을 쓸 필요도 없는 정도지."

호운 역시 결계의 존재를 알고 있었다는 듯 중얼거렸고, 철후는 고개를 끄덕일 뿐 아무런 말을 하지 않았다.

'다들 알고 있었구나.'

그 셋을 보며 루운은 자신의 약함을 느낄 수 있었다.

이들은 자신들의 분야 외에도 여러 방면으로 강했다.

하나… 루운은 철후의 내면을 볼 수 없었으니.

'나, 나만 몰랐잖아!'

샤스라와 호운의 말을 듣고 나서야 결계를 깨달은 철후!

다만 쪽팔리기 싫어서 고개를 끄덕이며 아는 체를 한 것이었다!

끼이이이익!

잠시의 시간이 지났다. 일행들끼리 어떻게 할지 의논을 나누고 있었다.

철후는 당장 들어가서 아무나 끌고 나오자 했으며, 호운 역시 기다림의 시간이 길어지자 인내심이 한계에 다다른 듯 같은 뜻을 펼쳤다.

샤스라는 자신과 관련이 없는 것처럼 아무런 말도 하지 않았고, 루운만이 그 둘을 말리며 자기가 다시 얘기해 보겠다고 하던 때였다.

드디어 굳게 닫혀 있던 나무문이 소리가 나며 열렸고, 한 문이 열리자 10여 채로 보이는 집들에서 일제히 문을 열었다.

그와 함께 초록색의 피부를 가진 종족들이 모습을 드러냈다.

"네놈들은 누구란 말이냐?"

드워프랑 견줄 만할 작은 키에 튼튼한 체격의 종족 중 가장 나이가 많은 요정이 앞으로 나서며 소리쳤다.

그들의 나이를 구분할 수 있는 방법은 녹색의 수염이었다.

다들 생김새도 비슷했으며, 나이가 많다고 주름이 진 것도 아니었다.

하지만 남성들의 경우 수염의 길이에서 차이가 났는데, 현재 앞으로 나선 존재는 수염이 발끝까지 닿을 정도였다.

"허세 부리기는."

철후가 코웃음을 치며 지적했다.

그 말처럼 이들의 장로로 추정되는 이는 애써 힘껏 소리를
쳤지만 온몸은 벌벌 떨고 있었다.

　누가 봐도 그가 겁에 질려 있다는 사실을 알 수 있게 말이
다.

　"오해가 있는 듯한데, 저희는 단지 길을 잃었을 뿐입니다."

　루운이 황급히 그 사이로 나서며 대답했다.

　그러면서 녹색의 종족들을 한 명, 한 명 쳐다봤다.

　수염이 자란 남자이면서도 연장자들이 앞에 나선 상황이
었고, 그 뒤로는 여자나 아이들이 서로를 껴안은 채 불안한
눈으로 자신들을 쳐다보고 있었다.

　'도대체 무슨 일이 있었던 것인가?'

　저들은 두려움에 치를 떨고 있었다.

　그렇지 않고서야 단순히 낯선 이들이 나타났다는 사실만
으로 이토록 겁내할 일이 없었다.

　또한, 결계까지 치면서 자신들을 보호할 필요도 없고 말이
다.

　"그러면 갈 길을 가면 될 것이지, 왜 우리를 찾아왔는가?"

　루운의 태도에 노인은 안도한 얼굴이었지만 여전히 경계
심을 거두지 않으며 외쳤다.

　"물어볼 것이 있어서 이리 찾게 되었습니다. 목적지를 가
야 하는데 길을 잃어서 말이죠."

　"흥. 목적지가 이곳 타락한 숲에 있다면 포기하고 돌아가

라. 이곳이 어떤지 너희들은 모른다!"

"타락한 숲이요?"

노인은 어이없는 얼굴이 되었다. 그런 기본 사실조차 모른 채 들어오다니?

"허허. 정말 멍청한 인간이로고. 사지인 것도 몰랐다는 말이냐?"

그가 동정 어린 눈빛을 보였다.

'타락한 숲이라…….'

루운은 고개를 돌려 일행을 쳐다봤다.

아무런 동요가 없는 것을 보니 둘 중 하나인 듯했다.

첫 번째는 알고서 온 것이었고, 두 번째는 어떤 적이 있든 해치울 자신이 있다는 것.

"저희들은 어떤 위험도 감수할 수 있습니다. 그러니 저희의 목적지를 듣고 알려주실 수 없을까요?"

"크큭! 크하하! 너희들이 그놈들을 이길 수 있단 말이냐?"

루운의 미간이 찌푸려졌다.

흥분한 철후와 호운을 달래기 위해 그토록 노력했고 손님의 입장이기에 최대한 정중히 대했다.

그런데 저들은 자신들에게 대놓고 비웃음을 터뜨린다.

"그렇게 안 보이십니까?"

질문을 하는 루운의 목소리가 살짝 가라앉았다.

게임에서만큼은 매너를 지키려 하는 루운이지만 그의 성

격은 극강 다혈질에 소심!!

아무리 뉴 월드라 할지라도 반대편에서 매너를 지키지 않는다면 그 역시 마찬가지였다.

"한낱 인간 따위가 그 악마들을 상대할 수 있을 리 없다! 정령들인 우리조차 그들의 눈치를 살피는데!"

"놔! 놔! 저것들 다 죽여 버리겠어!"

"나도 동감일세!"

"짜증나는 정령들이군."

정령들인 그들의 발언에 루운의 뒤쪽에서는 난리가 발생했다.

오죽하면 그 냉철한 샤스라마저 인상을 찌푸리며 말을 할 정도!

'이거… 정말 저들이 죽을지도 모른다!'

그러자 다급히 정신을 차린 것은 루운이었다.

자신 역시 정령들의 태도에 기분이 좋지 않았지만 진심으로 죽일 마음은 없었다.

하지만 뒤에 서 있는 셋이라면 충분히 그러고도 남을 인물들!

"저, 저기 일단 대화로……."

루운은 식은땀이 흐르는 것을 느끼며 다급히 뒤돌아섰다.

말리기에는 셋 모두 기분이 심히 좋지 않았으며, 정령들 역시 분위기 파악을 하지 못한 채 자만을 멈추지 않았다.

"화를 내봤자 인간들 주제에… 흥! 특히 저 씹다 만 젓갈같이 생긴 둘은 보는 것 자체가 역겹군!"

"하, 하하… 씹다 만 젓갈이라."

"철후… 자네와 내가 젓갈이 되었구만. 으하하!"

"……"

입은 웃고 있는데 눈에서는 살기가 발출된다!

루운은 생명의 위급함을 느끼며 다급히 정중앙에서 자리를 비켰다!

그와 함께 씹다 만 젓갈 둘의 신형이 쏜살같이 움직였다.

입은 여전히 웃는 얼굴로 두 눈동자에는 흰자위를 가득 드러낸 채…….

"으아아악! 인간이 정령 죽인다!"

"이놈들! 저, 정체가 뭐냐!"

"살려주세요!!"

'지, 짐승들!!'

루운은 눈앞에 펼쳐진 광경을 보며 치를 떨었다.

둘의 성질에 많이 참았고 화가 많이 났다는 사실을 잘 알고 있었다.

또한 죽이지 않는 것만 봐도 나름 이성을 유지하고 있는 듯했다.

하나, 아픈 곳만 골라서 죽어라 패는 둘의 잔인한 수법!

딱 죽지 않을 만큼 때렸다가 죽을 것 같으면 다른 정령을 붙잡고 때렸고, 재차 죽을 것 같으면 처음 공격했던 정령을 또 두들겨 팬다!

만약 저들이 고문관을 했더라면 그 어떤 이들도 모든 사실을 불었을 정도!

'아까 전 아픔이 떠오르는군.'

그 광경에 루운이 소름 끼쳐 하는 가장 중요한 이유가 따로 존재했다.

바로 낮에 둘에게 대들었다가 맞을 때 똑같이 경험했기 때문!

정말 너무 아프다 보면 말이 나오지 않는데, 아까 전이 그런 경우였고 지금 정령들도 마찬가지였다.

처음에는 발악하던 정령들이 너무나 끔찍한 통증과 함께 이제는 삶을 체념한 채 말없이 맞고 있었다.

"이제 그만."

그 순간 곁에 있던 샤스라가 루운을 쳐다보며 말했다.

알아내야 할 것도 있으니 말리자는 뜻이었다.

끄덕끄덕!

루운은 그녀의 의견에 동의했고, 샤스라가 눈짓으로 자신이 호운을 잡겠다고 알리자 루운은 철후를 쳐다봤다.

"으하하! 다 씹다 버리겠다!"

씹다 만 젓갈… 아니, 철후의 감정이 담긴 외침!

'과연 가능할까……'

루운은 속으로 한숨을 길게 내쉬었다.

샤스라야 저들과 다를 바 없는 능력을 보유하고 있으니 어려움이 없을 것이다.

그러나 자신은 달랐다. 능력의 차이가 나도 너무나 컸다.

아까 두들겨 맞으면서 다시 깨닫지 않았던가! 더불어 지금 철후의 상태는 미치광이나 다름없는 수준!

'뭐, 어쩔 수 없지.'

만약 하지 않는다면 샤스라에게 맞을 일이었다.

결국 이래도 맞고 저래도 맞는다면 차라리 말리기라도 하면서 맞는 것이 좋았고, 샤스라가 움직이자마자 루운 역시 철후를 향해 돌진했다.

"라지와 아지!!"

사아아아악!!

루운의 예상처럼 과거의 세계라 할지라도 둘이 소환되었고, 바로 합체를 시도했다.

그런 기운을 느낀 샤스라가 호운을 붙잡은 채 루운을 쳐다봤다.

그리고 라지와 아지를 확인하며 감회에 젖은 표정이 되었다.

루운의 수련을 도와주면서 낯익은 그들과 재회하게 되었고 은월을 떠올릴 수 있었는데, 지금도 마찬가지였다.

콰지지지지직!!

"크으으윽!"

철후의 주먹에 기운이 실렸다.

이때까지는 힘을 뺀 채 패고 있었지만 루운이 자신을 말리기 위해 접근한다는 사실을 알아차린 것이다.

그래서 일부러 힘을 싣는 센스!

"이제 그만 해요."

철후의 기운을 온몸으로 막아낸 루운은 뒤로 몇 걸음 물러서더니 겨우 중심을 잡고 말했다.

하지만 철후는 멍한 표정으로 루운을 쳐다보고 있었다.

두 가지 사실에 충격을 받은 것이다.

첫 번째는 처음으로 보게 된 합체! 그리고 두 번째는 루운이 자신의 공격을 막은 것!

내심 루운을 골탕 먹일 각오로 방어하지 못할 정도의 기운을 발출했다.

큰 부상은 피할 정도였지만 그렇다고 막을 수 있는 수준도 아니었다.

'부, 분명 놈의 강함을 파악해서 힘을 실었는데!'

철후는 당황스러웠다. 루운의 성장이 말도 안 될 정도로 빠르다는 사실을 알고 있었다.

그래서 골탕을 먹이더라도 자신이 스승이라는 것을 항상 강조하지 않는가!

훗날 루운이 자신을 능가할 때 빌붙어 살기 위해서!

하나, 아직은 아니었다. 물론 이번에도 기간에 비해 훌쩍 성장해서 나타났지만 말이다.

"쿠, 쿨럭! 깜짝 놀랐잖아! 만약 내가 힘을 많이 주었더라면 너는 죽었을 것이다. 아주 살살 쳐서 다행이지!"

"안 죽었으니 됐잖아요."

루운은 통증을 뒤로하고 애써 웃는 얼굴로 말했다.

다행스럽게도 철후는 더 이상 정령들을 팰 생각이 없어진 듯 보였다.

'정말 강하구나……'

그러면서 철후의 숨겨진 힘에 놀라움을 감추지 못했다.

아직 자신이 많이 부족하다는 사실을 잘 알고 있었다.

그럼에도 변신을 하면 혹시 모를 변수가 만들어질 수 있다고 생각했었는데… 그 생각이 지금 산산이 무너졌다.

자신이 느끼기에는 대단한 기운이었는데 아주 살살 친 것이란다! 그 정도가!

'젠장! 이제는 짓궂게도 못 대하겠군!'

반대로 철후는 식은땀까지 흘리며 자신의 과거를 반성했다!

생각해 보니 너무 괴롭힌 것 같다! 훗날 자신을 거둬줄 위대한 제자인데!

전력을 다하지 않았지만 기운을 꽤 실어 쳤는데도 저 이른 나이에 막으신 분이다!

'이제부터 아끼고 아껴줘야겠어!'

노후를 준비하는 그였다.

"와… 진수성찬이군요."

루운은 감탄한 표정으로 식탁을 쳐다봤다.

모두는 두들겨 맞은 다음에서야 태도가 바뀐 정령들의 장로 집 안에 와 있었다.

일행들에게 희망을 발견한 것인지, 아니면 두려워서인지 그들은 자신들의 식량으로 한상 가득 푸짐하게 차렸는데, 루운의 예상과는 달리 고기 요리들도 존재했다.

정령들이라고 엘프처럼 육식을 안 하는 것은 아닌 듯했다.

"그런데 하실 말씀이 있으시죠?"

바쁘게 배를 채우기 시작한 호운과 철후를 대신해 루운이 곁에 서 있는 장로에게 물었다.

그는 조심스럽게 눈치를 살피고 있었는데, 루운의 말이 끝남과 동시에 절을 하듯이 상체를 바닥에 숙였다.

"부디 저희들을 구해주십시오!!"

"일단 일어나세요!"

루운은 고기를 한 점 입에 넣으려다 말고 당황한 표정으로 장로를 일으켜 세웠다.

"저희를 도와주시는 것입니까?"

장로는 간절한 마음을 담아 루운을 쳐다보며 손을 붙잡았다.

하나, 루운은 난처함을 금치 못하며 일행에게 뜻을 넘겼다.

사실 시간이 급하기도 했지만, 이 멤버 사이에서는 루운에게 전혀 선택의 권한이 존재하지 않는 탓이었다.

"나는 상관없다."

가장 먼저 대답을 한 것은 샤스라였다.

길을 찾든 싸움을 하든 어차피 그녀에게는 별일이 아니었다.

"으하하. 맛있는 음식을 주었으니 도와주는 것이 도리 아닌가?"

긍정적으로 답한 이는 호운이었는데, 음식과 함께 그의 기분은 완전히 풀려 있었다.

와그작, 와그작! 쩝쩝!

'저분은 넘어가자…….'

한 명씩 대답을 함에도 불구하고 그동안 굶었는지 음식에만 정신이 팔려 있는 철후!

"알겠습니다. 무슨 일이시죠?"

다수결의 원칙과 함께 루운이 장로를 향해 긍정의 뜻을 밝히자 장로는 젖은 눈가로 반복해서 고개를 끄덕였다.

그리고 음식을 모두 비운 뒤, 그들의 사정을 장로를 통해 듣게 되었다.

"놈들이 나타난 것은 1년 전이었습니다……."

얘기를 꺼낸 장로의 표정에는 억울함이 가득했으며 루운은 경청했다.

'정체를 알 수 없는 악마들이라…….'

얘기가 끝나자 루운은 곰곰이 생각에 빠져들었다.

장로는 그들을 악마라 표현했지만, 악마라 하면 신이었다.

물론 천사들이 사람들의 소망을 들어주거나 기적을 보여주듯, 악마들이 세상에 나와 혼란스럽게 하지 말라는 법은 없지만 납득이 되지 않았다.

진정 그들이 악마라면 이 숲 하나에 만족하지 않고 특히 유혹과 공포에 젖기 쉬운 인간들을 목표로 삼지, 정령들만 괴롭히며 지내지는 않을 테니 말이다.

그래서 이 숲에 어떤 존재들이 정착을 했고, 정령들을 괴롭히는 것이라 판단했다.

"알겠습니다. 저희가 가보도록 하죠."

루운의 확답에 장로는 재차 절하는 것처럼 고개를 숙였다.

처음 그들을 무시했음에도 불구하고, 자신들에게 힘이 되어주려 하고 있었다.

끝을 알 수 없을 만큼 감사했으며, 아무리 상처가 많다 할지라도 인간이라는 자체로 무시하려 했던 자신들이 부끄러웠다.

"뭐라고 생각하세요?"

장로가 잠시 시간을 주기 위해 밖으로 나가자 루운이 말문을 열었다.

"글쎄다. 요괴나 몬스터 혹은 돌연변이들일 수도 있겠지."

"이곳에서 악마처럼 거대한 기운은 느끼지 못했다."

호운과 철후가 자신들의 의견을 알렸다.

만약 진짜 악마라면 아무리 신들의 세계에서 약한 존재라 할지라도 쉬운 상대는 아니었고, 그 기운의 질도 남달랐다.

그렇기에 한계를 넘어선 셋이 발견 못했을 리가 없었다.

정말 그들조차 감히 잴 수 없는 능력의 악마라면 또 모르겠지만, 정황상 그럴 확률은 존재하지 않았다.

"그 얘기는 둘째 치고 아까 그 모습에 관해 얘기해 봐라."

철후가 따뜻한 차를 마시다 말고 루운을 향해 재촉했다.

너무나 궁금했는데 물어볼 타이밍을 놓쳤다가 이제야 말을 꺼내게 된 것이다.

흑룡, 구미호와 하나가 되다니! 한 번도 상상하지 못했던 광경이었다.

"에, 그게 말이죠……."

루운은 당혹한 표정으로 빠르게 머리를 굴렸다.

3차 전직을 할 때 샤이린과 샤스라한테 보인 적이 있었다.

그때 역시 둘은 믿을 수 없다며 이리저리 캐물었지만 루운의 대답은 간단했다.

어쩌다 보니 이렇게 되었다는 것! 자신들 역시 쉽게 설명하기 힘들다고.

사실 합체에 대한 정확한 원리를 알 수 없었다. 게임에서 그렇게 만들었는데 이들의 상식으로 어찌 설명하겠는가?

그것은 라지와 아지도 마찬가지였는데, 그들 역시 그렇게 될 수 있다는 것을 3차 진화와 함께 알게 되었을 뿐이다.

"저도 뭐라고 말하기는 힘들어요. 다만 오랜 시간 함께 강해지다가 언제부터인가 정신이 공명했고, 자연스럽게 합체가 된 것 같아요."

루운은 이전 샤스라에게 했던 말에서 일부 추가를 한 다음 말했다.

그러자 철후는 더 캐묻고 싶었으나 노후를 위해 꾹욱 참았고, 샤스라는 더 이상 알아낼 것이 없다는 사실을 잘 알기에 묻지 않았다.

다만 호운만이 호기심을 참지 못하며 계속 들이댔는데, 루운의 대답은 한결같을 뿐 원하는 답을 얻지 못했다.

그렇게 이런저런 얘기로 시간을 보내고 있을 때, 밖에서 노크 소리가 들려와 모두는 자리에서 일어섰다.

"어… 거기?"

"알고 있습니까?"

루운은 장로를 보며 반가운 얼굴로 되물었다.

장로의 재차 방문과 함께 모두는 존재들을 만나러 가기 위해 이동하고 있었다.

그러다 루운이 자신의 전직 퀘스트를 떠올리곤 철후에게 부탁하자, 그는 안내인 역할을 맡은 장로에게 자신이 들은 위치와 특징을 알려줬다.

1,000년 이상의 수명을 자랑하는 거대한 나무에 관해서.

그러자 장로가 반색하며 아는 듯 말한 것이다.

"네. 저희가 찾아가는 곳에서 멀지 않습니다."

"다행이군요!"

루운은 진정 기쁨을 담아 환하게 웃었다.

아직 현실에서 하루가 지나지 않았지만 오늘의 시간을 다 썼다고 봐야 했다.

즉, 12월 5일까지 남은 시간은 3, 4일 이틀뿐이었다.

'이제라도 알았으니 다행이다. 하지만 과연 이틀 안에 전직을 마칠 수 있을까?'

아직도 내면에는 불안한 마음이 가득했다.

지금까지의 경험으로 봐서는 이틀로는 도저히 불가능한 기간이었으니.

그러나 실력만큼 중요한 것이 운이라는 말도 있듯, 모든 건 운에 맡길 뿐이었다.

"도착했습니다……."

사아아아…….

스산한 안개가 가득 깔려 있었다.

장로는 거리가 근접할수록 불안한 기색이 역력했는데, 도착하자 겁에 질린 표정으로 루운의 등 뒤에 숨어 있었다.

그는 정령들 중 가장 이들의 무서움을 잘 겪은 인물이었다.

한 달에 한 번 힘겹게 사냥하고 키운 가축들과 희귀한 열매들을 직접 운반하기도 했기에.

"부탁드립니다, 부탁드립니다!"

루운은 자신의 팔목을 붙잡은 장로의 손에서 그의 아픔을 느낄 수 있었다.

눈물을 한가득 흘리며 안개 낀 지역을 노려보고 있는 그.

'동족들이 죽었다 했었지…….'

그들이 원했던 것은 식량뿐만이 아니었다.

간혹 마을까지 찾아와 정령들을 잡아먹기도 했다는 것이다.

그래서 정령들은 저녁에 밖으로 나오지 않으며 결계까지 친 채 문을 잠그고 지냈다.

"넷의 기운은 저 안쪽에 있다."

"그만 들어가세요. 저희들이 모두 해결해 놓겠습니다."

샤스라의 말과 함께 루운은 장로를 가도록 했다.

저들과 전투를 치러야 할 텐데 장로는 도움은커녕 오히려 위험할 수 있었다.

"믿어도 되는 것이지요?"

일행의 힘을 확인했음에도 장로는 여전히 불안한 듯 재차 확인을 받았고, 루운이 힘주어 고개를 끄덕여 주자 겨우 발길을 돌렸다.

'이제 얼른 끝내고 가자.'

올라오는 와중에 천 년 묵은 나무가 정확히 어디에 있는지 들을 수 있었다.

이제 찾아가서 퀘스트를 하는 일만 남은 것!

"온다."

기운들을 감지하고 있던 샤스라가 손을 풀며 모두에게 알려주자, 주변을 구경하던 호운은 길게 하품을 했고, 철후 역시 별 관심이 없다는 듯 귀를 후볐다.

자신들의 능력에 비해 한참 약한 상대들인 탓이다.

"한 놈씩 맡으면 되겠군."

철후의 말에 다들 동의의 뜻을 내비쳤다.

셋이야 가볍게 해치울 수 있는 상대들이었고, 루운 역시 가만히 놀고 있을 마음이 존재하지 않았다.

"키키킥. 인간들이네?"

"아까 정령 놈의 기운도 느껴졌는데 안 보여?"

"우호호! 설마 우리들을 해치우기 위해 인간들을 데리고 온 거야?"

"무슨 상관이야? 저놈들도 잡아먹고 정령들 역시 벌을 줘야겠지!"

안개가 더욱 짙어진다고 느껴질 때였다.

안개 뒤편에서 쇠를 긁는 듯한 여럿의 목소리가 들려왔는데… 머지않아 안개를 뚫고 존재들이 모습을 드러냈다.

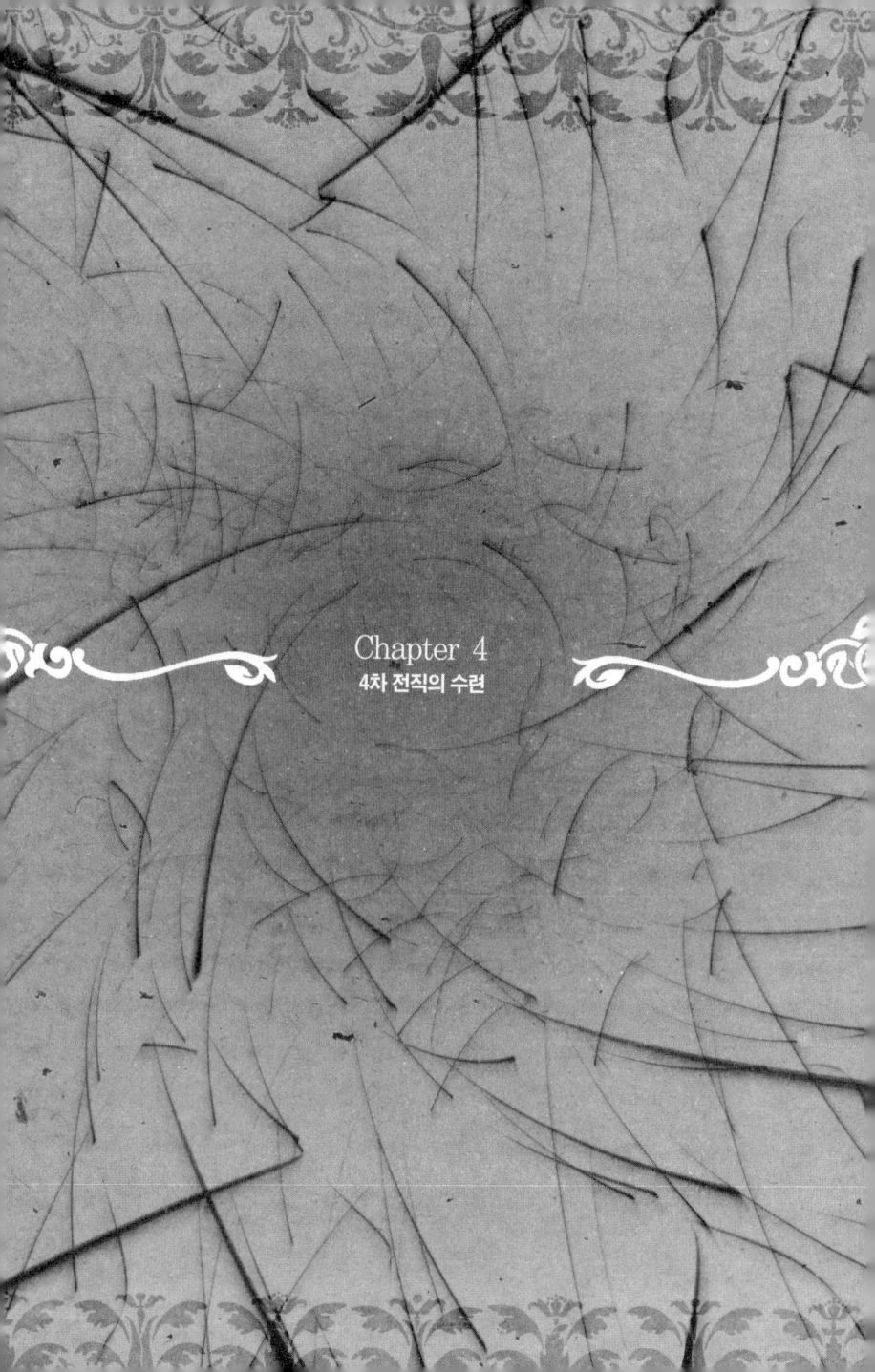

Chapter 4
4차 전직의 수련

NEW 뉴월드
WORLD

"저것들이 우리를 무시하는 건가?"

"그런 것 같다! 그런 것 같다!"

"우호호! 나 정말 화나는데? 말리지 마!"

"아무도 안 잡았거든?"

존재들은 요괴와 흡사한 모습이었는네 잘 이해가 되지 않았다.

정령들이 존재하고 NPC들에게 대략의 위치를 물어보니 이곳은 서대륙이었다.

물론 서대륙에 요괴가 없는 것도 아니고, 동대륙에 간혹 몬스터가 나타나기는 하지만 정말 보기 드문 경우였다.

'그래서 악마라 생각하는 것인가?'

정령들은 산속에서만 지내다 보니 세상의 동정을 잘 모를 것이다.

요괴의 존재만 알 뿐, 직접 본 적은 드물었을 테니 말이다. .

"난 이놈으로 할래. 가장 약해 보인다. 우호호!"

자신들끼리 얘기를 나누던 요괴들 중, 유독 수다스럽고 웃음이 괴상한 요괴가 루운을 지목하며 말했다.

'이런 솔직한 놈!'

넷 중에서 가장 약하다는 것은 사실이었다.

루운 역시 너무나 잘 알고 있었고 부정할 마음은 존재하지 않았다.

하지만 아무리 요괴라 할지라도 매너라는 것이 있어야 하는 법인데… 이토록 대놓고 말하다니!

"우호호! 너는 날을 잘못 잡았다. 내가 얼마나 무서운 요괴인데!!"

"아… 그러세요?"

1:1로 짝을 지어 대결 구도가 형성되었을 때 루운은 코를 파며 대답했다.

눈앞에서 알짱대는 붉은 빛깔의 도깨비 같은 형상을 지닌 요괴는, 울퉁불퉁한 방망이를 위협적으로 휘두르며 자신의 강함을 과시했다.

"어어! 잠깐 기다려! 어차피 내가 제일 먼저 끝낼 테니 우리는 조금 있다가 싸우자."

루운이 검을 쥔 채 움직이려고 하자 요괴가 다급히 손을 흔들며 말렸다.

"누가 먼저 끝낸다고?"

"내가!"

요괴의 확고한 대답에 루운은 시선을 돌렸다.

그곳에서는 철후와 호운, 샤스라가 요괴들을 쓰러뜨리기 직전이었다.

셋의 표정이 진지해진 것을 확인하니 겉보기보다는 꽤 강한 모양인 듯하고 말이다.

"글쎄… 과연 그럴까?"

루운이 의미심장한 미소를 지으며 말하자 요괴는 고개를 갸웃거리며 시선을 돌렸다.

그리고 믿을 수 없다는 표정을 지으며 이를 딱딱 부딪쳤다!

"뭐, 뭐냐! 세상에 이런 일이!!"

"네놈들이 너무 약해서 저 세 분의 강함을 파악하지 못한 것일 뿐."

루운은 요괴에게 충고를 건네며 검을 쥔 손에 힘을 주었다.

정령들도 그렇고 자신들의 힘을 너무 과시하는 경향이 있었다.

정령들 역시 자연의 마나를 부리는 등 묘한 힘이 존재하기는 했지만, 일정 이상 수준에 오른 이들한테는 위협이 되지 않았다.

또한, 자신들의 능력을 과신한 나머지 상대의 힘을 파악하고 그것이 진실이라 믿었다.

진정한 힘까지 파악하지 못한 자신들의 약함을 인정하지 않으며 말이다.

"자연의 마나!"

스파아아앗! 타타타타탁!

십자 형태의 마나가 요괴를 노리며 달려들었다.

그러자 아직도 어안이 벙벙해 있던 요괴는 화들짝 놀라며 몸을 숙여 피했다.

"자, 잠깐! 커억!"

"싸움 중에 잠깐이 어디 있냐!"

자연의 마나를 발휘함과 동시에 달려간 루운은 요괴가 일어서기도 전, 검을 휘둘렀다.

콰지지직!!

하나 요괴의 몸 주변으로 붉은 실드가 형성되더니 루운의 공격을 막았다.

'역시 쉽지는 않은 상대란 것인가?

"우호호! 나 정말 화났다!! 너를 죽여 버리겠어! 그전에 부탁이 있다!"

'정말 말이 많은 놈이군.'

루운은 싸움은 하지 않고 떠들어대기만 하는 요괴로 인해 얼굴을 찌푸렸다.

대결을 할 때 제일 짜증나는 타입이었다.

"시간이 필요하다! 어떤가? 나의 전력이 궁금하지 않나!"

"전혀."

차갑게 거절하는 루운!

"이, 이런 냉정하신 분! 기다려 주세요!"

"……."

루운은 순식간에 비굴 모드로 전환한 요괴의 모습에 잠시 멍했다가 곧 웃음을 터뜨렸다.

그와 함께 알겠다며 고개를 끄덕였다.

어차피 전력을 발휘한다 해도 큰 상관은 없었다.

아니, 그로 인해 자신을 능가하게 된다 할지라도 곁에는 그 누구보다 무서운 세 명이 존재하고 있지 않은가.

마지막으로 자신 역시 진월을 비롯해 버프와 정령들을 발휘하기 위해서는 약간의 시간이 필요하고 말이다.

"우호호! 나에게 시간을 준 것을 후회하도록 만들어주마!"

언제 약한 모습을 보였냐는 듯, 떵떵거리며 모든 힘을 끌어내는 요괴.

촤아아악!

그런 요괴의 주변으로 붉은색의 빛무리가 형성되었고, 그 모습을 지켜보던 루운은 진월을 소환했다.

루운의 손목에서 빛이 발출되자 샤스라의 시선이 그곳으

로 향했다.

알고 있었다, 무엇이 나타나려고 하는지를……

'진월… 시작하자.'

붉은 빛 몸체를 뿜내며 나타난 진월을 사랑스레 쳐다보는 루운.

그는 망설임없이 진월을 어깨와 턱으로 고정한 다음 연주를 시작했고, 세 명의 NPC들은 감회에 젖으며 두 눈을 감았다.

아름다웠다. 서글펐다. 은월과의 추억이 머릿속으로 스쳐 지나갔다.

<u>스스스스……</u>

버프가 끝나자 하급 정령들의 모습이 나타났다.

"아……"

그로 인해 루운이 진월을 역소환하자 샤스라는 저도 모르게 아쉬움을 흘렸지만 애써 침착함을 유지했다.

"우호호! 이제 너는 죽었다!!"

그때, 요괴 역시 준비를 끝냈는지 큰 목소리로 외쳤다.

화르르륵!

온통 불꽃밖에 보이지 않았다.

루운은 눈앞에 펼쳐진 장관에 두 눈을 동그랗게 뜨고 두리번거렸다.

자신을 위협하기 위해 붉은색 아가리를 벌리고 있는 것이 었지만 불꽃의 소용돌이는 황홀할 만큼 신비로웠다.

"우호호! 너는 이 안에서 죽어갈 것이다!!"

요괴의 자신만만한 목소리가 들렸다.

준비를 모두 끝낸 요괴의 몸 주변에는 상위 랭커들이나 각성한 유저들처럼, 불꽃이 이펙트를 형성하고 있었는데… 그 불꽃이 갑자기 치솟았다.

그리고 요괴와 자신의 신형을 감싸며 소용돌이가 되었고, 루운은 태풍의 눈에 들어온 듯한 기분이었다.

치이이이익.

'후… 점점 뜨거워지는군.'

루운의 전신에서 땀이 맺혀 흐르기 시작했다.

처음에는 큰 열기를 느끼지 못했지만, 시간이 흐를수록 호흡이 답답해지더니 마치 불꽃에 삼켜지는 기분이었다.

"나는 불꽃의 요괴. 너를 감싸고 있는 이 불꽃들은 모두 나의 의지대로 움직인다! 한마디로 너에게 피할 공간은 존재하지 않아!"

'이거… 초반부터 변신을 써야겠는데.'

과거 세계로 오기 전 인벤토리에 변신을 위한 아이템을 보유하고 있어서인지 이 세계에서도 변신이 가능했다.

그러나 변신을 하고 나면 얻게 되는 피로감도 그렇고, 자신보다 강한 이들이 세 명이나 있는데 굳이 사용하고 싶지 않았다.

또한, 라지와 아지는 변신을 좋아하지 않았다. 자신들 스스로가 즐기지 못하기 때문에.

그렇기에 월등한 강함을 느끼지 못하는 상대한테는 변신이 아닌 라지, 아지와 함께 싸우려는 마음이었다.

하나, 불꽃으로 인해 열기가 극심해지자 결심이 흔들리게 되었다.

"우호호! 대꾸조차 하지 못할 만큼 힘겨워하는군! 좋다! 얼른 너를 죽이고 달아나 주마! 우호호! 응?"

"으응?"

일단 같은 불꽃의 힘을 쓰는 아지와 덤으로 라지까지 소환하려던 순간이었다.

갑작스럽게 요괴가 한 걸음을 내딛다 말고 비틀거리며 넘어졌다!

"우호호! 잊어먹고 있었다!"

"뭐를 말이냐!"

"나도 덥다는 것을!!"

"……."

무게를 측정할 수 없는 질 낮은 두뇌!

"원래는 얼음의 힘을 가진 친구 놈의 주술을 받고 이 힘을 펼쳤는데… 그 점을 깜빡했어!!"

"그러면 얼른 이 소용돌이를 풀어라!"

루운은 요괴와 마찬가지로 바닥에 주저앉으며 소리쳤다.

요괴도 그렇겠지만 자신 역시 숨 막히는 더위로 온몸이 축 늘어졌다.

"싫다! 그러면 나를 해칠 것이 아니냐!"

"당연…히 아, 아니다!"

루운은 저도 모르게 본심을 말할 뻔했으나 황급히 말을 바꿨다.

일단 요괴를 구슬린 다음 이 불꽃의 소용돌이를 없애야 했다.

그 후에 죽여 버리면 될 일! 죽은 자는 말이 없지 않은가!

"진짜인가! 네놈 손이 떨리는데!"

"수전증이다!"

"그 어색한 웃음은 뭐냐!"

"젊은 나이에 경기가 찾아왔다!"

정말 질 낮은 대화들!

믿지 못하는 요괴와 믿게 하려는 루운의 진실공방!

루운은 요괴도 힘을 못 쓰는 지금 불꽃에 강한 아지를 소환해 해치워 버리면 그만이었고, 요괴는 불꽃의 소용돌이를 없앤 다음 처음 계획처럼 도망가면 끝날 일이었다.

물론 루운을 해치우는 못하든, 이곳에서 도망칠 수는 없겠지만.

한데 둘의 소극적인 뇌들은 그 사실을 떠올리지 못하며 오로지 대화에 모든 힘을 실었다.

마치 진실이라고 판명나면 루운이 살려주고, 요괴가 불꽃을 해제하지 않으면 이 소용돌이 안에서 못 나가는 것처럼!

그리고 진실공방의 결과는… 둘 다 더위로 인한 탈수로 기절하면서 끝나고 말았다.

정말 손발이 오그라드는 무식함이었다.

"드디어 찾았다!!"

불꽃의 요괴마저 해치운 다음, 루운과 모두는 장로가 알려준 방향대로 열심히 이동했다.

자신들이 발휘할 수 있는 최대의 속도로 움직여서인지 10분 만에 그토록 찾던 목적지에 도착할 수 있었다.

"정말 거대하군요."

자신이 찾은 것처럼 기뻐하며 으쓱대는 철후를 무시한 채, 루운은 눈앞에 존재하는 나무를 쳐다보며 말했다.

천 년이라는 시간은 짧지 않았다.

그래서인지 나무의 위용도 이때까지 봐온 그 어떤 나무들보다 훌륭했으며 매혹적이었다.

'말을 걸면 대답할 것 같다.'

높은 만큼 넓이도 무시무시한 나무를 둘러보며 루운은 자신의 생각에 실소를 흘렸다.

아무리 오래 살았어도 그렇지, 말을 할 수 있을지도 모른다고 생각하다니……

단, 이곳은 뉴 월드의 세계였기에 혹시 그럴지도 모른다는 기대와 함께 루운은 나무를 바라보며 말문을 열었다.

"흠흠. 안녕하세요?"

"네놈… 미친 것이냐?"

"……."

대답은 나무가 아닌 옆에서 자신을 돌아이 쳐다보듯 하는 호운에게서 들려왔고, 루운은 민망함에 재차 헛기침을 한 뒤 시선을 회피했다.

그러다 아직도 자신의 천재적인 길 찾기 때문이라며 외치는 철후를 향해 물었다.

"이제 어떻게 해야 하죠?"

드디어 4차 퀘스트 목적지에 도착했다.

한데 요괴는 물론 그 어떤 기운도 느껴지지 않았다.

단지 나무에서 신비로운 힘을 미세하게 느꼈지만… 천 년이나 살면서 얻게 된 자연스러운 현상이라 판단할 뿐이었다.

"이제 해야 할 일은 간단하지!"

철후가 루운의 어깨를 힘주어 잡으며 외쳤다.

"나도 모른다! 그러니 기다린다!!"

'도대체 아는 것이 뭐야!!'

루운은 아파오는 머리를 손으로 붙잡았다.

지끈거렸다. 위치만 찾으면 끝난다고 생각했는데 또 다른 난관이 기다리고 있었을 줄이야.

"그러나 나도 자세하게 듣지 못했다. 여기까지 오면 해야 될 일을 알게 될 것이라고 말했어."

철후는 모두가 어이없는 시선으로 쳐다보자 다급히 변명했다.

사실 그의 입장에서도 억울함이 존재했다.

무녀는 간략한 위치 설명과 함께 가보면 알게 될 것이라는 말만 한 다음 자취를 감췄는데 자신이 뭘 어떻게 알겠는가!

"정말 이 나무가 관련되어 있는 것 아냐?"

루운은 답답한 마음에 나무의 밑 부분을 발로 걷어차며 중얼거렸다.

그러자 놀라운 일이 발생했다.

"아프다."

"으응?"

루운은 갑작스러운 말에 철후와 호운, 샤스라를 쳐다봤다.

혹시 그들이 장난친 것이 아닐까? 하는 생각에서였다.

하지만 그들 역시 진정 놀란 표정을 지으며 나무를 쳐다보는 와중이었고, 그러고 보니 처음 듣는 목소리였다.

'설마……'

루운은 나무에 양손을 갖다 댄 뒤 길게 심호흡을 했다. 그후, 필살의 기술이라 불리는 간질이기를 시전했다!

"푸헤헤헤!"

'켁! 정말 나무가 반응하잖아!!'

깜짝 놀라며 몇 걸음 물러서는 루운!

만화처럼 나무에 눈이 있다던가 그런 현상은 나타나지 않았다.

단지 나무는 아플 뿐이고, 간지러울 뿐이고, 말을 할 뿐이었다!

"정말 당신이 말하는 것입니까?"

"그렇다."

이번에는 루운의 질문에 확실하게 대답하는 나무.

"아까 전에는 왜 말씀이 없으셨죠?"

"졸고 있었다."

너무나 간단한 답변! 하나, 현재 중요한 것은 그런 점이 아니었다.

이곳에서 무엇을 해야 하는지를 알아야 했다.

"저희는 무녀님에 의해 이곳까지 왔습니다. 저희가 이제 어떻게 해야 합니까?"

"모른다."

"네에?"

루운의 표정이 실망으로 일그러졌다.

무녀에 대해 되묻지 않는 것으로 봐선 분명 그녀를 알고 있는 존재였다.

그런데 유일한 기댈 곳이었던 나무조차 모른다고 하면 그 누가 알고 있다는 것인지.

"후후. 농담이다."

'하나도 재미없거든!!'

울컥 루운 강림! 루운은 이가 갈리고 주먹에 힘이 꽉 쥐어졌지만 애써 참으며 나무의 다음 말을 기다렸다.

"너희들이 해야 할 일은 두 가지이다. 첫 번째는 수련이고, 두 번째는 몬스터를 퇴치하는 것. 자, 그럼 시작해 보자."

지이이이잉!

나무의 음성이 채 끝나기도 전이었다.

갑작스럽게 대지에 주술진이 형성되기 시작하더니 새하얀 빛으로 이루어진 사각형의 문이 나타났다.

"가위바위보! 가위바위보!"

루운은 열심히 손을 뻗고 있는 세 명을 쳐다보며 나무의 말을 떠올렸다.

새하얗게 빛나는 사각형의 문.

저곳은 무녀가 특별히 만든 주술의 세계로 시간의 흐름이 아주 느린 곳이었다.

나무의 말로는 문 안으로 들어가면 시간이 흐르기 시작하고 딱 24시간인 하루만 유지되는데, 안에서의 시간은 한 달이라는 것.

한마디로 한 달 동안 수련을 할 수 있지만 실상 뉴 월드나 현실에서 흐르는 시간은 하루라는 뜻.

"와! 내가 1차군!"

'컥! 하필이면 철후님이! 하긴… 저 멤버라면 누구와 하든 마찬가지겠지.'

루운은 가위바위보로 순서가 결정되자 쓴웃음을 흘리며 확인했다.

철후가 첫 번째였고 그다음은 호운, 마지막이 샤스라, 샤이린이었다.

한 명당 주어진 시간은 샤이린 역시 가르침을 내릴 것이기에 6시간이었으며, 밖에서 6시간이 흐르면 문이 열리게 될 것이었고 그때 교대를 하면 되었다.

스파아아앗!

철후와 루운이 흰 문을 통해 안으로 들어갔다.

물속에 들어간 것처럼 빛들이 전신을 어루만져 준다는 느낌과 함께 나타난 곳은 백색의 공간이었다.

그 어떤 것도 존재하지 않으며 원형으로 이루어진 세계.

"생각보다는 넓지 않네."

철후가 주변을 둘러보며 말했다.

원형의 세계는 끝과 끝이 보였으며 둘이 수련하기에는 충분하지만 하염없이 넓지는 않았다.

"그러면 시작해 볼까?"

철후가 고개를 돌리며 묻자 루운은 고개를 끄덕였다.

그런 루운의 마음속에서는 희열이 끓고 있었다.

1년이 넘는 시간 동안 득보다 실이 더 많았던 직업이었다.

웬만한 이들이었더라면 포기했을 퀘스트도 수없이 많았고, 특히 펫으로 인해 1년 가까이 레벨 업을 하지 못했을 때는 루운조차도 직업을 관두고 싶었다.

하지만 고생 끝에 낙이 온다고… 참고 견디다 보니 마에스트로라는 직업이 선물을 선사하고 있었다.

레벨 200까지 빠른 레벨 업은 물론, 이제는 하루가 한 달이 되었다.

'얼른 더욱 강해지자!'

이제 주어진 시간은 하루밖에 존재하지 않았다.

체감으로 느끼게 될 시간은 30일이라 여유를 가질 수도 있겠지만… 시간이 급박한 루운에게는 한 달이라는 시간 역시 너무나 짧았고, 쉬지 말고 최선을 다하자는 결심과 함께 마음을 다잡았다.

"자연의 마나!"

십자형의 마나가 철후를 노리며 전진했다.

콰지직!

그러나 철후는 한 손만으로 자연의 마나를 막으며 실망스러움을 표현했다.

"쯔쯔, 아직 멀었군. 과거의 난 너보다 짧은 시간에 그다음 단계까지 뛰어넘었지만! 하지만 내가 누구냐? 너의 유일한 스승! 나만 믿고 따라와라, 제자야!"

"알겠습니다!"

힘차게 대답하는 루운을 곁눈질로 확인하며 철후는 속으로 미친 듯 웃기 시작했다.

일부러 자신만이 스승이라는 사실을 강조했다.

훗날을 위해 천천히, 아주 작은 것부터 세뇌를 시키는 작전!

'그런데 벌써부터 위력이 이 정도라니!'

철후는 속으로 놀라움을 금치 못했다.

겉으로는 강한 척했지만 사실 자신은 십자 형태의 자연의 마나를 만들기 위해 5년이라는 시간이 걸렸었다!

또한, 만든 다음에도 한동안 위력에는 차이가 없었는데… 루운은 위력 역시 높아진 상황!

'이번 수련을 통해 또 얼마나 강해질지……. 어쩌면 훗날에는 은월을 능가할지도!'

철후는 태어나 처음으로 하게 된 상상에 온몸을 부르르 떨었다.

이 세상에서 가장 강한 이는 은월이었다.

과거에도, 현재에도 그 정도 위치에 오른 이는 존재하지 않았으며 미래에도 없을 것이다.

하나, 루운이라면 기대할 수 있었다.

그의 힘을 이어받았으면서 놀라운 재능과 인내심이 존재
했다.

'그래, 네놈이라면⋯⋯.'

철후의 시선에 욕망이 불타올랐다.

자신은 그토록 갈망했으나 이뤄내지 못했던 일⋯ 제자를
통해서 완성시킨다!

여전히 자신만의 제자라고 철석같이 믿는 철후!

"루운! 전력을 다해라!"

철후는 그 말과 함께 자신의 모든 힘을 폭발시켰다.

후오오오!

처음으로 선보이는 철후의 진정한 힘! 그 힘 앞에서 루운은
폭풍 앞의 나뭇잎처럼 휘청거리기 바빴다.

강하다! 그 힘이 뼛속까지 저려올 정도다!

'이것이 철후님의 진정한 능력!'

루운은 가슴이 떨리는 것을 느꼈다.

철후의 표정이 이때까지와는 다르게 진지하다는 것과 모
든 힘을 개방했다는 사실 때문이었다.

그것은 다시 말해 자신이 그만큼 성장했으며 인정받고 있
다는 뜻이었다!

"알겠습니다!"

루운은 라지와 아지를 소환하며 바로 합체를 시전했다.

상대가 진심으로 승부를 겨루려고 하는데 힘을 아끼는 것은 우스운 일이었다.

더군다나 자신이 최선을 다해도 이길 수 없는 존재 앞에서 말이다.

이글이글… 사아아아…….

모든 힘을 끌어낸 철후와 루운의 신형 주변으로 빛이 물처럼 흘렀고, 선제공격은 루운이었다.

진월을 꺼내 버프를 하고 정령들을 소환하면 좋겠지만, 아직 정령들의 힘은 큰 도움이 되지 않았고 변신의 지속 시간이 너무나 짧기에 바로 달려든 것이다.

스파아앗!

루운은 철후의 그림자에서 솟아오르며 검을 휘둘렀다.

콰지직!

하나, 철후의 전신을 감싸고 있는 기운들이 검의 도착 지점으로 이동하며 방어했고, 루운은 다급히 거리를 벌렸다.

그리고 초월과 심결을 시전하며 재차 돌진했다.

"자연의 마나!"

쉐에에엑!

십자 형태의 마나가 철후를 노리며 달려들었으나 그는 여유로운 태도였다.

"자연의 마나."

그러다 루운은 자연의 마나가 지척까지 접근해서야 자신 역시 마나를 발휘했다.

콰아아앙!

폭발과 함께 먼지구름이 형성되었다.

'위험하다!'

루운은 다급히 옆으로 몸을 굴렀다. 철후의 숨결이 접근한 탓이었다.

현재 수준의 차이를 보여주듯 철후의 숨결은 루운의 숨결을 박살 내고도 힘을 잃지 않았다.

'헐… 따라와?'

바닥을 뒹군 루운은 놀라움을 금치 못했다.

자연의 마나를 피했다. 그런데 추적 장치가 붙은 것처럼 허공에서 방향을 뒤틀었다!

"자연의 마나!"

결국 루운은 피하는 것을 포기하며 한 번 더 마나를 시전했다.

쉐에에엑! 파지지직!

마나들의 두 번째 대립이 시작되었다.

"뭐, 뭐야! 커어억!!"

그와 함께 루운은 자신의 눈을 의심하며 강렬한 충격을 느꼈다.

부딪침과 동시에 자신의 숨결은 물론, 철후의 숨결 역시 산산조각났다.

한데, 그것으로 끝이 아니었다.

산산조각났던 철후의 숨결들은 공간이동처럼 루운의 곁에 나타나 피할 곳을 주지 않으며 덮친 것이다.

"너 역시 깨달음을 얻는다면 발휘할 수 있게 된다."

루운이 입은 물론 몸 곳곳에서 피를 흘리며 힘겹게 일어서자 철후가 나지막하게 말했다.

목표가 생긴 탓인지 시종일관 진지한 철후를 보며 루운은 주먹을 불끈 쥐며 빠르게 움직였다.

아직 힘이 남아 있고 움직일 수 있었다. 죽지도 않았다.

그러니 아무리 철후가 자신이 넘볼 수 없는 존재라 할지라도 포기할 수 없었다.

'너의 집념이 부럽군.'

그런 루운을 보며 철후는 미소를 지었다.

태어나 많이 들어왔던 말이 천재성이었다.

하나, 자신은 노력을 하지 않았었다. 게으른 천재… 그것이 바로 철후의 또 다른 이름이었다.

그렇지만 루운은 달랐다. 은월, 그처럼 타고난 천재이면서도 노력했고 절대 포기하지 않는다.

자신이 갖추지 못했던 모든 것들을 루운은 가지고 있는 것이다.

'현재의 녀석이라면 그 기술도 가능할 수 있겠군.'

루운이 검에 마나를 가득 담고 달려오자 철후는 자신의 양손에 모든 마나를 이동시켰다.

스파아아아앗!!

철후의 양손이 화려하게 빛났다.

그러자 철후는 천천히 고개를 돌려 루운을 향해 말문을 열었다.

"이 기술을 눈여겨… 커어억!!"

콰지지지지직!!

자신의 추측보다 훨씬 빨리 도달한 루운한테 한 대 맞은 철후!

다행스럽게도 마나가 온몸을 감싸고 있었기에 큰 부상은 면했지만 통증은 어쩔 수 없었고… 결국 이마를 부여잡은 채 바닥을 뒹굴었다.

여전히 진지함의 포스가 짧은 그였다.

'연장선……'

루운은 두 눈을 감고 호흡에 매진하고 있었다.

철후의 수련 방식은 육체와 정신, 둘로 나뉘어 있었다.

그래서 하루는 대련으로 육체의 성장을 촉진시켰고, 다른 하루는 이렇게 명상을 통해 정신 수양에 힘썼다.

현재 루운이 가장 신경 쓰고 있는 부분은 바로 연장선이었다.

철후가 자연의 마나에 대해 얘기하면서 알려준 부분이었는데, 그 어떤 것이든지 단정을 짓지 말고 그 너머의 연장선을 떠올리라고 했었다.

하나에 매이다 보면 넘어갈 수 있음에도 가지 못한다면서……

드르렁! 드르렁!

'거참, 조용히 좀 자지!'

한참이나 열심히 집중하던 루운의 두 눈이 떠졌다.

바로 곁에서 들리는 귀를 아프게 할 정도의 코골이 때문이었다.

이렇게 명상을 할 때면 철후는 혼자 심심하다는 핑계와 함께 잠이 들었다.

하지만 그는 모르고 있었다. 자신이 코를 곤다는 사실도, 그로 인해 수련이 더욱 방해된다는 것도!

'어떻게 하면 저리 잠을 잘 자?'

루운은 진정 신기한 표정으로 철후를 쳐다봤다.

자신이야 현실에서 시간이 얼마 지나지 않았고, 현실에서 졸리지 않으면 잠이 안 오니 철후와 비교가 힘들지만… 이곳은 특수한 힘이 존재했다.

그렇기에 배가 고프지도 않으며 피로도 역시 떨어지지 않는다. 또한, 잠도 안 온다고 나무가 말했었다.

즉, 수련을 하기 위한 최적의 상태로 만들어진 곳!

한데 철후는 명상을 할 때면 하루 종일 잠에서 깨어나지 않았다.

마치 겨울잠을 자는 곰처럼 말이다.

'일단 화장실이나 갔다 오자.'

현실에서 소변이 마렵다는 것을 느낀 루운은 철후가 잠든 틈을 이용해 로그아웃을 했다.

그리고 캡슐에서 나와 시간을 보며 감탄했다.

뉴 월드 안에서는 며칠이 지난 것 같은데 정말 시간은 많이 흐르지 않았다.

'약은 먹지 않아도 되겠군.'

만약을 대비해 잠이 안 오는 약과 영양제를 챙겨먹으려 했으나, 시간의 흐름을 확인하니 굳이 그럴 필요가 없다는 생각이 들어 소변을 본 뒤에 미리 챙긴 주스와 빵으로 배를 채운 다음 서둘러 로그인을 했다.

그 후… 철후와의 수련은 한동안 이어졌다.

"으하하! 드디어 이 몸의 차례군!"

들어오자마자 호운은 몸을 풀며 사악한 미소를 흘렸다.

그 웃음에서 왠지 모를 불안함을 느꼈지만 루운은 애써 티 내지 않으며 환하게 그를 맞이했다.

만약 얼굴에 불만스러운 표정이 드러난다면 앞으로의 일정은 수련이 아닌 지옥이 될 것이다!

"자, 가볍게 시작해 볼까? 벗어라."

'이, 이 사람이!'

호운의 능글맞은 미소에 루운은 불안감을 느꼈다.

아무도 없는 공간! 저 탐닉하는 것 같은 눈빛! 힘으로도 자신은 반항하지 못한다!

"이놈아, 나도 보는 눈이 있거든?"

'제가 어때서요!!'

루운이 망설이며 불안한 표정으로 한참을 쳐다보자 그 뜻을 알아차린 호운이 실소와 함께 말했고, 결국 루운은 웃통을 벗었다.

그러자 탄탄한 근육이 모습을 드러냈다.

"자, 여기를 누르고, 여기도 있구나!"

"컥! 뭐 하는 것입니까?"

옷을 벗자마자 호운이 달려들며 손으로 만지작거리자 루운은 당황스러움을 느꼈다.

하나, 곧 처음 호운을 만났을 때가 떠올랐다.

그때 호유운 몸을 만지작거리더니 몸을 무겁게 만들었었다.

"설마……."

"알면서 왜 묻느냐? 이번에는 예전 그때보다 더욱 힘들 것이다. 타하압!"

호운이 손가락으로 허공에 그림을 그리더니 자신의 힘을

실어 넣었다.

번쩍!

아무것도 존재하지 않던 허공에 도형이 형성되었다.

도형은 루운의 신형으로 이동하더니 그를 감싸듯 집어삼켰고, 루운의 입에서는 저도 모르게 신음이 흘러나왔다.

"크윽……."

휘청! 온몸이 무너지기 일보 직전이었다.

갑작스레 무게가 늘어나면서 서 있는 것 자체도 힘겨웠다.

"하악, 하아……."

"힘이 드느냐? 그러나 너의 문제점을 보완하려면 어쩔 수 없다."

"저의 문제점이라뇨?"

서 있는 것만으로도 땀 범벅이 된 루운이 묻자 호운은 의미심장한 미소와 함께 답했다.

"네놈은 힘이 대단하다. 너의 전체 능력에서 높은 비율을 차지하지. 하나, 움직임은 그 힘을 따라가지 못하더구나. 네가 그 힘을 보유한 상태에서 속도만 더 빨라진다면 더욱 강해질 것이다."

'나에 대해서 정확히 파악하고 있었다니…….'

루운은 호운의 말에 부정하지 못했다.

그의 말처럼 자신은 근력에 올인을 한 편이라 다른 스텟들은 부족한 편이었다.

물론 레벨에 비하면 그 낮음도 높음이었지만, 그건 어디까지나 전체적인 밸런스 상에서 봤을 때다.

'새삼 달라 보이는군.'

루운에게 있어 호운은 철후와 다를 바가 없었다.

짓궂고 장난을 잘 치며 괴팍한 존재들!

그런데 이곳에서 보여지는 그들의 진지한 모습은 루운에겐 색다른 충격이었다.

"자, 그럼 시작해 보자."

호운의 말이 떨어지기가 무섭게 루운은 힘겨움을 뒤로하며 움직이기 시작했다.

"으하하! 뭐 하는 것이냐? 이 느림보 놈아!"

'누가 이렇게 만들었는데!!'

루운은 넘어갈 것처럼 가쁜 숨을 몰아쉬며 호운을 노려봤다.

호운이 말한 수련의 방식은 어렵지 않았다. 바로 술래잡기!

무조건 달려가서 호운을 붙잡기만 하면 되는 것이었는데, 문제는 그 간단한 것이 너무 어렵다는 점이었다.

무게의 제한을 받지 않는다 할지라도 호운을 잡기란 쉽지 않았다.

하지만 겨우 무게에 익숙해지려고 하면 또 무게를 늘려 버리고, 그렇다 보니 따라가는 것조차 어려운 지경이었다.

그것도 모자라 호운은 혀까지 길게 내밀고 있었으니…….

"으아아악!!"

루운은 괴성을 지르며 온몸에 힘을 주었다. 그로 인해 근육이 아플 지경까지 왔지만 이를 악물고 참고 또 참았다.

그리고 한 걸음씩 힘겹게 내디뎠다.

"그래 가지고 나를 잡겠느냐? 쯔쯧."

루운의 모습을 보며 호운은 혀를 차기 바빴다.

그동안 봐온 루운을 생각하면 지금쯤은 현재의 무게에도 익숙해져야 하는데, 이번에는 쉽지 않은 듯 하루 내내 걸음마도 겨우 하는 수준이니.

"자, 자, 제발 잡아주시오. 응?"

결국 호운은 루운의 지척까지 접근해 약을 올리기 시작했고, 루운은 이를 갈면서도 겨우 한 걸음, 한 걸음씩을 내디뎠다.

그러다 호운이 방심하는 찰나! 지금까지와는 눈에 띄게 다른 움직임으로 호운에게 달려들었다!

"컥! 네놈 뭐냐?"

그런 루운으로 인해 호운은 당황하며 급히 몸을 비틀었다.

다행스럽게도 순발력이 도와 붙잡히지는 않았지만 간담이 서늘한 순간이었다.

'젠장. 놓쳤어!'

사실 루운은 몇 시간 전부터 현재의 무게에도 적응하고 있었다.

하지만 호운을 잡기 위해 일부러 오랜 시간 연기를 했던 것
인데 그 기회를 살리지 못했다.

뭐, 붙잡았다 할지라도 똑같은 수련이 반복되었겠지만…
호운이 너무나 얄밉다 보니 한 번만이라도 잡고 싶은 심정이
었다.

"이놈 안 되겠군! 두 배로 늘려주마!"

"……."

꼼수의 대가는 무거웠다.

'한층 가벼워졌다.'

호운과의 수련이 끝나고 홀로 남은 루운은 이리저리 뛰어
다녔다.

갑작스럽게 무거움이 사라져 잠깐 동안은 몸이 말을 듣지
않았지만, 어느 정도 움직이다 보니 확실히 알 수 있었다.

수련의 특별한 힘이 있었는지 몸이 가벼워졌다는 사실을.

일시적인 착각은 아니었다. 물론, 무거운 상태로 지내다 다
벗어버리면 잠깐은 자신이 빨라진 것처럼 느껴진다.

하지만 루운은 현실에서 무술을 배울 때 그런 류의 경험을
겪은 적이 있었고, 그때와 다르다는 사실을 몸이 먼저 깨달았
다.

"루운님!!"

그때 열린 문 안으로 누군가 들어왔는데 밝은 목소리로 소리쳐 불렀다.

"설마! 샤이린님!"

샤스라가 절대 이럴 일 없다는 판단과 함께 루운은 기대에 가득 찬 표정으로 고개를 돌렸다.

그곳에는 정말 은빛 머리카락에 검은 눈동자가 아닌, 은빛의 눈동자를 보유한 샤이린이 환하게 웃으며 서 있었다.

"오랜만이죠? 보고 싶었어요."

"저도요!"

진짜 간절함을 담은 루운의 대답!

아… 그동안 얼마나 많은 괄시와 구박을 받으며 지냈던가!

하나 샤스린은 적어도 그들처럼 자신을 괴롭히지는 않았다!

"와… 정말 많이 강해지셨네요."

샤이린은 루운의 손을 잡고 기운을 관찰하더니 감탄을 금치 않았다.

"샤이린님은 더 예뻐지셨는데요?"

그 셋이 아닌 샤이린이라는 사실 자체만으로도 행복한 루운은 환하게 웃으며 그녀를 칭찬했다.

화르륵!

그러자 붉어지는 샤이린의 새하얀 뺨.

"제 미모는 언제나 쩔죠……."

'쩐다는 말은 누구한테 배운 거야!'

변함없이 자뻑 기질과 함께 살아가는 샤이린.

그러나 처음과는 달리 그 모습조차 루운에게는 진심으로 예뻐 보였다.

자뻑 정도는 악마들에 비하면 애교와 다름없기에!

"그러면 시간이 많지 않으니 저의 수련을 시작해 볼까요?"

"좋죠. 샤이린님의 수련이라면 그 어떤 것도 감사히 받겠습니다!"

"죄송하지만 전 루운님을 받아줄 수가……."

'그런 뜻은 아니거든요!!'

"루운님, 정령들은 소환해 보시겠어요?"

혼자 자아도취에 빠져 있던 샤이린이 급 정색하며 말하자 루운은 고개를 끄덕이며 진월을 소환했다.

샤이린이 가르쳐 줄 부분은 아무래도 정령 혹은 진월과 관련되어 있는 것 같았다.

"이제 어떻게 하죠?"

진월을 연주하자 각양각색의 하급 정령들이 모습을 드러냈다.

"그들의 얘기를 들어보세요."

"네?"

당연한 질문을 했던 루운은 당혹스러움을 감추지 못하며

되물었다.

이때까지 정령들을 여러 번 소환해 봤지만 그들이 말하는 것은 들은 적이 없었다.

"정령들이 말도 하나요?"

"그들은 언제나 루운님에게 얘기를 하고 있습니다. 다만… 루운님이 아직 듣지 못하는 것이죠."

"그러면 어떻게 해야 하나요?"

"마나를 느끼실 때와 같습니다. 마나와 정령들의 본질은 완벽하게 같지는 않지만 다르지도 않거든요. 루운님이라면 분명히 해내실 수 있을 거예요."

"그렇군요……."

루운은 정령들을 쳐다봤다.

적이 없는 와중에 소환되어서인지 그들 역시 멀뚱한 표정으로 루운을 바라보고 있었고, 간혹 몇은 루운에게 달려들어 어리광을 피우기도 했다.

'무슨 얘기를 하고 있는 것일까?'

루운은 그들을 느끼기 위해 일단 샤이린에게 양해를 구한 다음 편하게 앉았다.

그다음 정령들을 자신의 몸 위에 모두 올려놓은 뒤 조용히 두 눈을 감았다.

그러자 곁에 서서 웃는 얼굴로 쳐다보고 지켜보고 있던 샤이린이 나긋한 어조로 알려주었다.

"비록 하급 정령이라 할지라도… 그들의 진정한 힘은 지금보다 더욱 강하답니다. 만약 루운님이 저들과 교감이 되신다면 자연적으로 정령들 역시 힘이 일정 상승할 것이고요. 정령들이 이 세상으로 이동할 때 가장 중요한 부분이 바로 교감이거든요."

샤이린의 말과 함께 수련의 이유를 알게 된 루운은 의식을 천천히 정령들에게로 분산시켰다.

"주인님… 심심해요."

"저희를 왜 부르신 거예요?"

"바보… 우리들의 말도 못 듣고… 체!"

번쩍!

쉬지 않고 집중을 하고 있던 루운의 두 눈이 번쩍 뜨여졌다.

샤이린의 수련 시간을 하루 남겨둔 시점에서야 드디어 들을 수 있게 된 것이다.

"너희들… 뭐라고 했어?"

"어? 주인님이 듣네? 와!"

"히히. 이제야 저희도 조금은 수월해지겠군요. 이때까지는 교감이 아닌 강제로 소환되어서 많이 힘들었……."

"응? 뭐라고?"

정령들의 얘기를 듣던 루운은 갑자기 목소리가 끊기자 그들을 향해 되물었다.

그렇지만 더 이상 얘기가 들리지 않았다.

"드디어 들으셨군요."

샤이린은 진심을 가득 담아 축하했다.

사실 그녀는 걱정이 많았었다. 지금까지 보아온 루운이라면 충분히 가능한 일이기는 했지만 문제는 시간이었다.

정령들과 교감을 하기에는 너무나 촉박했다.

하지만 그는 어려움을 이겨내고 짧은 시간 안에 이뤄냈고, 이제 자신이 가르쳐 줄 마지막 단계만이 남았다.

"그런데… 잠깐 들리더니 다시 안 들려요."

"네. 일시적으로 잠시 파장이 맞아 교감이 된 것이기 때문입니다. 정령들을 소환할 때는 항상 그 교감을 유지해야 되지요."

샤이린의 말과 함께 루운은 실망을 느꼈다.

드디어 됐다고 믿었는데 우연으로 일어난 현상이라니…….

"다만 우연이라도 일단은 느끼셨기에 재차 느끼기는 더욱 쉽습니다. 또한 제가 도움을 드릴 것이고요."

"정말이요?"

"네. 당연히 그래야죠."

"역시… 샤이린님은 얼굴뿐 아니라 마음도 천사예요!"

"천사보다는 제가 더 낫죠?"

신마저 모욕하는 자뻑 강림!

루운은 샤이린의 농이… 아닌 진담이 가득한 말에 웃음을 터뜨렸다가 그녀가 지시해 손을 마주 잡았다.

"제가 할 수 있는 것은 루운님과 정령들 사이에 줄을 놓는 것입니다. 그 줄을 잡느냐, 못 잡느냐는 루운님에게 달렸어요. 절대 놓치지 마세요. 한 번의 진정한 부름을."

샤이린의 표정이 진지해지자 루운은 긴장감으로 침을 삼키며 그녀를 응시했다. 그러자 샤이린은 할 수 있을 것이라며 힘을 주었고, 곧 둘의 신형에서 빛무리가 형성되었다.

"여기는 어디지?"

루운은 고개를 두리번거렸다.

분명 백색의 공간인 수련의 장소에 샤이린과 함께 있었는데 전혀 다른 공간이 나타났다.

왕궁에서나 볼 법한 꽃들이 가득한 정원.

은은한 향기가 콧속으로 밀려와 취할 정도였으며, 꽃들은 셀 수 없이 많고 화려했다.

"주인님, 주인님."

"주인님, 주인님, 주인님."

루운은 등 뒤에서 들려오는 목소리에 다급히 고개를 돌렸다.

그것이 시작의 신호를 알리기라도 한 듯 사방에서 주인님이라 부르는 소리와 함께 정령들이 모습을 드러냈다.

똑같은 모양새였다. 하나, 목소리는 각기 미세한 차이가 존재했다.

평범한 이들이라면 쉽게 알아차리지 못할 정도였지만 절대음감이라 불리는 루운은 느낄 수 있었다.

'이 중에서 진짜를 찾아내는 것인가?'

문득 샤이린과 처음 만났을 때 하게 된 수련이 떠올랐지만 그때와 지금의 다른 점은 실패하면 끝이라는 것이고, 남은 시간이 많지 않다는 점이다.

"주인님! 주인님! 주인님!"

루운은 꽃들 사이에서 수없이 올라왔다가 사라지는 정령들을 쳐다보다 두 눈을 감았다.

이럴 때는 눈과 귀가 아닌… 귀에만 모든 신경을 쏟아 부어야 했다.

'그런데 진짜의 목소리는 어떤 것이지?'

그러고 보니 찾아야 되는 목소리를 듣지 못했다.

'설마 아까 전에 잠시 들었던 목소리를 찾으란 것인가?'

루운의 머릿속이 복잡해졌다. 잠시 들었던 정령들의 목소리를 떠올리려면 떠올릴 수 있겠지만, 집중해서 담아두지 않았기에 확신이 서지 않았다.

하나, 그때 주변에 정적이 흘렀다.

그 진한 침묵에서 들리는 유일한 정령의 목소리.

"주인님……."

루운의 얼굴에 화색이 돌았다.

　비록 금세 다른 정령들의 목소리가 다시 나타났지만 적어도 찾아야 될 목소리를 확실히 귀에 담아뒀다.

　'꼭 찾아내고 만다.'

　루운은 자신의 정령을 찾기 위해 집중하고 또 집중했다.

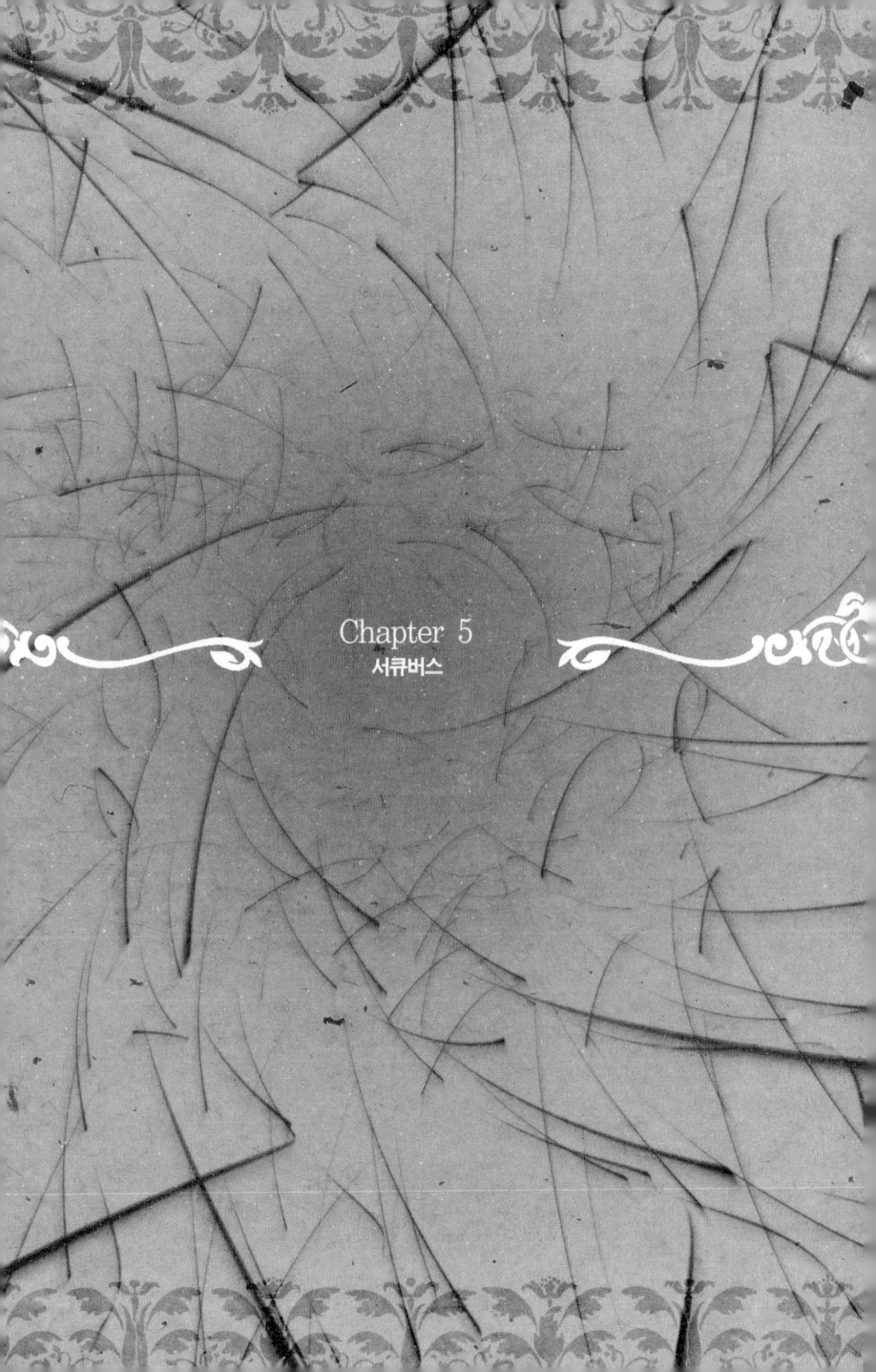

Chapter 5
서큐버스

NEW 뉴월드
WORLD

"주인님! 저희 말이 들리세요?"

"이제 편하게 이동할 수 있어요!"

"주인님! 그동안 싸울 때만 찾으시고 미워요!"

"미안, 미안."

루운은 밝은 얼굴로 투덜대는 정령들을 위로했다.

샤이린이 말하기를, 지금까지는 진월의 힘으로 강제 소환을 했었다고 한다.

하나 이제부터는 교감이 형성되었기에 힘을 다 갖추지 못한 상태에서 끌려오는 것이 아닌, 힘을 일정 보유하며 이끌림에 자연스럽게 넘어오게 된다고 했다.

물론 아직도 능력이 부족해 진월의 힘을 빌려와 정령계의 문을 열 수 있지만.

'정말 녀석들의 능력이 올랐다.'

루운은 정령들을 하나씩 매만지며 느낄 수 있었다.

이전에 비해 모두의 힘이 상승한 상태였다.

정령들을 부릴 때 교감이 얼마나 중요한지 알 수 있게 해주는 상황이었고, 절대음감이라는 소리를 듣는 자신이 이토록 음감이 필요한 직업을 얻게 된 것이 인연 같다는 생각도 스쳐 지나갔다.

"샤이린님, 이제 무엇을 해야 하죠?"

정령들을 역소환한 루운은 자리에서 일어서며 샤이린을 향해 물었다.

하루가 남은 시점에서 정령 찾기가 시작되었고, 신중하고 차분히 진행하다 보니 반나절이 지난 다음에서야 자신의 정령을 찾을 수 있었다.

그로 인해 샤이린의 시간은 반나절이 더 남아 있었는데, 그동안 쉬고 싶은 마음이 없었다.

하지만 곧 들리는 목소리로 인해 루운의 표정이 굳어졌다.

"귀여운 표정 짓지 마라, 토 나오니."

"……"

낮게 가라앉은 목소리. 거친 말투!

루운은 올 것이 왔다는 생각과 함께 속으로 길게 한숨을 내쉬며 고개를 돌렸다.

그곳에는 역시 자신의 예상처럼 두 눈이 검어진 샤스라가 서 있었다.

"귀여운 척한 적 없습니다!"

그런데 바로잡아야 될 부분이 있어서 루운은 대들었다.

자신은 단지 샤이린이 편해 자주 웃고 거리감없이 가깝게 지냈을 뿐이었다!

"쓰읍!"

그러자 차가워진 샤스라의 눈빛! 뿜어지는 살기!

'크윽… 언제까지 눌려 지낼 수는…….'

결혼을 하면 중요한 것이 초반 기 싸움이라고 했다.

그 기 싸움에서 이기냐, 못 이기냐에서 평생이 결정된다고!

비록 처음 만남부터 NPC들한테 잡혀 살게 된 자신이었지만 이곳에서도 질 수 없었다.

앞으로 한동안 샤스라와 둘이 지내야 하는데 제발… 이 주술의 세계에서, 짧으면 짧다고 할 수 있는 시간만큼은 자신이 떵떵거리며 수련하고 싶다!

'좋아! 물러설 수 없어!!'

루운의 두 눈동자에 의지가 가득 차올랐다!

그리고 샤스라를 향해 큰 목소리로 외쳤다!

"샤스라님!"

"뭐냐!!"

"제가 죽을죄를 졌네요!!"

쿨하게 비굴하면서 뿌듯해하는 루운이었다.

이글이글.

변신을 시도한 루운은 충만한 자신감을 가지고 샤스라를 바라봤다.

변신 전에 진월을 연주함으로써 버프와 함께 정령들을 소환했으며, 변신 후 초월도 바로 시전했다.

또한 호운으로 인해 몸의 움직임이 빨라졌고, 철후를 통해 두 가지 기술도 익혔다.

이제 겨우 발휘할 수 있는 수준이었지만 그래도 없는 것보다는 나았다.

'이기지는 못한다. 그러나 쉽게 지지도 않겠다.'

샤스라는 자신의 수련에 대해 간단하게 대답했다.

덤비라는 것. 즉, 몸으로 전투의 감을 쌓게 해준다는 것이었다.

"타하아압!!"

루운은 두려움을 없애기 위해 크게 기합을 내지르며 달려나갔다.

타타타탁!

빠른 움직임이었다. 그 모습에 샤스라 역시 여유를 부리며 힘을 내뿜었다.

콰지직!

루운의 검과 샤스라의 주먹이 부딪쳤다.

그녀는 무기를 사용하지 않지만 기를 양손과 온몸에 두르는 것이 익숙했기에, 오히려 무기에 의존하는 이들보다 더욱 위협적인 존재였다.

스파아앗!

루운은 곧바로 검은 달을 시전해 샤스라의 그림자로 이동한 다음 기습을 선사했다.

파아아앗!

그녀는 이미 알고 있었다는 듯 돌아보지도 않은 채 몸을 이동해 루운의 공격을 피해냈다.

콰아아아아앙!

그와 함께 이어진 반격!

루운은 다급히 막았음에도 불구하고 몇 걸음이나 물러서고 말았다.

주르르륵!

입가에 선혈이 흘렀지만 그것에 신경 쓰지 않으며 정령들에게 시선을 빼앗으라고 부탁했고, 정령들은 일제히 자신들의 기술로 샤스라의 눈을 어지럽혔다.

아무리 강해졌다 할지라도 하급 정령들로는 샤스라에게 큰 데미지를 입힐 수 없었다. 그녀의 몸 주변에는 기들이 보호막을 형성하고 있는 탓이다.

그렇지만 신경이 쓰일 것은 분명했고, 루운은 재차 검은 달을 시전하며 그녀의 뒤로 파고들었다.

'죽음의 검!'

파파파파팟!

16개의 검기가 그녀의 전신을 덮쳤다.

피할 공간은 존재하지 않았지만 그녀라면 당하지 않을 것이라 판단한 루운은 이연타를 준비했다.

타타타타탁!

루운의 예상처럼 샤스라는 전혀 당황하지 않으며 침착하게 대처했다.

16개의 검기를 순간적으로 속도를 극한으로 올린 다음 주먹으로 쳐내 버린 것!

하지만 샤스라의 표정은 밝지 않았다.

곧바로 무엇인가가 자신을 덮친단 사실을 알았기 때문이었다.

쿠우우우우웅!

'소, 손으로 막았어?'

루운의 표정이 일그러졌다. 자신의 스킬 중 가장 강한 폭주를 발휘한 것이었다.

그런데 샤스라는 순식간에 자신의 손으로 기를 집중시키더니 막아버렸다. 아니, 오히려 힘에 밀리며 루운이 밀려났다.

"이제 내가 공격해도 되지?"

진심이 어린 샤스라의 발언과 함께 루운은 등골이 오싹함을 느꼈다.

샤스라는 짓궂거나 골탕 먹이지는 않지만 가장 폭력적이었으며, 자비심이 존재하지 않았다!

"자연의 마나!"

루운은 샤스라가 공격할 틈을 주지 않기 위해 주저앉은 상황에서도 스킬을 시전했다.

쉐에에에엑!

십자 형태의 마나가 달려들었다. 그러나 샤스라가 코웃음을 흘리며 주먹으로 내치는 순간, 4개로 분리가 되더니 사방에서 파고들었다.

콰아아아앙!

폭음이 울려 퍼지고 루운은 서둘러 일어나 달렸다.

공격이 최선의 방어라고 했다.

만약 샤스라가 제대로 공격을 시작한다면 자신에게는 절대 기회가 존재하지 않았다.

수련 내내 두들겨 맞다가 끝날지도 모르는 일!

"조금은 나아졌군."

연기가 걷히자 폭발의 흔적으로 몸에서 김이 나는 샤스라가 옅은 미소와 함께 중얼거렸다.

그러나 루운은 그 말을 듣지 못한 채 검을 휘둘렀고, 샤스라는 모든 기운을 끌어올리며 루운에게 파고들었다.

덥석!

파멸을 시전한 루운의 검이 샤스라의 손에 붙잡혔다.

하지만 루운은 당황하지 않으며 검을 놓았다.

그러자 의아한 표정이 되는 것은 샤스라였다.

검이 전부인데, 그 검을 버리다니? 또 다른 무엇인가가 있다는 말인가?

"쉽게 지지 않습니다!"

루운은 라지와 아지의 힘을 끌어올리며 샤스라에게 돌진했다.

변신이 점점 익숙해지면서 그들의 힘을 쓰는 것도 자연스러워졌다.

화르르르르륵! 쩌저저저적!

루운의 양손에 불꽃과 전기가 발생하였고, 샤스라의 주먹과 부딪칠 때마다 눈부신 빛을 발출했다.

"아직 멀었다."

의외이기는 했지만 샤스라는 냉정하게 지적했다.

좋았다. 검에만 의지하는 전투 센스도 괜찮았고. 하나, 루운은 자신에 비해 아직 많은 부분이 부족하다.

그 차이가 결정적이기에 아무리 훌륭한 공격을 한다 할지라도 승패가 변하지 않는 것이다.

다만 시간이 더 지난다면… 루운은 분명 자신 이상으로 성장할 것이다.

그분의 힘을 이어받았으니… 꼭 그래야만 했다.

퍼어어어억!!

"쿠, 쿨럭!!"

샤스라의 일격이었다. 배를 파고든 기운! 그 기운은 미사일처럼 쭉 뻗어 나오더니 루운의 신형을 벽까지 밀어붙였다.

"아직 시간은 많다."

루운이 배를 부여잡고 구토를 하고 있을 때, 그녀가 얼음장 같은 표정으로 루운을 내려다보며 말했다.

길지 않은 시간. 루운에게 힘을 준 그를 위해서라도… 최선을 다하겠다는 결심과 함께.

지이이잉… 지이이잉…….

루운의 오른손에는 검이 들려 있었는데, 놀랍게도 왼손에도 검이 형성되어 있었다.

빛으로 이루어져 있는 듯한 검은 흐릿한 형상을 유지하고 있었는데, 그로 인해 루운은 현재 쌍검을 사용하는 중이었다.

"이제는 제법 쓸 수 있게 되었군."

샤스라의 말에 루운은 환하게 웃어 보였다.

이마에서 피를 질질 흘리며, 얼굴은 온통 상처로 가득했다.

절대 웃을 수 없는 상황인 것처럼 보였지만 그럼에도 루운은 진심으로 기뻤다.

마나로 이루어진 검은 철후가 선보인 것이었다.

마나의 파편은 흉내 낼 수 있었지만 마나의 검은 아예 만들지를 못했다.

한데, 샤스라와 대결을 끊임없이 하는 와중 위급한 순간에 마나의 검이 발휘되었다.

죽을지도 모른다는 위기감에서 탄생한 깨달음.

그 후에는 겨우 형태를 만들 수 있게 되었다. 다만 아직도 완벽하지 못한 흐릿한 검이라는 것이 문제였지만.

"수련은 여기서 끝내도록 하지."

마나의 검이 사라지고 기운이 없어 바닥에 주저앉을 때쯤, 샤스라 역시 자리에 앉으며 말했다.

'이제 거의 끝났구나······.'

샤스라의 말과 함께 손가락으로 세어보던 루운은 수련의 시간이 마지막에 도달했다는 사실을 알 수 있었다.

'후··· 이제 몬스터만 잡으면 전직은 끝이겠구나.'

루운은 샤스라의 눈치를 한 번 살핀 뒤 바닥에 대 자로 누웠다.

이곳에서는 피로도를 느끼지 못해서 굳이 누울 필요는 없었지만, 한 달이라는 시간 동안 맞아서 쓰러질 때 빼고는 한 번도 눕지 못한 채 수련에만 열중했다.

그래서 한번 편하게 누워보고 싶은 심정이었다.

'12월 3일이다.'

전직을 시작한 지 이제 하루가 지났다.

너무나 오랜 시간을 보낸 것 같고, 보냈지만 주술진 밖의 시간은 그랬다.

이제 남은 시간이 끝나고 밖으로 나가면 3일 저녁일 테고… 루운은 가능하다는 판단을 했다.

분명 전직 퀘스트를 마치면 어둠의 선두자 최종 퀘스트가 뜰 것이다.

이전 섬에서 선두자들을 놓치고 돌아오자 최종 퀘스트를 기다리라는 정보가 떴으니 말이다.

그렇다면 분명 12월 4일날 퀘스트가 발동될 것이었고, 몬스터를 해치우고 나간 다음 바로 어둠의 선두자 퀘스트도 진행할 수 있다.

'정말 마지막에는 운이 많이 따라줬다.'

이때까지 씁쓸한 썩은 물만 내밀던 마에스트로라는 직업이, 이제는 고맙게도 달콤한 천상의 감로수만을 선사하고 있었다.

"루운."

"네?"

누워서 여러 가지 생각을 할 때쯤이었다.

샤스라와 단둘이 있는 것은 아직 불편해 빨리 나가고 싶은 마음도 있지만, 그녀가 말을 꺼내지 않고 있으니 먼저 얘기하기도 부담스러웠다.

혹시 자신과 같이 있는 것이 싫냐면서 두들겨 팰 수도 있지 않은가!!

그러다 갑작스러운 그녀의 부름에 루운은 자리에서 앉으며 쳐다봤다.

"진월을 연주해 줄 수 있나?"

"그럼요."

내심 또 두들겨 맞아야 하나 고민했었는데, 예상외로 쉬운 일이었다.

그것도 명령이 아닌 부탁이었다. 샤스라에게서 흔히 나오지 않는 태도.

그러니 루운의 입장에서는 거절할 이유가 존재하지 않았고 흔쾌히 수락하며 진월을 소환했다.

만약 명령이었다 할지라도 마찬가지였을 것이다.

그녀의 마음속에 은월이 얼마나 자리 잡고 있는지 알기 때문에.

샤이린에게 은월은 아버지 같은 존재였다. 그녀를 거둬서 키우며 가르쳐 준 부모.

하나, 샤스라에게는 아버지이자… 마음속을 차지한 남자였다.

처음 만났을 때 그녀가 유독 은월이 관련된 일에는 울 것 같은 표정을 짓는 등… 쉽사리 보여주지 않는 감정을 드러내는 것도 그런 탓이었다.

'샤스라와 무녀의 사랑을 받은 당신… 그런 당신을 사랑하고 잊지 못한 한 여자……. 이 세계도 그놈의 사랑이 문제군.'

루운은 진월을 쳐다보며 씁쓸한 웃음을 흘렸고, 곧 그녀만을 위한 연주를 시작했다.

은월을 향한 그리움을… 은월의 악기로 어루만져 주듯…….

타타타탁!

밖으로 나오자 모닥불이라고 부르기에는 꽤 큰… 멀리서 보면 산불이라 착각할 정도의 불꽃이 피어오르고 있었고, 그 안에 사람보다 큰 짐승이 익어가고 있었다.

일반인들과 비교가 안 되는 스케일!

"어? 벌써 나온 것이냐? 너는 더 맞아야 될 텐데……."

'정말 아쉬운 표정으로 그런 말 하지 마요!!'

고기를 찢다 말고 발견한 호운이 입맛을 다시며 말하자 루운은 실소를 터뜨렸다.

저 사람이 저런 말을 하면 진짜 진담처럼 느껴졌다.

'진담일지도…….'

"일단 먹고 출발하도록 하자."

철후가 손짓으로 루운을 불러 고기를 주면서 말했다.

"우리가 가야 될 곳은 여기서 30분 정도 거리다. 전속력으로 이동한다면 10분 안에 도착할 수 있겠지. 그러니 서두를 필요는 없어."

루운의 표정에서 초조함을 읽은 것일까?

철후가 밖에서 들은 상황을 전달해 주었고, 그때서야 루운 역시 표정이 조금은 풀어졌다.

사실 어둠의 선두자 퀘스트도 해야 했고, 몬스터는 또 얼마나 강할지 알 수 없는 문제여서 불안감이 존재했다.

애써 긍정적으로 보려 해도 시기를 넘길까 봐 어쩔 수 없었다.

하지만 10분 정도밖에 걸리지 않는 거리라면 시간상 큰 문제는 없을 것 같다.

설마 몬스터 한 마리 잡는 데 하루 종일 걸리지는 않을 테니 말이다.

"꺼어어억! 그만 가볼까?"

넷이서 절대 먹을 수 없을 것 같던 어마어마한 양의 고기는 순식간에 동이 났다.

루운도 잘 먹는 편이었지만 호운과 철후, 샤스라는 그 이상의 괴물들이었고, 그것으로도 부족한 듯 미리 따놓은 과일로 입가심까지 했다.

그렇게 먹을 수 있는 것은 씨가 마른 다음에서야 철후가 자리에서 일어섰고, 모두가 그 뒤를 따라 움직였다.

타타타탁!

해가 모습을 감추고 달이 뜬 짙은 어둠 속에서 네 명은 빠른 속도로 달렸다.

나무와 대화를 나눈 철후가 앞장을 섰으며, 셋은 자연스럽게 그 뒤를 따라갔는데… 달리다 보니 무엇인가가 이상했다.

분명 10분이 지난 것 같은데도 몬스터가 나타나지 않고 있다!

"철후님… 맞게 가는 것이죠?"

결국 불안함을 감추지 못한 루운이 묻자 철후가 애써 웃는 얼굴로 대답했다.

짙은 어둠이 내려앉아 있었지만 그래도 시력이 뛰어난 셋은 볼 수 있었다.

철후의 미소가 어색하며 떨리고 있다는 것을!!

"크, 크하하! 나만 믿어라!!"

전혀 믿음이 안 가는 불안정한 목소리!

그러자 원망의 화살은 호운에게로 쏟아졌다.

철후가 심각한 길치라는 사실을 알면서 왜 자신이 길 안내를 맡지 않은 것인지!!

사실 호운이 잠든 사이에 철후가 나무와 대화를 끝냈고 자신의 모든 임무를 마친 나무는 다시 잠에 빠진 것이지만, 또 고생을 하게 된 루운과 샤스라의 입장에서는 호운이 가장 미웠다.

"아니! 여기는!!"

그렇게 얼마나 뛰었을까? 숨이 턱에 받쳐 호흡조차 힘든 지경이 왔을 때, 앞장서서 달리던 철후의 외침이 들렸다.

"찾으신 건가요?"

그 소리에 가장 반색하는 것은 역시 루운이었다.

아직 해는 뜨지 않았다. 지금이라도 찾았다면 충분히 여유가 있었다!

그런 루운의 기대를 아는 것인가? 철후는 뿌듯한 표정으로 엄지손가락까지 치켜세우며 대꾸했다.

"전혀 막다른 길이야!!"

'왜 뿌듯해하냐고!!'

결국 아침이 되어서야 목적지에 도착할 수 있었다.

"드디어 찾았다!! 역시 나의 길눈이란…….."

목적지에 도착하자 철후는 주먹을 불끈 쥐며 스스로를 칭찬했다.

그러다 뒤에서 느껴지는 살기에 어색하게 웃으며 시선을 회피했다.

밤늦게 출발했는데 아침 해가 뜬 다음에서야 길을 찾았다! 그것도 직접 찾은 것이 아닌, 우연히 넘어지면서 이곳까지 굴러와 찾게 된 것이다!

"어쨌든 왔으니 된 거잖아!"

시선의 압박을 견디지 못한 철후는 혼자 괜히 성질을 내며 안으로 들어갔다.

동굴은 천장에 구멍이 드문드문 나 있어서 빛이 들어오는 형태였는데 고약한 냄새가 가득 풍기고 있었다.

'여기가 맞아야 할 텐데…….'

철후가 말했던 동굴과 비슷하게는 생겼지만, 확신을 하는
이가 철후이기에 루운은 끝나지 않는 불안감을 느끼며 한 걸
음, 한 걸음 내디뎠다.

"온다."

동굴 안으로 들어간 지 채 1분이 지나지 않았을 때였다.

무엇인가가 빠르게 접근하고 있다는 사실을 모두가 느낄
수 있었는데, 샤스라가 앞장을 서며 알려줬다.

"네놈들은 뭐지?"

동굴 내부에 목소리가 울려 퍼졌다.

그런데 예상과는 달리 아름다운 여인의 목소리였다.

강한 몬스터라 해서 흉포한 외모를 연상했었는데… 선입
견이 보기 좋게 깨져 버렸다.

'서큐버스!'

목소리를 뒤이어 몬스터의 모습이 드러나자 낯익은 외형
에 루운은 속으로 소리쳤다.

회색 피부에 아름다운 여인의 모습… 등에 달린 검은 박쥐
날개와 중요한 부분만을 아슬아슬하게 가린 검은색 옷차림,
그리고 붉은 눈동자!

간혹 책이나 만화에서 봤던 서큐버스의 모습이었다.

'이곳에서는 꿈 외에도 나타나는구나.'

흔히 알려진 서큐버스는 꿈속에 자주 출몰한다.

전투력은 높지 않기에 꿈속으로 침입한 다음, 색기로 남자

를 훌려 기운을 빼앗는다.

그리고 지금 눈앞에 있는 서큐버스도 마찬가지였다.

적의를 드러내고 있는 그녀에게서는 강자의 기운이 풍겨지지 않았다.

자신보다 월등히 강한 능력을 보유하고 있어 파악하지 못하는 것일 수도 있겠지만…….

"호오… 맛있는 인간들이 이토록 무리지어 오다니? 기억에 남을 날이구나."

"으하하! 네놈이 우리들을 이긴다 생각되느냐?"

서큐버스의 표정에 흥분이 차오르자 호운이 앞으로 나서며 외쳤다.

절대 자신들보다 위의 상대가 아니었다. 오히려 루운보다도 한 수 아래라 판단되었다. 한데, 무엇을 믿고 있는지 마치 자신들을 다 해치우고 먹을 것처럼 말한다.

정령들도 그렇고, 이곳 산에는 왜 이렇게 건방진 것들만 존재하는지 짜증이 났다.

"후후… 그것은 해봐야 알지 않겠는가?"

'뭐지, 저 자신감은…….'

루운은 왠지 모를 위기감을 느꼈다.

호운이 저렇게 말했다는 것은 상대의 능력을 간파했다는 뜻이며, 절대 자신들보다 우위가 아니라는 것이다.

하지만 서큐버스는 오히려 여유로움까지 갖추고 있었다.

그렇다면 동료가 있다던가 혹은 무엇인가 이길 수 있는 카드가 존재한다는 의미!

"시작은 네놈이 좋겠군."

"으응?"

서큐버스가 요염한 손짓으로 호운을 가리켰다.

그와 함께 서큐버스의 몸집이 순식간에 혼과 같은 연기로 변하더니 호운의 코를 향해 달려들었다.

"피, 피해!"

뭔가 좋지 않음을 깨달은 철후가 다급히 외쳤지만 이미 서큐버스는 호운의 몸속으로 파고들어 간 상황!

"크, 크아아악!"

"호운님!"

루운은 저도 모르게 비명을 지르는 호운을 향해 다가갔지만 샤스라가 냉정한 얼굴로 막아섰다.

"젠장… 이 계집이!!"

호운의 얼굴이 붉게 달아올랐다. 그것도 모자라 곳곳에서 혈관이 튀어나와 흉하게 보일 지경이었다.

"감히… 감히 나를 지배하려고 해!!!"

호운은 비명과도 같은 외침을 토해내며 이가 부서지듯 물었다.

서큐버스가 정신을 지배하려 하자 어떻게든 버티려는 것이다.

"젠장. 어떻게 해야 하지?"

철후가 샤스라를 향해 묻자 그녀는 천천히 고개를 저었다.

자신 역시 방도를 알 수 없어 내면 속 샤이린한테 조언을 구했지만 현재 상황은 손쓸 도리가 없었다.

"으으윽……!! 젠장!"

호운의 아주 짧은 비명!

"먹혔다……."

그 모습을 어떻게 하지 못하며 지켜보던 샤스라는 표정을 일그러뜨리며 낮게 말했다.

"후후… 후후후……."

호운이 자리에서 천천히 일어섰다.

그런데 놀랍게도 두 눈이 붉게 변해 있었으며, 목소리가 서큐버스의 것이었다.

끝내… 지배를 당하고 만 것이다.

"정말 대단하네? 후후……."

호운의 정신을 집어삼킨 서큐버스는 몸을 움직여 보면서 감탄했다.

온몸에 잠재되어 있는 놀라운 힘, 주술에 관한 여러 지식들!

매번 몸을 빼앗아가며 적을 해치우는 서큐버스도 이토록 강한 능력을 갖춘 인간은 처음이었다.

"자, 이제 시작해 볼까?"

서큐버스가 호운의 얼굴로 요염한 표정을 지으며 시선을
돌렸다.

　그러자 철후와 샤스라가 앞으로 나서며 루운을 보호하기
위한 위치를 사수했다.

　호운의 실력은 둘이 더 잘 알고 있었다. 만약 서큐버스가
전력을 끌어올려 싸운다면… 루운은 죽게 될지도 모르는 일!

　"어디 한번 해보시지? 너 혼자와 우리 둘. 과연 누가 이길
까?"

　"아까도 말한 것 같지만… 해봐야 알지?"

　철후의 도발에도 서큐버스는 능청스럽게 대처하며 주먹을
불끈 쥐었다.

　파아아앗!

　서큐버스의 신형이 파편을 날리며 빠르게 솟구쳤다.

　콰지지직!

　샤스라와 서큐버스의 주먹이 허공에서 부딪치며 거대한
기운의 파장을 퍼뜨렸고, 루운은 뒤에 있었음에도 불구하고
넘어지고 말았다.

　'이것이 인간들의 싸움이라는 말인가!'

　루운은 입을 쩍 벌리며 셋을 쳐다봤다.

　주먹이 부딪칠 때마다, 기운들이 교차할 때마다 동굴이 무
너질 듯 흔들렸다.

　'내가 낄 자리가 없군.'

변신이라도 해서 도움을 주려고 했던 루운은 쓴웃음을 흘렸다.

저 사이에 끼게 되었다가는 정신도 차리기 힘들 것이다.

더불어 서큐버스만 노리며 싸우고 있는 샤스라와 철후에게 짐을 얹어주는 꼴이었다.

"이봐, 더 힘써보라고!"

철후가 자연의 마나를 시전한 다음, 양손에 마나검을 형성하며 외쳤다.

그 옆에는 양 주먹에서 불꽃처럼 타오르는 마나를 응집하고 있는 샤스라가 차가운 눈길로 서 있었다.

"역시… 너희들도 대단하군……!!"

서큐버스는 내내 밀리는 와중이었다.

아무리 호운의 능력이 강하고, 그의 힘을 모두 발휘할 수 있다 할지라도 동급의 실력을 갖춘 둘을 동시에 상대해 이길 수 없는 법이다.

한데, 그럼에도 서큐버스의 표정은 낭패가 서리기보다는 오히려 즐거움이 가득했다.

"너희 둘을 이길 수 없다는 사실은 인정하겠어. 하지만 어떻게 할 것이지? 나를 죽일 생각인가? 그러면 이 몸도 죽을 텐데?"

철후와 샤스라의 표정이 일그러졌다.

전력의 우세는 확실하다. 그러나 문제점이 존재했으니 바로 죽이냐, 못 죽이냐의 차이였다.

서큐버스는 철후와 샤스라를 죽이기 위해 어떤 기술도 망설이지 않고 사용했으며 잔혹했다.

그렇지만 철후와·샤스라는 그럴 수 없었다.

힘의 우위를 가지고 죽일 수는 있겠지만, 그럴 경우 서큐버스의 말처럼 호운도 죽어버린다.

그로 인해 둘은 위험한 기술이나 급소는 피하면서 결투를 하고 있었다.

"자자… 더욱 나를 즐겁게 해줘! 후후후! 어차피 너희들이 나의 밥이 된다는 사실은 변함없겠지만!"

서큐버스가 입을 쫙 벌리며 웃음을 터뜨린 뒤 양손을 펼쳤다.

사아아아악!

검은 가루가 동굴 안을 가득 메웠다.

"크윽! 이건 뭐야!"

철후는 당황스러웠다. 그토록 호운을 오래 알았지만 이런 것을 쓴 적이 없었다.

즉, 서큐버스의 능력이라는 것인데 기운은 느껴지나 한 치 앞도 보이지 않았다.

<u>스스스스스!</u>

"안 보이면 네가 유리할 것 같냐?"

무엇인가가 돌진하는 소리와 함께 다급히 몸을 움직여 피한 철후는 실소를 흘렸다.

자신들 수준이 되면 눈에 의지할 필요가 없었다.

두 눈을 감아도 상대의 존재를 파악하고 기운을 알아차렸다.

그렇기에 눈은 가려졌으나 저 정도로 강한 힘과 짙은 살기를 내뿜고 있는 서큐버스한테는 눈 뜨고 상대하는 것과 다름없었다.

"그리고 이런 방법도 있지……."

철후가 기를 끌어모았다. 그러자 온몸에서 서서히 빛이 나기 시작하더니 동굴 안을 밝혔다.

"내가 이래 보여도 기를 참 잘 다루거… 헉!"

서큐버스에게 시선을 돌리며 말문을 열었던 철후는 당황했다.

호운의 몸이 피를 흘리며 비틀거리다 바닥에 쓰러졌다.

그와 함께 혼과 같은 형태로 변한 서큐버스가 샤스라의 귀를 향해 돌진했다.

전혀 효과가 없는 연기를 내뿜었던 것은… 잠시의 시간 동안 눈을 가리면 되었기 때문이었다.

"흐으으윽!!"

샤스라의 신형이 바닥에 무릎을 꿇었다.

호운은 정신을 빼앗긴 충격에, 서큐버스가 몸을 버리면서 당분간 싸울 수 없는 부상까지 입혀 쓰러진 채 일어서지 못하고 있었다.

"젠장……!!"

그 광경을 지켜보며 어쩔 줄 몰라 하는 철후.

'한 명씩 모두를 지배한다면 승산이 없다.'

루운은 입술을 잘근 씹으며 샤스라를 지켜봤다.

전투력은 약한 서큐버스가 왜 두려운 몬스터인지 알 수 있었다.

적이 한 명이든, 여러 명이든 몸을 바꿔가면서 죽여 버리고 끝내는 자신만이 살아남는다!

또한 인간을 초월했다고도 말할 수 있는 저들조차 당하는데, 다른 이들은 말할 필요도 없었다.

"아흐으으윽!!"

샤스라의 신음이 끝나지 않으며 계속 토해졌다.

그런데 호운처럼 쉽게 정신이 빼앗기지 않는 듯했다.

두 눈이 잠시 붉어졌으나 곧 검은색으로 돌아왔고, 이내 다시 붉어지는 등 반복이었다.

"나와 샤이린을 우습게보지 마라……!!"

샤스라가 고함을 지르며 자리에서 벌떡 일어섰다.

'그렇지! 샤스라는 두 명이야!'

샤스라의 몸속에는 샤이린이 함께 숨 쉬고 있다.

그렇다면 두 개의 정신을 가지고 있다는 것이고, 제아무리 서큐버스라 할지라도 한 번에 둘은 힘든 것이다.

물론 약한 이들이라면 가능하겠지만 샤스라와 샤이린은 호운과 철후처럼 육체는 물론 깨달음 역시 한계를 벗어난 이들!

"힘내요!"

루운은 전혀 도움이 되지 않는다는 사실을 알면서도 그녀를 응원했고, 샤스라의 얼굴에 옅은 미소가 스쳐 지나갔다.

"언니… 할 수 있어!"

머릿속에서 샤이린의 의지가 느껴졌다.

그녀는 현재 빼앗기려는 자신의 정신을 지켜주고 있었다.

"나는 지지 않아……."

스스로에게, 그리고 샤이린에게 뜻을 전한 샤스라는 주먹을 불끈 쥐며 자신의 귀를 강하게 후려쳤다.

파아아아앙!! 츄우우욱!

귀에서 폭발음과 함께 피가 솟구쳤다.

귀가 작살나지는 않았지만 그래도 너덜난 상태…….

루운은 그 모습에 내심 움찔했지만 결국 샤스라와 샤이린의 정신력에 패배하고 밖으로 나온 서큐버스를 확인하며 안도의 한숨을 내쉬었다.

귀의 부상은 훗날 치료하면 되니 큰 걱정을 하지 않아도 될 것이다.

"마, 말도 안 돼… 또 다른 존재가 있다니!"

자신의 원래 몸을 찾은 서큐버스는 분노에 찌든 표정으로 상황을 부정했다.

그러다 현실을 인정하며 입술을 잘근 깨물었고, 다급히 주변을 두리번거렸다.

자신의 힘은 그렇게 강하지 않다. 또한 이들의 정신력이 워낙 강하다 보니 뺏고 지배하는 것도 쉽지 않았다.

그렇기에 한 명의 정신을 뺏으려 할 때마다 자신의 많지 않은 힘 역시 소진되었다.

'저놈은 글렀고……'

서큐버스는 호운을 짜증 가득한 표정으로 쳐다봤다.

미처 예상하지 못한 결과에 당황스러웠다.

만약 이런 일이 발생할 줄 알았더라면… 부상이라도 입히지 않는 것인데!

'어쩔 수 없지.'

서큐버스의 시선이 루운에게로 향했다.

남은 한 명에게도 의지가 두 개나 있을지 모르는 법이다.

그렇게 되면 정신을 지배할 힘이 남아 있지 않게 될지도 몰랐다.

그렇기에 가장 약해 보이는 루운을 선택한 것이다. 일단 동료라는 이유로 죽이지 못할 테니!

"루운!!"

서큐버스의 의도를 알아차린 샤스라가 큰 목소리로 부르며 달렸다.

스스스슥!

그런 샤스라의 눈동자가 은빛으로 바뀌었다. 샤이린이 몸을 얻은 것이다.

처어억! 지이이이잉!

"철후님은 마나로 온몸의 구멍을 막으세요!"

샤이린은 루운에게 결계를 시전하면서 철후에게도 예방법을 알려줬다.

서큐버스가 정신에 들어오면 힘들어진다. 그러니 애초에 못 들어오게 하는 것이 최선의 방법!

"감사합니다!"

"쓸데없는 말."

루운은 자신의 몸 전체를 감싸 안고 있는 결계를 확인하며 샤이린에게 고마움을 표했다.

하나, 샤이린은 루운을 비롯해 호운한테까지도 결계를 형성함과 동시에 재차 전투력이 뛰어난 샤스라에게 몸을 양도했고, 까칠한 대답이 돌아왔다.

"크하하! 이제 끝이네?"

철후가 난처한 표정으로 떠 있는 서큐버스를 노려보며 폭소를 터뜨렸다.

호운과 루운은 결계가 존재하니 침범하지 못할 것이고, 샤스라에게는 샤이린이 함께 막아서니 지배하지 못한다.

자신은 마나로 온몸의 구멍을 전부 막은 상황이고!

"크으으윽!"

서큐버스는 이를 갈며 탈출구를 찾았다.

한발 늦었다. 파고드는 와중에 루운의 결계가 완성되었고, 일단 살고 보자는 생각으로 다급히 호운에게로 이동했지만 이미 결계가 시전되었다.

또한, 한 명은 정신을 빼앗을 수도 없으며 다른 한 명은 마나로 출입구를 모두 봉쇄했을 것이다.

결국 이제는 이길 수 없으니 어떻게든 도망쳐야 했다!

"얼른 네년을 죽이고, 호운을 치료해야겠어. 잠깐… 하압!"

뿌우우우웅!

거침없는 방귀 작렬!

철후는 갑작스러운 생리 현상에 쑥스러움을 느끼며 웃음을 터뜨렸다.

그러나 샤스라의 표정이 험악해지고 서큐버스가 미소를 짓자 루운은 무엇인가 잘못되었다는 것을 알 수 있었다.

"너 설마……!"

샤스라의 짜증이 담긴 외침!

철후는 냄새가 심하게 났다고 착각하며 코를 킁킁대다가 뒤늦게 아차 했다.

마나로 구멍을 막았다면 방귀 소리가 날 수 없었다!

"컥! 자, 잠깐!"

철후는 다급히 손을 내뻗었다. 모든 구멍을 막으면서 하필

항문을 까먹다니!

하지만 이미 서큐버스는 혼의 형태가 되어 철후의 엉덩이 뒤로 이동한 다음이었고… 철후가 다급히 마나로 입구를 틀어막았을 때는 이미 늦은 상황이었다.

루운은 진심으로 철후와 동료라는 사실이 부끄러웠다.

파아아앗! 콰아아아앙!

서큐버스와 샤스라의 기운을 이기지 못하며 동굴이 산산조각나 버리자, 루운은 서둘러 호운의 신형을 껴안고 대피했다.

퍼어어억! 철컹, 채애앵!

서큐버스는 마나를 비롯해 어디서 꺼냈는지 알 수 없는 각종 무기들로 샤스라를 압박했고, 샤스라는 무투로 서큐버스와 맞섰다.

이미 호운을 상대하면서 지친 둘의 힘은 백중지세!

샤이린의 경우는 결계와 정화, 깨달음에 특화되어 있기에 막상 전투에는 큰 도움이 되지 못했으니 승부의 행방을 알기 힘들었다.

물론 둘의 힘이 거의 소진되었을 때 샤이린이 등장해 결계로 서큐버스를 묶어두는 등의 방어는 취할 수 있겠지만 말이다.

촤아아악! 부릅!

서큐버스의 마나 검이 샤스라의 어깨를 스치고 지나가자 루운은 눈을 크게 떴다.

"하악, 하아……."

"후후……. 어떤가요? 동료를 적으로 맞서는 기분이?"

"더럽군."

샤스라는 어깨에서 출혈이 있으나 상관하지 않으며 서큐버스를 노려봤다.

"더럽다라… 후후, 다시는 그런 기분을 느끼지 못하게 해 주마!"

서큐버스가 샤스라를 향해 파고들었다.

파아앙!

둘의 주먹이 허공에서 부딪치며 2차전을 알렸다.

쉐에에엑!

자연의 마나가 분해되면서 샤스라를 쫓아다닌다.

피할 수 없다는 사실을 파악한 샤스라는 마나를 온몸에 두르며 막아섰다.

콰콰콰쾅!

허공에서 폭발음과 함께 연기가 자욱했다.

그 광경을 지켜보던 루운은 결국 진월을 꺼내 들어 연주를 시작했다.

현재 서큐버스와 샤스라는 누가 우세하다고 점칠 수 없는 상황이었다.

그렇다면 자신의 가세로 인해 승패가 확정되어질 것이었다.

아까와는 다른 상황, 또한 둘 다 모두 지쳐 있다. 이제는 짐이 되기보다는 힘이 되어줄 판국!

"라지! 아지!"

진월의 연주가 끝나자 라지와 아지를 곧바로 소환한 루운은 바로 합체를 발휘했다.

"초월! 검은 달!"

더불어 정령들에게 서큐버스를 공격하라는 명과 함께 신형을 날렸다.

스파아앗!

서큐버스의 등 뒤에 나타난 루운의 검이 폭주를 가득 담아 신형을 베기 위해 움직였다.

철후가 위험해질 수 있기에 심결을 쓰지 않았고 더불어 급소를 피한 가격이었다.

"크윽! 네놈이!!"

하나, 힘이 약해진 상황에서도 우월함을 보여주듯 서큐버스는 루운의 공격을 막았지만 얼굴에 초조함이 가득했다.

쉐에에에엑!

서큐버스는 루운을 공격하지도 못하며 다급히 뒤돌아섰다.

루운한테 시선이 빼앗긴 동안 샤스라가 협공을 한 것이다.

"정말 짜증나는군!"

서큐버스의 입에서 분노의 외침이 터져 나왔다.

앞에서는 샤스라, 뒤에서는 루운, 사방에서는 정령들이 자신을 귀찮게 했다.

그렇다 보니 누적 데미지가 많아졌으며 샤스라와 상대할 때보다 집중력도 흐트러질 수밖에 없었다.

"모두 죽어버려라!!"

"크으으윽!"

서큐버스가 마나를 하염없이 끌어모으더니 한 번에 폭발시켰다.

순식간에 발휘된 기술! 샤스라가 다급히 루운의 앞으로 이동해 자신의 힘으로 보호막을 형성했다.

현재의 루운은 피할 수도, 막을 수도 없다는 사실을 알기 때문!

콰콰콰콰쾅!! 콰지지지직! 퍼어어어엉!!

귀를 찢을 법한 굉음이 사방에 울려 퍼졌다.

서큐버스의 온몸에서 생성된 마나의 검이 루운과 샤스라는 물론, 주변 지형까지 모두 초토화시킨 것!

"쿨럭……"

"샤스라!!"

잠시의 정적이 흘렀다. 그때 자신 앞에 서 있던 샤스라가 기침과 함께 바닥에 쓰러지자… 루운은 다급히 그녀를 부축했다.

"하아… 젠장이군."

루운의 눈동자에 미안함이 가득 서렸다.

샤스라는 방금의 일격을 그대로 맞서며 큰 부상을 입어버렸다.

보호막이 서큐버스의 모든 힘을 실은 일격을 막다가 깨져버린 탓.

"나 때문에……."

"쓸데없는 소리… 큭."

샤스라는 애써 루운에게 짐을 주지 않으려 했지만 그는 알고 있었다.

만약 자신이 없었더라면 방금의 일격을 막아서지 않고 피했을 것이란 사실을…….

"후후……. 이제 드디어 마지막인가?"

서큐버스의 조롱이 담긴 음성이 귀를 파고들자 루운은 샤스라를 조심스럽게 내려놓으며 자리에서 일어섰다.

그런 거대한 힘을 발휘했음에도 불구하고 서큐버스는 아직 자신보다도 강한 힘을 내뿜고 있었다.

하나 모두가 쓰러진 이 와중에 혼자 도망칠 수 없다. 싸우다 죽는 한이 있더라도 부딪쳐야 한다.

어차피 자신은 유저! 이들 NPC들과는 달리 죽어도 죽지 않는다!

"후후, 나에게 덤빌 생각인가 보지? 넌 약한데?"

"글쎄… 해봐야 알지 않을까?"

차가운 음성을 내뱉은 루운은 날개를 펼친 다음 허공으로 치솟았다.

머릿속으로 들려오는 샤스라의 목소리를 들으며…….

"커허어억! 저년이!!"

루운을 얕보던 서큐버스의 모습은 온데간데없었다.

아니, 이제는 고통과 두려움에 질린 얼굴이었다.

갑자기 상황이 반전된 이유는 바로 샤이린의 등장 때문이었다.

샤스라가 알려준 다음 샤이린이 곧바로 육체를 보유했다.

하지만 이미 육체가 가지고 있는 힘은 많지 않았고, 부상으로 인해 몸을 움직일 수 없는 상황이었지만 몸을 묶어버리는 주술의 시전은 가능했다.

그로 인해 전세가 순식간에 뒤바뀐 것이다.

"놔! 놓으라고!!"

서큐버스가 목이 찢어져라 소리를 질렀지만 루운은 무시하며 총알보다 빠르게 주먹을 움직였다.

퍼억, 퍼억! 퍼퍼퍼퍼퍽!!

쉴 틈 없는 주먹질! 그것도 아픈 곳만 골라서 팬다!

"아악! 아아아악!!"

서큐버스의 비명이 루운의 귀를 자극했지만 그의 표정은 무심했다.

아니, 오히려 즐기는 표정!

'철후님, 죄송합니다! 단지 아무런 사심 없이 철후님을 구하기 위해서입니다!!'

주술이 시전된 후 샤스라가 알려줬다.

정신의 지배를 푸는 방법은 단 두 가지라고.

서큐버스와 함께 지배당한 이를 죽여 버리는 것과, 서큐버스가 참을 수 없는 고통을 가해 쫓아내는 것!

정신을 지배해 그 육체를 사용하는 동안은 서큐버스가 아픔을 느끼기 때문!

그중에서 루운이 택한 방법은 당연히 후자였으며, 그렇기에 너무나 가슴이 아픔에도 철후를 마음껏 두들겨 패는 것이었다.

'제 진심을 알아주시겠죠?

루운은 태어나 그 어떤 때보다도 최선을 다해 주먹을 날리며, 마음속으로 미안함과 함께 철후를 쳐다봤다!

그런 루운의 얼굴에는 너무나 통쾌한 미소가 자리 잡고 있었다.

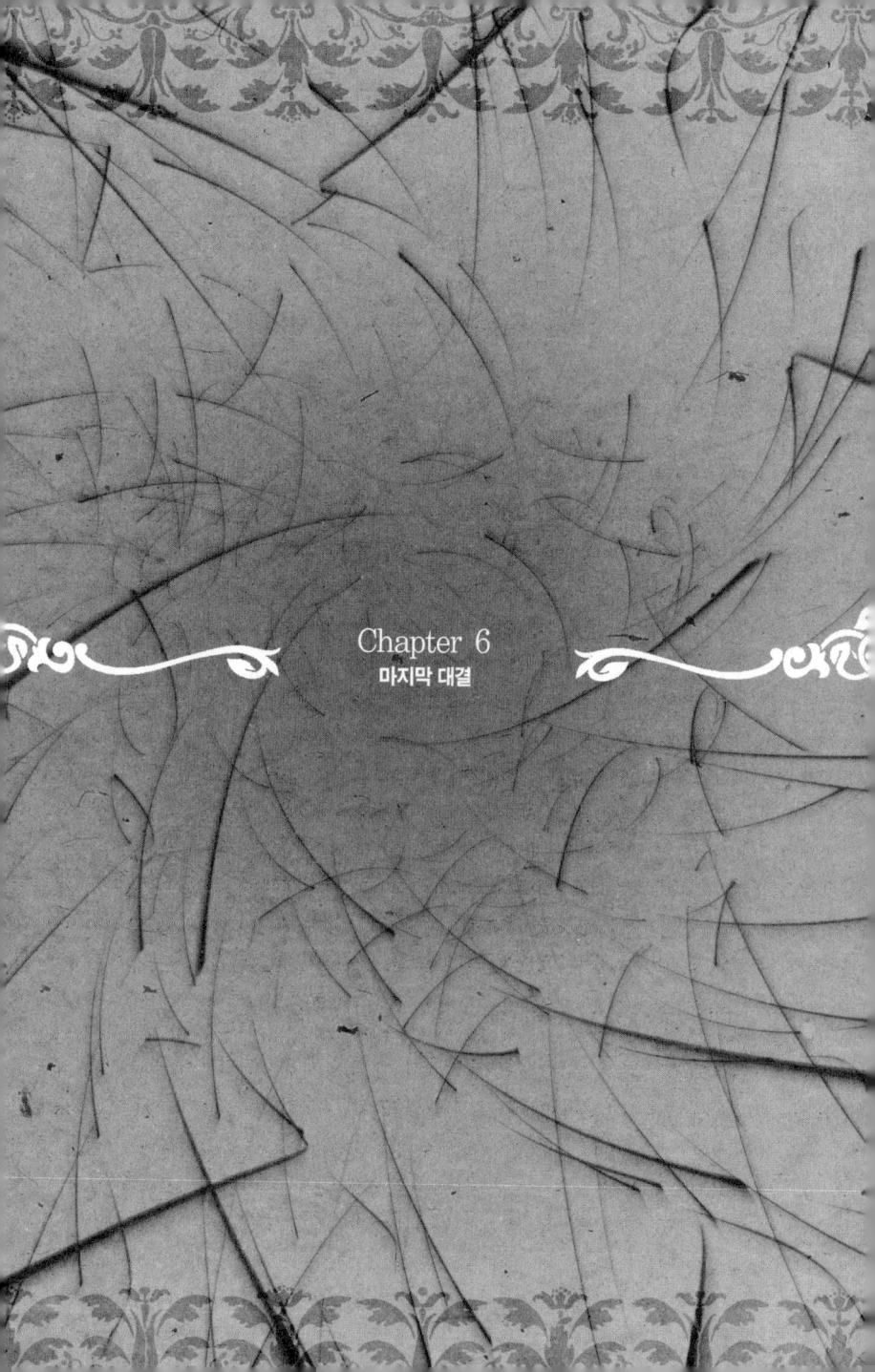

Chapter 6
마지막 대결

NEW 뉴월드
WORLD

—마에스트로 4차 전직 퀘스트를 완료하셨습니다.

—스텟 포인트 700이 부여됩니다.

—스킬 포인트 500이 부여됩니다.

—생명이 5,000 상승합니다.

—마나가 5,000 상승합니다.

—명성이 2,000 상승합니다.

'좋아! 이번 전직은 아주 마음에 들어!'

과거의 세계에서 빠져나온 루운은 바로 들려오는 알림음
에 기쁨을 감추지 못했다.

얻게 되는 포인트들도 높았지만, 그보다는 전직의 기간이 아주 짧았던 것이 가장 만족스러웠다.

또한, 철후도 구해준다는 핑계하에 마음껏 두들겨 패지 않았던가!

이번 전직은 너무나 사랑스러울 정도!

—마에스트로의 랜덤 스텟, 정령을 습득하셨습니다.
—마에스트로의 랜덤 스텟, 진월을 습득하셨습니다.

'역시… 없구나.'

이전까지는 검사의 공통 스텟을 받았었다.

하지만 4차 전직부터는 공통 스텟이 주어지지 않는다는 사실을, 다른 유저들을 통해 이미 알고 있었다.

그럼에도 막상 받지 못하니 못내 아쉬움을 느꼈다.

—스킬 마나의 파편을 습득하셨습니다.
—스킬 마나의 검을 습득하셨습니다.
—스킬 돌진을 습득하셨습니다.
—스킬 전투를 습득하셨습니다.

'이번에는 스킬이 꽤 많다!'

마나의 파편과 검은 철후에게 배운 것이었고, 돌진은 호운,

전투는 샤스라의 수련이었다.

샤이린에게 배운 교감은 뉴 월드에는 존재하지 않지만 패시브 스킬과 같은 형식이었다.

이미 교감을 터득했기에 엑티브 스킬로 구분이 되지 않는 것이다.

―유형을 선택해 주십시오. 공격형과 방어형이 존재합니다.

"공격."

루운은 언제나 그래 왔듯 망설이지 않고 유형을 결정했다.

각성의 전직 때는 유형이 존재하지 않기에 현재 존재하는 레벨 업 시스템상 마지막 유형의 선택이었다.

"자… 얼른 분배를 하자."

전직을 마쳤음에도 불구하고 루운은 시급해 보였다.

그 이유는 어둠의 선두자 퀘스트 때문이었는데, 그들이 말한 시기가 바로 내일이었다.

즉, 오늘 자정에 그 존재가 부활한다는 뜻이었으며, 4차 전직이 빨리 끝나면서 아직 한낮이기는 해도 루운에게는 하염없이 부족한 시간이었다.

"정보, 스킬 창!"

생명:28,170 마나:19,430

이름:루운 레벨:200 성향:혼돈 소속:루엔

호칭:마에스트로 길드:그랜드 속성:무 명성:7,350 직업:카오스

근력:6,352 체력:1,326 민첩:816

지식:557 정신:515 재치:457

회복:540 지휘:540 분노:540

공속:480 투혼:480 마나:480

공력:360 베기:360 신수:360

스텟 포인트:0 스킬 포인트:0

자연의 마나 Lv.203:자연에 기거하는 마나를 빌려 힘을 발휘한
　　　　　　　다. 24시간 동안 5번 발휘 가능하다. 소모
　　　　　　　마나:0 제한 거리:20m 숙련도:1Max

심결 Lv.210:심안과 결음을 깨달은 자만이 발휘할 수 있는 기술
　　　　　　로 요괴, 몬스터, 인간의 결을 볼 수 있고, 결을 정
　　　　　　확히 공격했을 시 추가 데미지를 입히며 음을 듣고
　　　　　　들려주게 된다. 또한, 생명과 마나가 일정 회복된
　　　　　　다. 소모 마나:1,000 숙련도:2Max

파멸 Lv.274:순간 속도와 공격력을 극한으로 끌어올려 적을 단
　　　　　　번에 해치운다. 소모 마나:900 숙련도:1Max

초월 Lv.376:순간적으로 한계 이상의 육체 능력을 발휘한다. 이
　　　　　　동 속도, 공격 속도, 공격력, 방어력 상승! 소모 마

나:1,000 지속 시간:3분 숙련도:1Max

폭룡 Lv.245:타오르는 불꽃의 폭룡들을 사방에서 소환해 대다
　　　　수의 적을 무찌른다. 소모 마나:1,100 숙련도:1Max

죽음의 검 Lv.245:극대화된 움직임으로 16개의 검기를 발출하
　　　　며 적을 죽음으로 인도한다. 소모 마나:1,050
　　　　숙련도:1Max

검은 달 Lv.200:적의 그림자로 순식간에 이동해 기습적인 치명
　　　　상을 입힌다. 소모 마나:1,200 숙련도:52%

폭주 Lv.390:짧은 시간 모든 힘을 폭주시켜 적들을 베어버린다.
　　　　소모 마나:1,500 소모 생명:1,500 숙련도:58%

마나의 파편 Lv.200:자연에 기거하는 마나를 빌려 힘을 발휘한
　　　　다. 24시간 동안 3번 발휘 가능하며, 이전
　　　　자연의 마나와는 달리 충격을 받는 순간 흩
　　　　어지며 적을 사방에서 제압한다. 소모 마
　　　　나:0 제한 거리:25m 숙련도:0%

마나의 검 Lv.350:마나를 한곳으로 집중해 검의 형상을 만들어
　　　　내이 적을 파괴한다. 소모 미니:2,000 숙련
　　　　도:0%

돌진 Lv.100:일정 시간 이동 속도를 상승시켜 빠르게 움직인다.
　　　　소모 마나:500 지속 시간:3분 숙련도:0%

전투 Lv.200:PK시 혹은 길드전, 공성전 등 유저들과 전투를 할
　　　　때만 쓸 수 있으며, 전체 능력이 상승한다. 소모 마

나:1,500 소모 생명:1,400 지속 시간:2분 숙련도:0%

'스킬들의 위력이 어느 정도 상승했을까?'

포인트를 모두 분배한 루운은 기대감에 찬 시선으로 정보, 스킬 창을 바라봤다.

레벨 200까지 찍으면서 스킬 포인트들을 쓰지 않고 모았았다.

4차 전직 때 새로운 스킬을 얻으면 골고루 분배하기 위함이었고, 마나의 검에 가장 많은 포인트를 부여한 것은 숙련도는 낮지만 폭주처럼 새로 배운 스킬이 더 강력할 것이라 믿기 때문이었다.

물론, 추측만으로 판단한 것은 아니다.

샤스라와 수련을 하며 발휘하게 된 마나의 검은 위력이 정말 대단했었다.

'이제 마나 분배를 잘해야겠다.'

스킬들의 레벨이 급상승하자 발휘될 때마다 들어가는 마나가 적지 않았다.

루운이 제아무리 높은 생명과 마나를 보유하고 있어도 이제는 무차별적으로 발휘했다가는 예전에 비해 일찍 마나가 떨어질 것이었다.

"루운님!"

"어?"

정보, 스킬 창을 닫고 이제 퀘스트 정보 창을 열려는 순간이었다.

진히의 다급한 목소리가 머릿속을 파고들었다.

"어디 계셨어요? 아무리 찾으려고 해도 마치 안개가 낀 것처럼 느낄 수 없었는데."

"수련을 하고 왔습니다."

그녀의 주술로 자신의 말도 진히에게 전해진다는 사실을 알고 있는 루운이 대답했다.

"그렇군요. 하여튼 시간이 없어요. 오늘 안에 그들의 야망을 부숴야 해요."

"네, 알고 있어요."

평소 진히답지 않은 조급함이었다.

그 정도로 어둠의 선두자들이 부활시키려는 존재가 두렵다는 뜻이고 말이다.

"목적지를 알아낸 뒤에 세화님을 기다리고 있어요. 루운님도 어서 이리로 오세요."

"어떻게 가면 되죠?"

"제 신관에 가시면 안내를 해줄 아이가 기다리고 있을 거예요. 얼른 오세요!"

진히와의 대화는 그것으로 끝이었다.

루운은 조금 더 묻고 싶었지만 그녀가 주술을 푼 이상, 자신의 말이 들리지 않는다는 사실을 잘 알기에 일단 급히 움직이기로 결정했다.

"초월! 돌진!"

타타타타탁!!

"워… 정말 빠른데?"

스킬을 시전한 루운은 이전보다 상승된 속도에 감탄을 금치 못했다.

초월은 전투에 도움이 되는 활성이 진화한 자체 버프였지만 이동 속도 상승효과가 존재했고, 돌진 역시 마찬가지였다.

그리고 두 스킬은 중복이 되지 않아 1+1이 되면서 지금의 효과가 나타나게 되었다.

'무한으로 쓸 수 있겠군.'

초월은 마나의 소모가 적지 않지만 그래도 지속 시간이 3분이었으며, 돌진은 소비되는 마나가 적으면서도 2분이었다.

그렇기에 마나의 회복이 빠른 자신이었기에 다른 스킬들을 쓰지 않을 경우에는 무한으로 두 스킬을 반복 사용 가능했다.

"어! 사났어?"

게이트를 향해 미친 듯 달린 루운은 올라서면서 간절함을 담아 물었다.

원래는 바로 진히의 신관이 있는 마을로 이동해야 하지만, 상대의 대답에 따라 방향이 달라지기에 잠시 이동지를 선택하지 않으며 기다렸다.

"응. 샀어. 고마운 줄 아서!"

"알았어! 나에게는 우리 동생뿐입니다! 어디야?"

"동대륙에 위치한 호이 마을."

"지금 바로 갈게!"

가식적인 칭찬과 재촉에 시아는 루운을 골려줄까 고민도 했지만 사정이 있는 것 같아 그만두기로 결정했고, 루운은 호이 마을로 이동하려다 인상을 찌푸렸다.

단번에 가는 코스가 아닌 갈아타야 하는 위치였다.

'어쩔 수 없지.'

걸리는 시간보다 시아를 만나면 득이 더 컸기에 포기할 수 없었고, 잠시 후 루운은 호이 마을 게이트에 모습을 드러냈다.

"오빠! 뭐가 그리 급해?"

황급히 아이템들을 받고 라르크를 건넨 루운이 바로 게이트 위에 올라서자 시아는 궁금증을 담아 그를 불렀다.

"나중에 설명해 줄게!"

루운은 그 말을 남기며 바람같이 사라졌다.

그러자 홀로 남은 시아는 고개를 갸웃거리다 사냥을 하러 움직였다.

"후… 도착했다."

진희의 신관에 도착한 루운은 조금 전과 모습이 바뀌어 있었다.

시아를 만난 이유이기도 했는데, 바로 장비들의 교체!

이전까지 루운은 마스터 급의 장비를 착용하고 있었지만 현재는 카오스 급의 템으로 무장했다.

물론 성능이 좋고 고가의 템들로 구하려다 보니 라르크가 적지 않게 들었다.

현재 루운이 구입한 카오스 급 아이템은 뉴 월드에서도 소수의 인원만이 차고 있는 최고급의 것들로 이루어져 있었다.

그래서 루운이 가지고 있는 라르크로도 부족해, 시아에게 돈을 보태달라고 사정을 해서 얻게 된 장비였다.

'이놈의 시세!'

카오스 급의 장비라고 처음부터 이리 비싼 것은 아니었다.

하지만 카오스 급이 장비 레벨의 끝이었기에 뉴 월드를 하는 내내 쓸 수 있으며, 지금은 카오스 급 장비를 차지 않는 유저들도 언젠가는 카오스 급 레벨의 장비를 착용할 것이기에 거래가 언제나 활발할 것이라는 전망이 첫 번째 이유였다.

두 번째는 마지막 급의 템이기에 이전까지는 지나가는 아이템이라며 싼 것만 착용하던 유저들도 카오스 급 아이템에서는 돈을 팍팍 질러 전체적인 시세를 상승시켰다.

마지막으로 세 번째는 루운의 욕심 때문이었는데, 카오스 급부터는 능력치가 평균 이상에서 조금만 높아도 가격이 부쩍 상승했다.

더 이상은 다른 급이 존재하지 않으므로, 이때까지처럼 급이 바뀔 때마다 장비의 능력치가 높아지지 않는 탓이다.

그렇기에 루운이 목표만 조금 낮췄어도 지금보다 라르크가 적게 들어갔겠지만, 기왕 즐기는 것… 또한 가능하다면 좋은 장비를 차고 싶은 마음에 무리를 하게 된 것이었다.

'그래도 능력치는 올라갔으니 만족하자. 앞으로 더 많이 벌면 되는 것이지!'

현재 루운은 마방까지 고가의 아이템들로 갖추고 있었으며, 홍염의 에메랄드를 현재의 검에 부착시키며 스스로를 위로했다.

비싼 장비를 사는 것은 자기만족으로 비춰질 수 있으나, 분명 게임에도 큰 도움이 되었다.

똑같은 레벨에 낮은 장비를 착용한 유저보다 더 빨리 몬스터를 잡고, PK에도 더 큰 데미지와 방어력을 보유하게 되니 말이다.

루운이 어둠의 선두자들을 만나기 전에 시아를 찾은 것도 그런 이유였다.

그들은 강하다. 아무리 4차 전직을 마쳤다 할지라도 아직은 자신이 큰 힘이 되지 못했다.

그러니 잠깐 시간을 내서 최대한 더 강해져서 가려고 한 것이다.

끼이이이익.

이전에 착용하고 있던 장비들은 나중에 팔기로 생각하며, 루운은 쓰러질 듯한 신관의 문을 열고 안으로 들어갔다.

나무문이 열리자 여전히 신도가 하나도 없고 먼지가 가득한 신관 내부가 눈에 들어왔다.

토마토를 주스로 만들어 팔기 시작한 시점부터 진히도 신관에 큰 신경을 쓰지 못한 탓이었다.

"계십니까?"

루운은 주변을 두리번거리며 진히가 말한 아이를 불렀다.

아직 그 아이에 대해 아는 것이 존재하지 않았다.

말 그대로 꼬마인지 혹은 다른 존재인지.

그런데 신관 안을 아무리 둘러봐도 그 어떤 것도 보이지 않았다.

쉐에에에에엑!!

"저, 적인가?"

그 순간 갑작스럽게 파공음이 들리더니 무엇인가가 루운의 시야에 들어왔다.

하나 얼마나 빠른지 루운이 발견했을 때는 이미 그의 배를 강타한 다음이었다.

퍼어어억! 데구루루루루!

"커어어억!"

엄청난 충격을 느끼며 뒤로 나가떨어진 루운!

"후후! 반갑습니다! 제가 바로 안내자이자 사랑스러운 아이입니다!"

'나를 죽일 생각이냐!'

반김이 아닌 살인 미수에 가까운 공격을 당한 루운은 어이없는 표정으로 일어섰다.

그와 함께 아이의 정체를 발견하자마자 더욱 멍해진 표정으로 그를 쳐다봤다.

'네가 어떻게 사랑스러운 아이야!'

아이이자 안내자의 정체는 토마토였다!

아마 진히의 주술로 만들어진 존재인 것 같았는데, 재미있는 점은 아이라 칭하면서도 콧수염이 붙어 있다는 점!

전혀 호칭과 상반된 모습!

"그러면 저를 따라오실까요?"

토마토임에도 눈과 입을 달고 있는 수염 난 아이가 말하자 루운은 왜 공격했냐며 따지려다가 입을 다물며 쓰게 웃었다.

자신이 대답도 하기 전에 이미 토마토는 신관을 벗어나고 있었다.

"와아! 맛있다."

퀘스트를 하다가 근처 마을에 들른 루나는 함박미소를 지으며 과자를 한 입 가득 베어 물었다.

그 곁에는 스윈과 아리스가 함께 하고 있었고, 그녀들 손에도 과자가 하나씩 들려 있었다.

"그런데 이 마을은 정말 사람들이 없다."

과자를 다 먹은 다음 루나가 주변을 둘러보며 말했다.

이곳 마을에는 근처 사냥터가 존재하지 않았다.

특이한 점이 있다면 마을 외곽에 위치한 계곡이었는데, 문제는 그 계곡으로 갈 수가 없다는 점이었다.

일단 계속으로 가기 위해서는 하늘을 날아야 했으며, 날 수 있는 유저들이 시도를 해봤지만 벽에 막힌 듯 진입하지 못했다.

그래서 단지 멋진 광경으로 만족해야 할 뿐이었고, 사냥터가 없다 보니 당연히 유저들 역시 찾지 않게 되면서 마을은 NPC들만의 세상이 되었다.

간혹 루나와 일행처럼 퀘스트 때문에 오는 이들을 제외하고 말이다.

쉐에에에엑! 타타타탁!!

퀘스트를 끝내고 돌아가려는 시점이었다.

갑작스럽게 맞은편에서 바람을 가르고 달리는 소리가 들렸다.

"커어어어억!!"

그런데 하필이면 붉은색의 무엇인가가 아리스의 배와 충돌했고 그 뒤를 이어 한 유저가 스치고 지나갔다.

"어엇! 루운 오빠……!!"

스윈은 놀라움을 감추지 못하며 소리쳤다.

순식간에 얼핏 본 것이었고 장비도 달랐지만 분명 루운이었다!

"루운 네놈이!"

그러자 영문도 모른 채 봉변을 당한 아리스가 벌떡 일어섰다!

기습을 당했다! 이유없이 맞고 참을 수 없다! 더군다나 밉상 루운이 관련되어 있다!

"어, 언니!"

타타타타타탁!!

루나와 스윈은 서로를 쳐다봤다.

루운의 이름을 듣자마자 아리스가 그 뒤를 쫓아가기 시작한 것이다!

결국 스윈과 루나 역시 아리스를 따라 달리기 시작했고, 토마토 안내자를 선두로 뜻하지 않게 추격전이 펼쳐졌다.

"오빠, 어디를 가세요?"

"스윈?"

루운은 갑작스러운 귓속말 신청에 놀란 표정으로 되물었다.

토마토만 쳐다보면서 열심히 달리고 있었다.

속도가 너무 빠르다 보니 다른 데 신경 쓸 여력도 존재하지 않았다. 잠깐이라도 스킬의 딜레이를 놓쳤다가는 거리가 벌어지니 말이다.

그런데 자신이 가고 있다는 사실을 스윈이 어떻게 안단 말인가?

"뒤를 돌아봐요."

스윈의 얘기에 루운은 아직 스킬들이 2분과 1분 남았다는 것을 확인하며 고개를 돌렸다.

조금 전부터 안내자 토마토가 지쳤는지 속도가 준 것도 있기에 겨우 여유를 찾은 것이다.

"커어억!"

그리고 경악하며 빠르게 머리를 굴렸다.

자신은 열심히 달리기만 했을 뿐이다. 한데, 아리스가 루나의 주술까지 받으면서 무서운 속도로 따라오고 있었다!

마치 잡히면 때려죽일 듯한 표정과 함께!

"어떻게 내 뒤에?"

"마을에 있었는데 오빠가 순식간에 지나가더라고요."

"그래?"

토마토에만 시선을 빼앗겼다 보니 아무리 시력이 좋더라

도 미처 셋을 확인하지 못했다.

단지 여자 유저들이라고 판단했었는데…….

"그런데 왜 따라와? 아리스님은 살기까지 뿌리면서!"

"그게… 붉은색의 무엇인가가 아리스 언니를 치고 가버렸는데, 루운 오빠를 확인하더니 갑자기 달리셨어요."

"……."

루운의 이마에서 식은땀이 흘렀다.

해명을 해야 했다. 자신과는 전혀 관계가 없는 일이라고!

이 모든 것이 다 저 개념없는 토마토 때문이라고!

하나, 아리스의 번뜩이는 두 눈동자를 보니 차마 멈출 수 없었다.

만약 잡힌다면… 뭐라고 변명도 하기 전에 자신은 사망했다는 알림음을 듣게 될 것이다!

'일단은 자리를 피하고 나중에 해명한 다음 만나야겠군.'

루운은 스윈과 루나를 믿었다.

그녀들이라면 진실을 알게 된 후 분명 아리스의 오해를 풀어줄 것이다!

그 믿음 하나로 루운은 이제는 소리까지 치는 아리스를 무시하며 계속 달렸고, 어느덧 모두는 접근할 수 없는 계곡 앞까지 이르렀다.

"이리로 오셔야 합니다!"

"에? 거기는 금지……."

루운은 달리다 말고 제자리에 멈춰 섰다.

토마토가 계속 허공을 날면서 이동한 곳은 바로 유저들이 갈 수 없다는 장소인 탓이었다.

낭떠러지. 계곡과의 거리는 족히 100M는 넘어 보였다.

물론 변신을 하면 날아서 갈 수 있지만, 알고 있던 상식으로 인해 잠시 망설이게 된 것이다.

"루우우우우운!!"

투타타타타타탁!

하지만 루운의 망설임은 오래가지 않았다.

어차피 자신은 퀘스트로 인해 들어갈 수 있을 것이라 결론을 내린 것이다.

그러나 입에서 침까지 흘리며 광기에 젖은 아리스의 표정은 생각보다 몸이 먼저 움직이게 해줬으며, 루운은 다급히 라지와 아지를 소환한 다음 변신을 시전했다.

슈우우우욱!

"어디를 도망가냐!"

루운이 허공을 날아서 절벽으로 향하자 아리스 역시 주술로 몸을 공중에 띄우며 따라갔다.

"여기는 저밖에 들어가지 못합니다!"

"루우우운! 그리고 빨갱이!!"

분노로 극도의 흥분을 한 아리스!

루운이 계속 도망을 치는데 따라잡지 못하자 더욱 자기 분을 참지 못해 이성을 잃은 것이지만, 그녀는 루운의 말조차 듣지 않으며 계속해서 루운을 추격했다.

지이이잉!

토마토 안내자가 계곡으로 입성했다.

지이이잉!

루운 역시 퀘스트의 영향으로 무사히 들어갔다.

퍼어어어억⋯⋯!!

그렇지만 아리스는 역시나 들어가지 못한 채 벽에 부딪치며 바닥으로 추락했고⋯ 루운은 마음속으로 그녀의 명복을 빌었다.

훗날 빌게 될 자신의 명복도 함께⋯⋯.

"호오. 이제야 쓸모가 있겠구나."

루운의 도착에 기다리고 있던 피셴이 말했다.

짧은 시간이었다. 시간에 비해 놀라운 성장을 이뤄냈다.

"역시 무녀가 능력이 좋긴 해. 호홀."

세화 역시 피셴의 의견과 뜻을 같이하며 한마디 했지만 루운은 둘의 말을 전혀 듣지 않고 있었다.

오로지 그의 시선이 향하는 곳은 계곡에 인위적으로 만들어진 틈새였는데, 그곳에서 지독한 기운이 풍겨 나오고 있었다.

"느껴지시나요?"

진히가 곁으로 오며 굳은 표정으로 말했다.

"네. 뭐라 말로 표현하기가 힘들군요⋯⋯."

루운은 진심을 숨기지 않고 대답했다.

온몸이 부들부들 떨렸다. 진정하려고, 자제하려고 노력해도 소용이 없었다.

지금까지 만난 그 누구와도 레벨이 다른 존재다.

안타깝지만 자신이 느낀 네 명의 NPC들이나, 지금 함께 자리하고 있는 NPC들 역시 한없이 작아 보일 정도의 힘이었다.

아니, 애초에 비교 자체가 되지 않았다.

'도대체 은월은 얼마나 강했던 것이냐?'

지금 눈앞에 있는 존재를 쓰러뜨린 것 역시 은월이란 생각에 루운은 혀를 내둘렀다.

"죽을지도 모른다."

피셴이 틈새의 입구에 서서 그답지 않은 진지한 표정으로 말문을 열었다.

"현재 그들은 우리를 기다리고 있다. 자신들이 기습할 필요도 없다는 뜻이다. 분하게도⋯ 전력상 저들이 우위다."

"호홀. 우위뿐이겠는가?"

세화 역시 모든 것을 각오한 듯 체념한 표정으로 웃었다.

"그렇지. 정확히 말하면 우리가 상대가 안 되지. 으하하! 그러나⋯ 절대 질 수 없지 않은가? 우리가 무너지면 이 세계가 위험하니."

비장한 각오가 담긴 피센의 의지. 루운은 고개를 끄덕였다.

자신은 단지 유저일 뿐이지만 피센을 비롯한 이들에게는 세상을 지키기 위한 싸움이었다.

비록 그 누가 알아주지 않는다 할지라도…….

"어떻게든 존재의 부활을 막아야 한다. 만약 존재가 부활한다 해도 다들 힘을 합친다면 막을 수 있을지도 모른다. 하지만 수많은 피가 대지를 적실 것은 분명하다. 우리는 그 피를 위해 싸운다. 그리고 난……."

피센은 더 이상 얘기를 하지 않으며 말을 끊었다.

그렇지만 이곳에 있는 모두가 그 뜻을 알 수 있었다.

가족을 위해서 싸운다는 말을…….

"이기적인 욕심이다. 나의 목적으로 인해 모두를 휘말리게 했다. 그래도 따라와 주겠는가?"

피센이 고개를 돌려 묻자 먼저 세화가 대답했다.

"호홀. 어차피 언제 죽어도 이상하지 않을 늙은 년이다. 걱정 마라."

"헤헤. 저도 토마토 사업이 아쉽기는 하지만 모두를 위해서니 괜찮아요."

진히 역시 서글프지만 애써 웃으며 기운을 보탰다.

"자네는 어떤가?"

피센이 루운을 지그시 바라보며 의견을 묻자, 루운은 어깨를 으쓱하며 대답했다.

"마에스트로가 될 때부터 편히 못 살 것이라 생각했습니다."

"으하하! 좋네! 자, 그럼 가볼까?"

루운의 대답에 모두가 각자의 의미를 담은 웃음을 터뜨렸다.

어쩌면 죽음을 앞두고 힘겹게 두려움을 포장하는 것인지도 몰랐다.

그러나 루운은 한 가지는 확신할 수 있었다.

결과가 어떻게 되든… 이들은 절대 후회하지 않을 것이라는 사실을.

곧 모두는 계곡의 틈새를 향해 힘차게 전진했다.

"어머, 또 만나네?"

계곡의 절벽 사이로 걸어가는 와중이었다.

귀에 익은 목소리에 고개를 들자 이미 몇 번이나 마주친 인물이 나타났다.

"교주……."

루운이 이를 잘근 씹으며 그녀를 쏘아봤다.

교주와 무자비한 실험을 감행했던 남자인 박사를 보면 한 소녀가 떠올랐다. 가슴에 불길이 치솟았다.

"그렇게 노려보면 무서운데……. 뭐, 어차피 이제는 다시 못 볼 테니 이해해 줄게."

교주는 힘의 우위를 확실히 파악하며 여유로운 태도로 굴렀다.

"죄송하지만 여러분들은 이곳에서 사라지셔야 합니다."

그와 함께 또 다른 존재가 등장했다.

바로 실험을 거듭하는 타락한 존재… 박사였다.

"둘이라… 우리를 너무 우습게보는군."

피셴이 콧방귀를 뀌며 교주와 박사에게 말을 씹듯이 내뱉었다.

아무리 저들 역시 만만치 않은 실력을 보유하고 있어도 저 둘은 자신과 세화로도 이길 수 있었다.

"무슨 섭섭한 말씀인가요? 제가 여러분들을 얼마나 높게 평가하는데 말이죠. 저희 둘만 왔을 리가 있겠습니까?"

우르르르르르르!

박사의 얘기가 끝나자마자 지축이 흔들렸다.

그리고 눈앞에 수많은 괴물들이 모습을 드러냈다.

요괴도 몬스터도 아닌… 원하지 않음에도 변해야 했던 서글픈 괴물들이.

그 수는 대단히 많았으며, 중간중간 꽤 강한 능력을 갖춘 이들도 보였다.

"물론 이 정도로도 두 분에게는 성이 차지 않으시겠죠. 그래서 또 준비했습니다."

"오랜만이군. 피셴, 세화."

"아직 살아 있다니… 역시 명줄이 길어."

피셴과 세화의 표정이 일그러졌다.

내심 그들이 모두 죽었기를 바랐다. 만약 과거 선두자들이 모두 살아 있다면 상황은 절망적으로 바뀔 테니.

하나, 그런 기대가 산산이 깨져 버렸다.

물론 두 명이 추가되었다면 과거에 비해 그 수가 많이 줄어들었지만 전세가 기울기에는 충분한 전력이었다.

"오랜만이군."

피셴이 살의가 듬뿍 담긴 눈빛으로 고개를 올려 절벽 위를 쳐다봤다.

그곳에는 두 명의 존재가 서 있었다.

한 명은 여자였는데 온통 붉고 딱 달라붙는 야시시한 옷을 입고 있었으며 매혹적인 외모였다.

다른 한 명은 아주 작은 키에 체격이 터질 것처럼 두꺼웠고, 피부색 모두가 검었다.

여자는 불꽃에 특화된 힘을 발휘했으며, 남자는 독과 요괴들을 부렸다.

"그러면 시작해 볼까요? 아참, 한 가지 더 알려주자면… 시간이 많지 않습니다. 그분의 부활이 생각보다 빨라질 수 있거든요."

박사의 조롱이 담긴 친절!

피셴은 그 말과 함께 루운한테 자신의 의지를 전달하며 검을 꺼냈다.

사아아아아악!

루운은 바람보다 빨리 움직였다.

합체를 한 상황에서 초월과 돌진을 시전하자 그 속도는 가히 놀라웠다.

루운이 이렇게 달리고 있는 이유는 피셴의 결심 탓이었다.

그가 말했다. 한 명이라도 부활하기 전 존재에게 도착해야 한다고.

그래서 루운은 거절했었다. 밀리는 것이 뻔히 보이는데 어찌 자신이 가야 된단 말인가? 안다. 가장 큰 목적이 무엇인지, 자신들이 모두 죽더라도 막아야 될 것이 누구인지를……

하나, 그들을 다시 볼 수 없게 될지도 모른다는 두려움이 그를 붙잡았다.

그런 루운을 향해 피셴은 고함까지 내지르며 설득했고, 결국 루운은 달릴 수밖에 없었다.

피셴과 모두가 길을 터줬다. 동시에 루운은 변신을 하며 초월, 돌진을 시전했다.

그러자 어둠의 선두자들이 가만히 있지 않았는데, 피셴과 세화가 각기 두 녀석씩을 맡으며 그늘의 앞길을 가로막았다.

그로 인해 루운은 별다른 장애 없이 존재를 향해 이동하는 중이었다.

두근두근… 가까이 갈수록 루운의 심장이 크게 뛰었다.

온갖 공포가 가슴 밑바닥에서부터 밀려 올라왔다.

마치 한 걸음, 한 걸음 내디딜 때마다 수명이 단축되는 것 같았으며… 전진의 끝에는 낫을 든 사신이 기다리는 것 같다.

하지만 루운은 공포를 느낄수록 더욱 속도를 올리기 위해 노력했다.

겁도 났지만… 그보다는 모두를 위해 싸우고 있는 동료들의 진심이 더욱 컸고, 루운은 멈출 수 없었다.

그 시각, 피센과 세화는 마지막 싸움이라는 각오로 처절한 전투를 펼치고 있었다.

진히는 전투에 가담하지 않으며 무엇인가를 준비하고 있었는데, 그것이 어떤 주술인지를 몰라 선두자들이 가세하려고 하면 피센과 세화가 흐름을 끊었다.

"정말 대단하시군요……."

"이렇게 강해졌을 것이라고는 예측 못했는데?"

감탄이 가득 서린 교주와 박사였지만 표정은 여전히 느긋했다.

자신들의 판단을 넘어섰지만 그래도 승패에는 변함이 없을 것이라 확신하기 때문이다.

"나의 복수심은 끝나지 않았으니!"

피센은 그들의 질문에 그동안 풀지 못했던 한을 담아 외치며 검을 쥔 손에 기운을 끌어올렸다.

드드드드드득!!

피센의 몸에서 어마어마한 힘이 발출되었다.

그러자 지형들이 그 힘을 견디지 못하며 금이 가는 등 부서지기 시작했고, 피센은 자신의 기운을 둘이 아닌 밑으로 발출했다.

"너희들이 낄 자리가 아니다!"

수아아아아! 콰아아아아아아앙!!

반월형의 기운이 박사의 수하들한테 떨어졌다.

자신이나 세화는 저들이 살아 있어서 방해를 해도 큰 지장을 받지 않지만, 진히는 달랐다.

또한, 자신들 역시 두 명씩의 선두자들을 맡으며 진히까지 신경 써줄 여력이 없었다.

그렇기에 남아 있는 무리를 단번에 해치운 것이다.

"후후, 그 힘을 저런 놈들에게 낭비하다니… 안타깝군요."

그렇게 만든 박사가 비웃음을 터뜨리자 피센은 차갑게 웃었다.

둘만으로도 벅찬데 자신의 힘까지 낭비했으니, 상황은 더욱 어렵게 돌아갔다.

하나, 자신은 지지 않는다. 절대 질 수 없다. 죽어서라도 이길 것이다!

"너희들을 다시는 살려두지 않겠다!"

피셴의 짐승과 같은 살기! 교주와 박사는 긴장을 느끼며 각기 다른 방향으로 움직였다.

콰지지지직!! 화르르륵! 슈우우우우!

세화의 주먹이 절벽에 꽂혔다. 그러자 절벽은 그 힘을 이기지 못한 채 산산조각이 났으며, 허공에서 불꽃과 독 연기가 퍼지자 세화는 황급히 몸을 굴려 피했다.

치이이익!

독이 닿은 자리가 부식하며 연기를 내뿜었다.

"크큭. 할망구, 힘은 여전하군."

불꽃의 여인이 비릿한 미소를 날리며 중얼거렸다.

"너희 연놈들도 다를 바가 없구나! 호홀!"

세화는 입에서 피를 흘리면서도 힘겹게 웃었다.

싸움에서는 여러 가지가 중요했는데, 그중에 하나가 바로 기세 싸움이었다.

실질적으로는 힘이 들지만 약한 모습을 보여서는 안 된다.

"그러면 언제까지 버틸지 볼까?"

독인이 허공으로 치솟으며 말하자 세화는 입술을 잘근 깨물었다.

역시 동시에 둘이나 상대하는 것은 쉽지 않은 일이었다.

일대일의 경우라면 자신이나 피셴이 확실히 이길 수 있는데…….

'언제 되는 것이냐!'

세화는 힐끔 진히에게 시선을 던졌다.

그녀는 변함없이 주술을 시전하고 있었는데 표정이 힘겨워 보였다.

이날을 대비해 힘에 도움이 되는 여러 도구들을 구했고 철저하게 준비했다.

그럼에도 네 명이나 되는 이들을 향한 주술이다 보니 시간이 꽤 오래 걸렸다.

게다가 진히는 예전에 자신의 생명력까지 소모해 가며 치료를 한 적이 있어서, 지금처럼 극한의 힘을 발휘할 경우 느끼는 통증도 만만치 않을 것이다.

"누구 앞에서 한눈을 파는 것이냐!"

여인의 앙칼진 목소리와 함께 불꽃의 새가 세화를 노리며 달려들었다.

"크으윽!"

세화는 서둘러 새를 피하려다가, 자신이 피하면 진히가 타격 범위에 들어간다는 사실을 깨달으며 양팔을 교차했다.

파아아앗!!

불꽃이 세화의 몸을 집어삼켰다.

하지만 그녀가 자신의 기운을 터뜨리며 양팔을 힘차게 펴자 불꽃들은 연기가 되어 흩어졌다.

"거기 서라!"

세화는 쉴 틈도 없이 다급히 아래로 향해 몸을 날렸다.

자신이 불꽃에 시간을 지체하는 동안, 어느새 독인이 진히에게 접근한 것이었다.

"늦었다! 이히히!"

독인이 괴상한 웃음을 터뜨리며 손바닥을 힘차게 뻗었다.

치이이이익!

손에서 물줄기로 된 검은 독이 진히의 머리를 향해 움직였다.

'느, 늦었다!'

그 광경에 세화의 표정이 굳어졌다.

유일한 희망을 진히의 주술에 걸고 있었는데 그녀를 지키지 못하다니!

차아아아악! 스파아아앗!

하나, 언제 그랬냐는 듯 세화는 안도의 한숨을 내쉬며 환하게 웃었다.

자신이 놓친 공백을 피셴이 순식간에 달려와 메운 것이었다.

그것도 부족해 독인에게 검상까지 남기며 윙크를 하는 그!

"호홀. 너의 도움을 받게 될 줄이야."

"으하하! 이 몸이 아니면 누가 너를 도와주겠냐?"

작전을 바꿔 진히의 양 곁으로 돌아온 세화와 피셴은 상처투성이인 와중에도 농을 건네며 긴장을 풀었다.

그렇지만 둘의 상태는 절대 좋아 보이지 않았다.

물론 어둠의 선두자들 역시 부상을 입고 지친 기색이 보였지만, 둘에 비하면 새 발의 피.

"이거… 얼마나 견디려나?"

피센이 쓴웃음과 함께 말하자 세화 역시 씁쓸한 표정을 지었다.

부상도 문제였지만 제일 큰 걱정은 힘의 소모였다.

각기 혼자서 둘을 상대하다 보니 어쩔 수 없이 힘을 아낄 수 없는 상황이었고, 처음보다 상황이 더 안 좋아졌다.

하지만 드디어 눈을 뜬 진히와 함께 피센과 세화의 얼굴이 밝아졌다.

"완성됐어요!!"

이마에서 식은땀을 가득 흘리는 진히.

그녀의 마주 잡힌 손안에는 교주의 목걸이가 들려 있었다.

"크으으윽!! 이게 무엇입니까!"

"감히 무슨 짓을!"

"히이이이익!"

"후우, 불꽃도 발휘되지 않아!"

모든 것의 시작은 진히가 마주 잡고 있던 손을 펼치면서부터였다.

그녀의 손에서는 순백의 오오라가 사방을 감싸 안았고, 거대한 결계가 틈새에 형성되었다.

결계의 중심에는 교주의 목걸이가 검은 기운을 잃은 채 힘없이 떠 있었으며, 그녀와 같은 기운, 목걸이를 가지고 있는 다른 선두자들 역시 보이지 않는 힘에 꽁꽁 묶여 버렸다.

풀 수 없는 지옥의 철쇄. 악에게 내리는 신의 감금.

그 속에서 힘을 잃은 죄인들은 자신들의 죄를 전혀 반성하지 못하며 적의를 드러냈다.

"하아… 얼른 가요."

힘의 봉쇄와 구속의 주술을 완성한 진히가 넷 모두가 묶여 있는 것을 보며 피셴과 세화에게 말했다.

꽤 많은 힘을 썼는지 그녀의 얼굴에는 핏기가 없어 보였다.

"꺄아!"

"무리하지 말거라. 넌 충분히 너의 몫을 했으니."

진히는 갑작스럽게 피셴이 안자 저도 모르게 신음을 흘렸다가 쑥스러운 얼굴로 고개를 끄덕거렸다.

그러자 피셴과 세화는 다급히 걸음을 옮기려고 했다.

부활 전에는 아무런 힘을 쓸 수 없으며, 루운으로도 충분히 파괴할 수 있을 것이라는 판단에 홀로 보낸 것이었지만, 언제나 변수는 존재할 수 있으니 말이다.

"하하… 하하하!"

하지만 뒤에서 들리는 웃음소리로 인해 피셴이 신형을 멈추며 고개를 돌렸다.

가야 했다. 그리고 현혹되면 안 되었다. 그러나 진심이 담긴 비웃음이었다.

'또 다른 무엇인가가 존재한다는 말이냐?'

피센이 살짝 불안감에 젖은 눈빛으로 쳐다보자 박사가 그를 보며 알려주었다.

"어둠의 선두자들이 저희뿐인 줄 아십니까?"

"뭐, 뭐야?"

"아아… 물론 죽은 이들도 있습니다. 그렇지만 한 분이 더 계시죠."

"설마… 그놈이……."

"혹시 죽었기를 바랐던 것 아닙니까? 눈에 안 보인다고 배제하신 것을 보면……. 하긴 이 와중에 그분까지 계시면 절대 뜻을 이룰 수 없을 테니. 네, 이해는 합니다."

피센의 얼굴에 짙은 그림자가 나타났다.

박사의 말대로였다. 자신의 원수이자… 가장 죽이고 싶은 존재지만, 현재의 상황에서는 차라리 숨 쉬지 않고 있기를 원했다.

복수는 다른 선두자들에게 할 수 있다. 자신의 원수는 그뿐만 아니라 선두자들 모두였으니!

물론 그에게 가장 큰 앙금이 남아 있었지만… 이 세계를 위해 차라리 그랬기를 바랐다.

바람이 너무나 쉽게 무너졌다. 그가 존재한다.

어떻게 보면 그 오랜 시간 갈아온 복수를 그에게도 할 수 있다는 뜻이기도 했지만, 지금만큼은 듣고 싶지 않은 비보였다.

"잠깐만… 그렇다면?"

얼굴이 일그러졌던 피셴이 순간적으로 떠오른 생각으로 인해 떨리는 목소리로 박사를 쳐다봤다.

안 된다. 그럴 경우 루운이…….

"네, 그렇습니다. 그분은 기다리고 계십니다. 여러분들의 목적지에서…….”

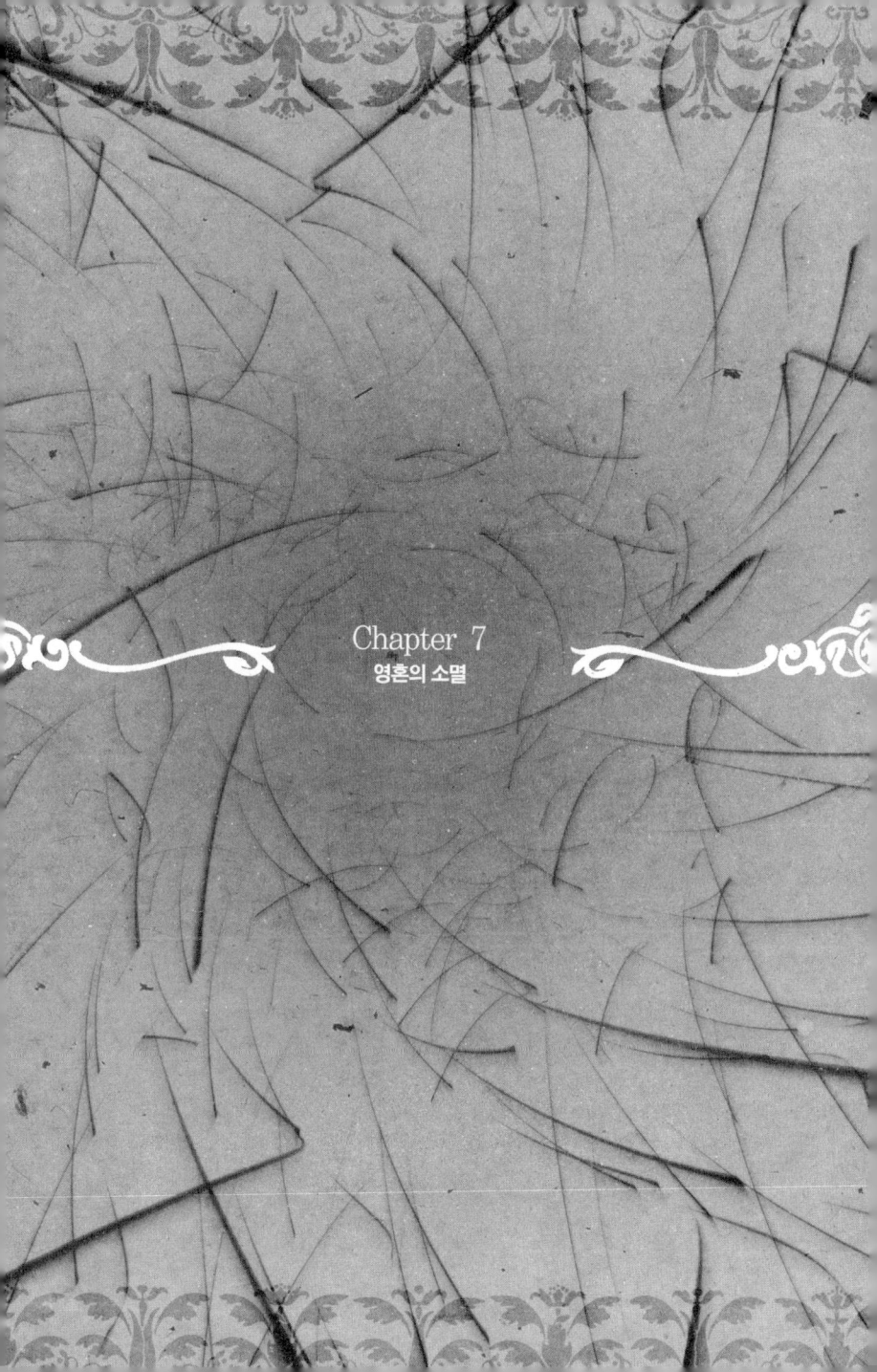

Chapter 7
영혼의 소멸

짙은 어둠이 전체적으로 깔려 있었다.

아무래도 존재가 머무르고 있는 입구 같아 보였는데, 루운은 너무나 짙은 어둠의 기운에 인상을 찡그렸다가 걸음을 내디뎠다.

터벅, 터벅.

어둠의 터널은 예상보다 길었지만 루운은 긴장을 늦추지 않으며 전진했다.

3분 정도가 지났을 때였다. 점점 어둠이 사라지고 붉은 기운이 내부를 잠식하고 있었다.

"저, 저것인가?"

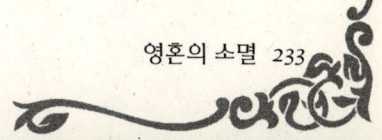

그와 함께 루운은 볼 수 있었다.

붉은 빛의 무엇인가가 두근거리고 있었다. 사람의 심장을 이곳으로 옮긴 듯 빼닮은 모양이었다.

다만, 그 크기가 수십 명이 들어가도 무리가 없을 정도로 컸다.

'변신은 아직 불가능하군.'

점점 뛰는 속도를 높여가는 심장을 쳐다보며 루운은 아쉬움을 머금었다.

변신을 했을 때 최고의 힘을 낼 수 있는데, 달릴 때 변신을 발휘해 버리는 바람에 지금은 사용할 수 없었다.

재사용까지 남은 시간은 4분.

"진월!"

스파아아앗!

루운의 외침과 함께 진월이 모습을 갖췄다.

'빠르다!'

연주를 시작한 루운의 표정에 미소가 새겨졌다. 이전에는 진월을 연주해도 약간의 시간 터울이 있은 다음 버프가 발휘되었는데, 4차 전직을 한 지금은 순식간에 버프를 받았다.

또한, 정령들이 소환되는 속도도 마찬가지였으며 전체적으로 파워 업이 된 그들의 모습에 루운은 미소 지었다.

"라지! 아지!"

쩌저저저적! 화르르르륵!

비록 변신은 할 수 없지만 둘이 함께 공격한다면 데미지가 증가하기에 루운은 라지와 아지도 소환하며 만반의 준비를 갖췄다.

하나, 루운은 자신의 의지와는 달리 움직일 수 없었다.

목에 닿은 서늘 퍼런 감촉 때문이었다.

"네가 어떻게 진월을 사용하지?"

루운은 눈을 살짝 아래로 내렸다. 검은색으로 이루어진 커다란 도였다.

'저토록 무거워 보이는 도를 들고도 이리 빠르게 움직이다니…….'

물음에 대답을 해야 한다고 생각했지만 루운의 입은 떨어지지 않았다.

"다시 묻도록 하지. 진월을 어떻게 가지고 있나? 더불어 저두 마리도 데리고 있다니……."

'그를 알고 있다.'

진월뿐 아니라 라지와 아지를 알고 있는 자. 그렇다면 분명 어둠의 선두자였다.

'또 다른 선두자들이 있을 것이라 파악 못하다니…….'

루운은 입술을 잘근 깨물었다. 충분히 예상할 수 있는 일이었음에도 불구하고 안이하게 판단했다.

"뭐, 대답하기 싫다면 상관없다. 어차피 어떤 이유든 네놈은 죽을 테니."

남자의 말과 함께 목에서 도가 치워졌고, 루운은 그때서야 상대를 확인할 수 있었다.

도의 색깔과 같은, 온통 검은색으로 무장한 남자.

긴 머리를 허리까지 기른 채 휘날리고 있었는데, 한쪽 눈을 감고 있는 것이 애꾸처럼 보였다.

"자, 덤벼라. 너의 목적을 이뤄야 하지 않는가?"

남자가 도를 축 늘어뜨린 채 무뚝뚝한 표정으로 말했다.

그러자 루운은 라지와 아지한테 기다리라는 신호를 보내며 검을 쥐었다.

아직 변신을 하기 위해서는 약간의 시간이 더 필요했다.

"당신은 누구죠?"

루운의 말에 그가 피식 웃음을 흘리더니 반문했다.

"너 역시 대답을 하지 않았는데, 나는 알려줘야 하는가?"

반박의 여지가 없는 얘기에 루운은 쓴 미소를 지으며 그를 관찰했다.

아무런 기운이 흘러나오지 않고 있었는데 오히려 그 점이 더욱 두려웠다.

'존재 자체를 느끼지 못했다.'

아무리 부활하려는 존재의 막강한 기운이 이곳을 가득 채우고 있다 할지라도, 누군가 있다는 사실조차 감지할 수 없었다.

더구나 목에 도가 닿을 때까지도 전혀 몰랐다.

즉, 상대는 기운을 감추는 것이 능하며 감당하기 힘든 속도를 가지고 있다는 뜻이었다.

'죽지 않으면 된다.'

루운은 검을 힘주어 잡으며 그를 노려봤다.

현재 피센과 세화, 진히가 달려오고 있었다. 그들은 눈앞에 있는 존재를 알아차렸는지 어떻게든 피하라고 했지만 이미 늦은 상황이었다.

그렇기에 싸울 수밖에 없었으며, 그들이 도착할 때까지 목숨을 붙잡고 있어야 했다.

그러면 어떻게든 해결책이 나올 테니.

"라지, 아지!"

변신의 시간이 돌아오자 루운은 큰 목소리로 둘을 불렀다.

그와 함께 변신을 시도하며 앞으로 달려나가 검을 휘둘렀다.

채애애앵!

루운의 검과 남자의 도가 허공에서 만났다.

"검은 달!"

검과 도가 부딪친 상황에서 루운은 남자의 그림자로 이동했다.

붉은 빛으로 인해 그림자가 형성되었고, 루운에게는 득이 되었다.

'기습!!'

심결로 약점을 파악한 루운이 그의 목 뒷부분을 노리며 검을 움직였다. 그때까지도 남자는 아무런 저항 없이 루운의 움직임을 알아차리지 못한 듯했는데, 놀라운 일이 벌어졌다.

검이 남자의 목에 닿기 직전, 그의 도가 그림자를 남기며 움직이더니 공격을 막아낸 것이다.

'어, 어떻게……'

루운은 당황스러움을 금치 못했지만 쉬지 않고 다음 공격을 시전했다.

비슷한 실력도 아닌, 이토록 뛰어난 적 앞에서 망설이는 것은 죽음을 뜻한다.

"돌진!"

타타타탁!

루운은 빠르게 뒤로 물러났다.

돌진은 공격을 할 때도 유용했지만 거리를 벌릴 때도 빠른 이동 속도로 인해 도움이 되었다.

"자연의 마나! 마나의 파편!"

쉐에에에엑!

십자형의 마나 두 개가 남자를 노리며 달려들었다.

스으으윽!

그러자 남자는 자연의 마나를 도로 베어버렸고, 곧바로 달려드는 마나의 파편에도 마찬가지였다.

'됐다!'

마나의 파편은 공격을 받게 되면 흩어진다!

철후처럼 아직 조종까지는 불가능했지만 그래도 충분히 상대의 평온심을 흔들 수 있을 것이다.

파아아앗!

마나의 파편이 흩어졌다. 파편들이 사방에서 그를 노리며 파고들자 남자의 미간이 살짝 일그러졌다.

하나, 루운에게 기뻐할 일은 벌어지지 않았다.

남자의 도가 얼마나 빠른지 그 조각난 파편들도 모두 쳐낸 탓이다.

'속도에 있어서… 완전 괴물이다. 젠장. 변신 시간도 많지 않은데.'

루운은 이를 꽉 깨물었다. 3차 변신의 두드러지는 단점. 바로 시간 제한!

'어떻게든 변신한 상태에서 끝내야 해!'

기가 찰 속도에 모든 것이 무의미한 것처럼 느껴졌다.

아니, 자신은 최선을 다하고 있는데 상대는 아직까지 몸을 푸는 중이었다.

그것만 봐도 전의를 상실할 수밖에 없었다.

그렇지만 루운은 포기하지 않으며 재차 움직였다.

"자연의 마나! 마나의 파편!"

둘의 마나가 남자를 노리며 무시무시한 기세로 발출되었다.

"검은 달!"

쉐엑!

어느새 남자의 뒤로 이동해 기습을 노리는 루운! 하지만 그의 도에 조금 전처럼 쉽게 막혀 버렸지만, 루운의 공격은 끝이 아니었다.

"죽음의 검! 파멸!"

열여섯 개의 검기가 남자의 급소를 목표로 날카롭게 발휘됐다. 그 뒤를 이어 막강한 데미지를 가지고 있는 파멸은 남자의 머리를 노렸다.

스스스스!

그러나 아쉽게도 남자가 자리를 피하면서 루운의 스킬들은 제 길을 잃었다.

"형편없군. 그의 힘을 받은 것 같은 놈이……."

"당신도 그리 대단해 보이지 않는데?"

상대의 진정이 담긴 발언에 울컥한 루운은 도발을 하며 신형을 뒤틀었다.

바로 뒤에 나타난 그를 베기 위한 움직임!

"폭주! 마나의 검!"

루운의 검에 강렬한 기운이 밀집했다. 그리고 반대편 손에는 마나들이 뭉치며 더욱 막강한 위력을 갖춘 마나의 검이 만들어졌다.

콰아아아아앙!

폭주와 그의 도가 부딪쳤다.

쿨럭!

그런데 피를 토해낸 것은 바로 루운이었고, 루운은 속이 뒤틀린다는 느낌을 받으면서도 마나의 검을 있는 힘껏 휘둘렀다.

그리고 라지와 아지의 힘인 불꽃과 전기로 상대의 눈을 현혹시켰다.

쿠우웅! 화르르륵! 찌지지지직!

"이제 끝이냐?"

"하아… 하아…….."

변신이 풀리며 바닥에 쓰러진 루운은 참담한 표정으로 대답도 하지 못한 채 그를 올려다봤다.

남자는 마나의 검을 도로 막으며, 불꽃과 전기는 온몸으로 맞았다.

그 결과 불꽃과 전기가 그의 몸을 집어삼켜 아직도 타오르고 있었지만 그는 아무런 데미지도 입지 않은 듯했고, 그의 도에서는 이전과 달리 검은색 빛이 발현되고 있었다.

마나의 검은 남자 역시 무시할 수 없는 파괴력을 보유한 탓이었다.

"그러면 끝내야겠군. 너의 약함을 원망해라."

그가 차갑게 말을 내뱉는 순간이었다.

루운은 등 뒤에서 밀려오는 소름 끼치는 기운에 온몸이 굳어버렸다.

위험하다. 피해라! 죽는다!

온몸이 경고를 외쳤다. 하나 몸은 뒤로 돌아보지도, 앞으로 피하지도 않으며 그의 공격을 허용했다.

"커어어억!"

짧은 순간이었다. 뒤에 나타난 그가 빠르게 앞으로 지나간 것뿐이었다.

그런데 루운의 전신에서 피가 솟구쳤다.

도가 루운의 전신을 수십 번 베고 지나간 것이다.

"급소는 피했다. 자신의 죽음도 모른다면 억울할 테니……."

눈앞이 흐릿해지는 루운의 앞으로 걸어가 커다란 도를 내미는 남자.

그는 천천히 도를 치켜세웠다. 목을 베어내기 위해서!

"멈춰라!"

그때였다. 한 남자의 고함 소리와 함께 그는 알고 있었다는 듯 여유로운 미소를 지으며 고개를 돌렸다.

그곳에는 피센과 세화, 진히가 달려오고 있었다.

"오랜만이군."

"그래. 오랜만이네! 하하하!"

피셴과 남자는 서로를 마주 보고 서서 얘기를 건넸다.

그런 피셴의 목소리에는 분노가 한가득 담겨 있었으며, 세화와 진히는 루운을 부축했다.

"조금만 참으세요."

진히가 지친 얼굴로 루운에게 손을 갖다 댄 후 말했다.

자신 역시 기운이 없기에 웬만해서는 힘을 아껴야 했지만, 루운의 상태는 도저히 넘어갈 수 없었다.

만약 이대로 둔다면 출혈로 인해 죽음을 맞이할 것이다.

'빨리… 빨리……'

진히는 초조한 표정으로 자신을 재촉했다.

조금 전 너무나 큰 힘을 소비하면서, 마음먹은 만큼 치료가 쉽지 않았다.

"너만 믿는다. 호홀."

그런 진히를 안타까운 시선으로 쳐다보던 세화가 천천히 자리에서 일어섰다.

그녀 역시 지쳐 있기는 마찬가지였지만 이대로 넋 놓고 구경만 할 수 없었다.

그는 피셴 혼자서 절대 상대할 수 없었다. 자신이 힘을 보태야 한다.

'과연 이길 수 있을지……'

세화는 씁쓸하게 웃으며 남자를 쳐다봤다.

강해졌다. 직접 대면하며 힘을 느껴보니, 자신들이 발전한 것보다 그는 더욱더 한계를 뛰어넘었다.

즉, 자신과 피셴이 전력을 갖추고 있다면 또 모를까, 힘이 떨어진 이 와중에서는 2:1이라도 좋은 기대를 하기란 어려웠다.

"도대체 왜 그랬는가……."

피셴이 검을 꺼내 들며 그를 향해 물었다.

그러자 그는 잠시 동안 침묵을 지키더니 말을 꺼냈다.

"최고가 되고 싶었을 뿐이다."

"뭐, 뭐라고?"

피셴의 얼굴이 찌푸려졌다. 하나, 그의 표정은 여전히 담담했다.

"이 세상은 언제나 단 한 명만 찬양한다. 그 한 명이 내가 되기를 바랐다. 그러나 될 수 없었다. 그가 있는 한, 그의 동료들이 숨 쉬는 한……. 그래서 내 혼을 팔았다. 모든 것을 밀어버린 후, 이 세상의 지배자가 되기 위해서."

씨이이익!

진히로 인해 정신을 차린 루운은 그의 웃음을 쳐다보며 소름이 돋았다.

광기였다. 분노에 가득 찬 눈동자. 자신을 원망함에도 만족하는 저 미소.

영원히 일인자가 될 수 없었던 패배감와 욕망이 뒤틀린 존재!

"고맙군……."

피셴이 기운없는 목소리로 중얼거렸다.

"자네를 용서할 수 없게 만들어줘서!"

파아아아앗!

피셴의 전신에서 폭발할 것 같은 기운이 터져 나왔다.

그와 동시에 세화 역시 남은 모든 힘을 끌어올리며 피셴의 곁에 섰다.

그럼에도 남자는 아무렇지 않은 듯 두 사람을 편안히 쳐다봤는데, 그 둘이 합동 공격을 위해 움직이자, 기합과 함께 모든 힘을 끌어올렸다.

"하아아아압!"

스사아아앗! 후우웅! 쩌저저적!!

그의 전신을 검은색의 빛이 감싸자 광풍이 불어닥쳤다.

그 광풍이 얼마나 강한지 내부를 이루고 있는 돌들에 금이 가기 시작했으며, 루운 역시 바람에 밀려 뒤로 뒹굴었다.

'어… 어떻게…….'

루운의 이가 반복적으로 부딪쳤다.

어둠. 너무나 짙은 어둠. 불행하면서도 욕심이 한가득 타오르는 어둠.

남자는 어둠 그 자체였으며… 그의 힘은 어둠을 뛰어넘었다.

쉐에에엑!

기다란 팔이 허공을 가르며 루운을 덮쳤다.

그러자 루운은 다급히 진희를 밀친 다음, 검으로 손을 막았다.

철컹!

검과 손이 부딪쳤는데 쇳소리가 울렸다. 상대의 손이 금속으로 되어 있는 탓이었다.

'도움을 줘야 하는데……'

루운은 이마에서 흐르는 땀을 닦으며 눈앞에 서 있는 네 명을 노려봤다.

피셴, 세화가 남자와 대결을 펼칠 때 나타난 네 명의 존재들.

이들은 박사가 만든 괴물들 중 실력이 뛰어난 존재들이었는데, 만약을 대비해 박사가 그와 함께 대기시킨 것이다.

박사가 만든 괴물들은 현재 대륙 곳곳에 숨어 있었다.

박사는 당연히 현재 멤버와 인원으로도 충분히 이길 수 있다고 확신했으며, 존재의 부활과 동시에 대륙 곳곳에서 공격을 시도할 계획이었다.

그래서 루운과 맞먹는 실력의 괴물들은 이곳에 넷밖에 없지만, 넷으로도 충분히 괴로운 심정이었다.

피셴과 세화는 남자를 상대하기도 힘에 겨워 보였다.

한데 비슷한 실력의 적이 넷이나 동시에 나타났다. 그렇다고 지쳐 쓰러지기 직전인 진희의 도움을 기대할 수도 없었다.

'어떻게 해야 하나……'

루운은 진희를 품에 안은 채 달리면서 빠르게 머릿속을 굴렸다.

자신은 어떤 수를 내서라도 심장을 파괴해야 했다.

그것이 현재 할 수 있는 최선이었으며 유일함이었다.

하나 네 명이 절대 그것만은 용납할 수 없다는 듯, 한 명이 심장을 지키며 셋이 사방에서 압박해 왔다.

어떻게든 피하면서 심장에 다가가려고 하면 또 다른 괴물이 앞을 막아섰고, 루운의 체력과 마나는 점점 고갈되었다.

가장 큰 문제점은 바로 마나였다.

지금까지는 스킬을 시전하며 겨우 도망은 칠 수 있었지만, 이제는 마나도 바닥을 드러내고 있었다.

회복하는 시간에 비해 소모가 크기 때문이었다.

'젠장… 도대체 어찌해야 하는 거야?'

마나가 떨어진 루운은 라지와 아지에 의지해 겨우 달아나며 길게 한숨을 내쉬었다.

1년이 넘게 걸린 어둠의 선두자 퀘스트.

이제야 겨우 끝에 도달했는데… 더 이상 그 어떤 방법도 존재하지 않았다.

쉐쉐쉐쉐쉐쉐쉑!

"크으으으윽!"

"호홀! 막기도 바쁘구만!"

세화와 피센은 루운보다 더욱 암울함을 느끼며 남자와 맞서고 있었다.

끊임없이 내리는 마나의 비였다.

반월형의 마나들이 남자가 도를 휘두를 때마다 자신들이 있는 땅으로 떨어졌는데, 도를 얼마나 빨리 휘두르는지 공격할 틈이 생기지 않았다.

트트트트특!

피센과 세화의 발이 점점 땅을 파고들어 갔다.

현재 둘은 마나의 비를 반반 나누어 마찬가지로 마나를 발출해 막아서고 있었는데, 부딪칠 때마다 힘의 차이가 발생하면서 점점 밀리는 것이었다.

"과연 언제까지 버틸 것인가……."

남자의 음성이 들리자 피센과 세화의 표정이 찌푸려졌다.

그의 말처럼 이대로 가다가는 절대 이길 수 없었다.

하지만 한 명이라도 방어를 포기하고 빠져나갔다가는 남은 한 명이 휩쓸리게 된다.

그 어떤 길도 쉽게 택할 수 없는 진퇴양난!

두근… 두근… 두근! 두근! 두근!

"뭐, 뭐냐?"

"호홀… 최악이 온 것 같군."

"젠장! 벌써?"

"어, 어떻게 해요?"

그때 심장이 빠르게 뛰기 시작했다. 지금까지와는 비교가 되지 않을 속도로, 힘차게!

그러자 모두의 얼굴이 굳어지면서 심장에 시선을 던졌다.

쩌저저저적!

뛰는 속도에 비하면 아주 늦은 속도이지만 균열이 가기 시작했다.

조금씩, 조금씩… 심장에서 검고 붉은 기운이 새어 나왔다.

"깨어나신다… 나에게 영광을 되찾아줄 그분이!"

남자의 희열에 찬 목소리가 모두의 귀를 파고들었다.

지금의 상황만으로도 그 어떤 희망을 바라기 힘든 지경인데… 저 존재마저 깨어난다면?

'드래곤이 모습을 드러내는 건가?'

계속해서 추격을 피하던 루운은 허탈감을 느꼈다.

피센은 황룡이 절대 아닐 것이라 확신했다.

그 자신감의 이유는 듣지 못했지만, 그렇게 말할 수 있는 무엇인가가 있는 듯했다.

그렇다면 부활의 존재는 당연히 드래곤이었다.

드래곤……. 흔히 중간계의 지배자라 불리며 인간으로서는 감히 적으로 만들어선 안 될 존재!

은월은 예외였지만, 드래곤이 부활한다면 마에스트로와 관련된 NPC들이 모두 달려들어도 이길 수 없었다.

"어어?"

하나, 그때였다. 루운은 당황스러움을 감추지 못하며 갑자기 뜬 알림 창을 쳐다봤다.

그리고 내용을 빠르게 읽었다. 전혀 예측하지 못했던 변수!

루운의 입가에 진한 미소가 나타났다.

[어둠의 선두자 최후의 장]

절체절명의 위기 상황!

존재가 깨어나는 순간, 세상은 또 한 번 피로 젖게 된다.

어떻게 해서든 존재의 부활만은 막아내자!

접속해 있는 동료 다섯 명의 이름을 불러 소환하자.

'5명……'

루운은 다급히 친구 접속 창을 찾기 시작했다.

전력상 불리하다는 것을 알고 준비해 둔 마지막 배려인 듯했다.

'누가 있지? 강한 이여야 한다!'

뜻밖의 행운이기는 했지만, 루운은 다섯 명의 제한이 너무나 아쉬웠다.

지금 자신이 쫓고 있는 괴물들이라면 또 몰라도, 절대 남자를 상대할 수 없었다.

하지만 욕심을 부리면 끝이 없는 법. 루운은 접속한 이들

중 자신의 변신한 모습을 보여줘도 상관없고, 각성을 한 유저 다섯 명을 고른 다음 큰 목소리로 외쳤다.

"쟈케, 샤네, 스윈, 루나, 아리스!"

스파아아앗! 지이이잉!

루운의 외침과 함께 모두의 시선이 집중되었다.

갑작스럽게 마나로 이루어진 문이 열리더니 다섯 명이 하늘에서 떨어지는 것이 아닌가!

"케에에엑! 뭐, 뭐야?"

"에? 무슨 일이지? 루운?"

"오빠… 제가 어떻게 여기로……."

"어어? 루운 오빠! 다른 사람들도 모두 있네?"

"루운… 잘 만났다!"

'컥! 아리스님은 아직도!'

갑작스럽게 이동된 다섯 명은 어리둥절한 표정으로 루운을 쳐다봤다. 그중에서 아리스만은 왜 이동되었는지를 궁금해하기보다는, 루운이 눈앞에 있다는 사실에만 주목했다.

한 번 덩하면 절대 잊지 않는 소심함과 집요함!

하나 루운에겐 자세한 사정을 설명해 줄 시간이 존재하지 않았다.

"갑자기 불러서 미안해! 일단 도와줘!"

그 말과 함께 심장을 향해 달려가는 루운!

그러면서 귓속말을 통해 재차 사과를 했다.

아무리 퀘스트가 어려우며 급했다고 하지만, 파티를 하고 있을 수도 있었고 퀘스트 중인 이들도 있을 것이었다.

그런데 자신의 이익을 위해서 허락도 없이 불러낸 것!

그런 루운의 마음을 알았을까? 아리스를 제외한 모두는 진심 어린 그의 사과에 괜찮다며 오히려 격려해 줬고, 빠르게 상황을 파악하며 루운의 뒤를 노리는 괴물들을 향해 몸을 날렸다. 전세의 흐름이 새롭게 기우는 순간이었다.

"잔챙이 몇 늘어난다고 달라지는 것은 없지."

남자가 차갑게 모두를 주시하다가 도를 높게 치켜 올렸다.

"어차피 너희 둘만 사라지면 이 승부는 끝이다. 잘 가라."

스스스스스… 파아아아아앗!

"마, 막아야 한다!"

"호홀! 그래야지!"

남자의 말이 끝남과 함께 치켜진 도 위로 검은빛의 마나가 모여들었다.

잔잔한 바람처럼 천천히 모여들던 마나는 1차 한계점에 도달하면서 빛을 폭발시켰고 급속도로 커져갔다.

그 모습에 피센과 세화는 최후가 될 수도 있다고 예감하며, 자신들 역시 전력을 끌어올렸다.

막아야 했다. 만약 그렇지 못할 경우, 자신들뿐만 아니라 갑자기 나타나 도움을 주고 있는 이들 역시 모두 죽음을 맞게 된다!

"하아아아압!!"

찌리릿! 찌리리릿!!

검은빛의 마나들은 도 위에서 원형의 형태를 완성시켰다.

바람이 사방에서 휘몰아쳤으며 하늘에서 전기가 흘러내려와 검은 마나의 위력을 더욱 가세시켰다.

그가 발휘할 수 있는 최대의 비기였는데… 무서운 점은 단 한 번만 쓸 수 있다는 것이었다.

전장에서 언제나 최후의 한 수를 남겨두는 그였다.

"하아! 오랜 시간의 인연 혹은 악연……. 이제 그만 끝내자."

너무 큰 힘을 발휘한 탓일까? 남자의 두 눈동자는 검게 물들어 마치 악마가 강림한 것처럼 보였다.

"그리고… 미안하다."

아주 짧게 수백 년 동안 하지 못했던 진심을 건넨 남자.

피센과 세화의 얼굴에 여러 감정이 스쳐 지나갔다.

그와 동시에 남자는 도를 움직이려고 했다. 하나, 그는 곧 다른 기운을 느끼며 시선을 돌렸다.

그런 남자의 눈에 포착된 것은 심장에 근접한 루운이었다.

"우와… 장난 아닌데?"

쟈케는 팔다리가 늘어나는 괴물을 상대로 놀라움을 금치

못했다.

　루운이 고전하고 있었다는 사실만으로도 꽤 강할 것이라 판단했지만, 직접 겪어보니 그 정도가 아니었다.

　자신조차 힘겨울 정도의 상대!

　루운이 4차 전직을 하게 되면서 실력만 따지면 변신을 하지 않고 진월을 발휘하지 않아도 쟈케보다 한 수 위였다.

　그런 루운과 맞먹는 상대였으니 당연한 결과.

　"빨리 끝내야 도움을 주는데…… 허얼!"

　땅속에서 솟구치는 손을 다급히 실드로 막은 쟈케는 주변을 살폈다.

　현재 자신과 샤네가 두 마리를 상대하고 있었으며, 스윈과 루나, 아리스가 두 마리와 맞서고 있었다.

　한데 모두가 밀리는 판국이었다.

　"이거… 퀘스트를 도와주기보다는 사지로 온 것 같은데?"

　샤네가 쓴웃음을 흘리며 말하자, 쟈케 역시 미소를 지으며 고개를 끄덕였다.

　"결과가 어떻게 되든 루운에게 한턱 거하게 얻어먹어야 겠… 뭐, 뭐야?"

　애써 불안함을 떨쳐 내며 농을 건네던 쟈케가 서둘러 고개를 돌렸다.

　그것은 쟈케뿐 아니라 모두가 마찬가지였는데… 뉴 월드를 플레이하며 처음으로 느껴보는 거대한 힘 탓이었다.

"도대체 이놈은 무슨 퀘스트를 하는 거야!"

모두의 시선이 닿은 곳에는 도를 쥔 한 남자가 루운을 노려
보고 있었다.

'조금만 더, 조금만 더……!'

심장을 향해 달려가던 루운은 마나와 변신의 시간을 반복
해서 확인했다.

"됐다! 라지와 아지!"

그러다 변신의 시간이 돌아오고 마나도 어느 정도 차자 만
족스러운 표정으로 자신의 든든한 아군들을 소환했다.

"변신! 초월! 심결!"

그 후, 빠르게 보조 스킬들을 발휘하며 합체를 시도했고,
루운은 심장의 결을 확인했다.

처음에는 심장에도 결이 있을까 걱정했다. 마나가 느껴졌
기에 분명 존재할 것이라 믿고 싶었는데… 예상이 적중했
다.

금이 가고 있는 심장에는 몇 개 되지 않지만 그래도 큼직한
결들이 존재했고, 루운은 폭주와 마나의 검을 동시에 시전했
다.

심장을 파괴해야 했다. 설령 여기서 죽는 한이 있더라도,
존재의 부활만 막는다면 한시름 놓는 것이다!

"그의 후계자… 신경 쓸 필요가 없다고 생각했는데 꽤 귀

찮게 하는군."

스파아아앗!

"아, 안 돼!'

"루운! 루운!!"

그런 루운을 쳐다보던 남자가 한숨을 내쉬며 신형을 움직였다.

"이제 끝이다!'

멀리서 피센과 세화의 애타게 부르는 목소리가 들렸지만 루운은 돌아보지도 않은 채 검을 휘둘렀다.

거대한 기가 자신의 방향으로 움직이는 것을 알고 있다.

그러나 이미 죽음을 결심한 루운에게, 자신의 목숨 따위는 중요하지 않았다.

콰지지지지직!

"이, 이런……."

심장을 향해 모든 힘을 다해 내려친 루운은 눈앞에 나타난 그를 쳐다봤다.

차라리 뒤에서 자신을 공격하기를 바랐다.

그로 인해 죽을지언정, 심장만은 파괴할 수 있기를 원했다.

하지만 남자는 자신을 공격하지 않고 지나쳐 심장의 앞을 막았다.

"순서를 바꿔야겠군. 네놈부터다."

루운은 호흡이 막혀오는 듯한 느낌을 받았다.

자신의 힘을 검은 실드로 막아선 남자는 측정할 수 없는 힘이 담긴 도를 힘차게 움직였다.

"루운! 피해!!"

"오, 오빠… 오빠!!"

멀리서 쟈케와 스윈의 비명과 같은 외침이 들려왔지만 루운의 신형은 움직이지 않았다.

거대한 기운은 아주 천천히 다가왔다. 아니, 너무나 빨라서 오히려 느리다고 착각을 불러일으켰다.

그 힘 앞에서 루운은 조종자를 잃은 꼭두각시 인형과 다를 바 없었으며, 돌처럼 굳은 채 멍하니 점점 다가오는 기운을 바라볼 뿐이었다.

거부할 수 없는 힘에 압도되어…….

"어서 피해라!!"

"호홀… 너만은 살아야 하느니라!"

"피센님… 세화님……!"

거대한 검은 기운이 루운의 신형을 덮쳤다.

그러나 루운은 아무런 상처도 입지 않은 채 고개를 들어 소리쳤다.

어느새 자신의 앞에 나타나 대신 기운을 받아주고 있는 피센과 세화를 발견했기 때문이다.

"으하하… 이토록 강해졌을 줄이야!"

"호흘… 우리가 부족해서 그런 것이겠지."

주르르륵!

피셴과 세화는 그 힘을 이겨내지 못하며 하염없이 뒤로 밀렸지만, 얼굴에는 평온함이 가득했다.

애써 웃는 것이 아니다. 피할 수 없는 죽음을 진심으로 환영하는 것이었다.

"안 돼요… 안 돼요!"

루운은 끓어오르는 감정을 참지 못하며 고함을 질렀다.

자신은 죽어도 살아난다. 이곳 세상과 하나 되어 살아가는 NPC들이야 이해하지 못하겠지만, 죽을 수가 없다!

하지만 저들은 달랐다. 죽으면 끝… 말 그대로 다시 볼 수 없게 된다!

"미안하구나… 나의 욕심으로 너를 아프게 해서……."

피셴이 따스한 표정으로 뒤돌아보며 말했다.

하나 그의 입에서는 피가 꾸역꾸역 흘러나왔다.

단지 막아서기만 하고 있는데도 몸이 견디지 못하는 것이다.

그만큼 월등히 강해진 남자와 이미 기운을 많이 소모한 둘의 힘 차이는 컸다.

"언제부터인가? 벽에 부딪치더구나. 우리는 그 벽을 넘으려고 노력했지만… 불가능했다. 하지만 너는 다르다. 그래서 살아야 한다. 너는 그와 같다. 한계가 없는……. 루운, 부탁이다. 꼭 살아남아라. 존재가 부활하더라도… 어떻게든 살아야 한다. 그래서 우리들의 동경이었던 그처럼 이 세계를 지켜다오!"

"호홀… 저놈이 죽을 때가 되니 바른말도 할 줄 아는구나……. 루운… 너는 우리들의 희망이다."

"피센님, 세화님! 싫어요… 안 돼… 안 돼!!"

피센이 힘겹게 한 손을 뻗자 루운은 고개를 저었다.

자신을 향한 그의 팔이 무엇을 의미하는지 잘 알고 있었다.

이 파괴의 범위에서 내보내려는 것! 그렇기에 루운은 떠날 수 없었다.

어떻게 해서든 살아남는 것이 아닌… 어떤 수를 써서든 둘을 구하고 싶었다.

하지만… 피센의 손에서 기운이 방출되는 순간, 루운의 간절한 바람은 흩어졌다.

퍼어억! 쿨럭!

루운은 입에서 피를 흘리며 뒤로 날아갔다.

충격에 비해 이동한 거리는 하염없이 길었는데 피센이 최후의 힘을 짜내 만든 배려였다.

"피센님! 세화님!!"

위험 지대를 벗어나 땅에 신형이 떨어진 루운은 두 눈을 손으로 가린 채 목이 찢어져라 외쳤다. 그런 루운의 머릿속으로 둘과의 기억이 필름처럼 지나갔다.

"네놈! 어둠의 선두자냐!"

천조의 깃털 퀘스트로 인해 처음 대면했을 때 자신을 오해했던 피센…….

언제나 골탕 먹이기를 좋아하고 자신에게 상황이 불리할 때면 다급히 말발로 위기를 피하던 그.

어둠의 선두자들에게 끝없는 원한을 가졌으며… 복수를 위해 삶을 놓지 못했던 가여운 사람.

"호홀! 무서워하지 마라! 이제 거의 다 도착했으니!"

만나자마자 바다 위에서 과속이 무엇인지 보여주었던 세화…….

피센과 다를 바 없는 괴팍하고 짓궂은 성격에… 경악할 근육과 힘을 보유했던 그녀.

호운을 향한 소녀 같은 사랑을 간직하고 있으며… 피센과 함께 누가 알아주지 않음에도 세계를 지키기 위해 노력한 사람…….

"하하, 하하… 하하하……."

루운은 웃었다. 그 속에 슬픔을 숨긴 채 하염없이 웃었다.

다시는 둘을 볼 수 없다. 평소에는 그렇게 얄미웠고, 자신을 괴롭혀 같이 있기 싫었는데… 지금은 너무나 가슴이 아팠다.

게임이라고 생각하면서도… 울부짖는 마음은 손쓸 수가 없었다…….

"우리 참 오래 살았군……."

어둠의 기운에 팔이 집어삼켜진 피센이 말하자, 세화 역시 추억에 젖어 들어갔다.

"호운… 그놈이 보고 싶어."

"그놈은 그렇지 않을걸? 으하하!"

"호홀… 네놈은 죽어서도 나한테 맞아야겠군!"

"그래, 그래! 우리… 다른 세계에서도 꼭 보자고."

"이 바보 녀석. 호홀… 우리는 여기가 마지막이 아닌 가……."

피센과 세화는 서로를 쳐다봤다.

언제나 짓궂고 골리기를 좋아하던 둘… 그러나 지금 이 순간만큼은 서로를 향한 우정이 두 눈에 가득 담겨 있었고, 곧 어둠이 그들을 집어삼켰다.

콰아아아아앙! 번쩍!!

"피센님… 세화님……."

진히는 힘없이 바닥에 무릎을 꿇었다.

다행스럽게도 모두와 안전지대로 피했지만 피센과 세화가 있던 곳은 어둠의 빛과 함께 흔적도 없이 사라졌다.

"루운 오빠는… 루운 오빠!!"

"죽은 것이야……?"

놀란 것은 루운으로 인해 합류한 다섯 명도 마찬가지였다.

NPC로 인해 위험을 피했다. 그렇지만 루운이 저 자리에 있지 않았던가?

"그는 무사할 것입니다……."

"네? 정말인가요?"

진히의 말에 스윈이 간절한 얼굴로 쳐다보며 물었다.

"그들은… 그분만큼은 지켰을 테니까……."

진히는 그 말과 함께 천천히 자리에서 일어섰다.

숨을 쉬기도 힘들 만큼 심장이 조각나고 있었으며, 앞은 눈물로 인해 흐렸다.

하나, 자신들의 싸움은 아직 끝나지 않았다.

다행스럽게도 피센과 세화가 다른 선두자들의 힘을 일정 빼앗아 그들은 아직도 결계를 벗어나지 못하고 있지만, 둘의 목숨을 앗아간 장본인은 여전히 살아 있었기에.

"그 둘만 사라졌군……."

모두는 갑작스럽게 허공에서 들리는 목소리에 서둘러 전투 태세를 갖추며 고개를 치켜 올렸다.

그곳에는 남자가 균열이 반 이상 간 거대한 심장과 함께 떠 있었다.

"그놈의 목숨과 그 둘의 목숨이라… 바보 같은 선택이었어."

남자의 말에 다섯 명은 안도했다. 즉, 루운이 살아 있다는 뜻이었다.

하나, 진히는 피까지 흘릴 만큼 입술을 깨물며 분노를 토해냈다.

"당신은 두 분을 더럽힐 자격이 없습니다. 바보 같은 선택이요? 네, 어쩌면 맞는 말인지도 모릅니다. 그러나… 그 선택으로 인해 당신의 야망은 사라질 것입니다. 제 목숨을 걸고 장담하죠."

진히의 두 눈동자에 살기가 서렸다.

언제나 돈에 치였지만 따스함과 미소가 함께하던 그녀에게서 보기 드문 모습이었다.

"하하. 사라진다라… 저들로 말인가?"

남자는 실소와 함께 쟈케를 비롯한 다섯 명을 가리켰다.

인간치고는 강하나, 자신에게는 전혀 상대가 되지 않는 어리석은 존재들……

"아니요……."

대답과 함께 진히의 눈물범벅인 얼굴 위로 희망의 웃음이 피어났다.

그 순간 남자의 표정이 굳어지며 천천히 고개를 돌렸다.

누군가 다가오고 있었다. 놈인가? 아니다. 살아남은 그놈이라 생각하기에는 너무나 강하다. 더불어 친숙한 기운들……

"나… 정말 화났다."

"뭐… 커억!"

남자는 갑작스레 뒤에서 들리는 음성에 당황을 감추지 못하며 고개를 돌렸다.

하나 상대의 주먹이 더 빨랐으며, 처음으로 바닥에 처박혔다.

그는… 루운이었다.

"오빠!!"

스윈이 안도와 함께 불렀지만, 루운은 전혀 시선을 주지 않은 채 남자를 노려보며 천천히 걸음을 옮겼다.

그런 루운의 몸 주변에는 두 개의 기운이 감싸듯 불타오르고 있었다.

"어, 어떻게 이런 일이!"

예측 못한 기습 후 남자는 어이없음을 감추지 못하며 자리에서 벌떡 일어섰다.

불가능한 일이었다. 도대체 어찌 이럴 수 있다는 말인가!

분명 피센과 세화의 기운이 느껴졌다. 그들은 죽었는데… 죽은 이들이 힘을 주고 떠날 수는 없다!

"잊혀진 주술입니다."

"뭐라고?"

진히의 말에 남자가 그녀를 노려봤다.

"두 분은 당신들의 계획을 막기 위해 오랜 시간 준비했습니다. 잊혀진 주술도 그중에 하나이며… 현재 여러 대륙에서 벌어지고 있는 전투도 마찬가지입니다."

"여러 대륙에서⋯⋯?"

"저희가 모를 것이라 생각했습니까? 당신들이 존재의 부활과 함께 대륙을 전 방향에서 공격하리라는 사실을⋯⋯. 왜 저희가 현재의 인원만으로 이곳을 찾았다고 생각하십니까?"

좀처럼 표정의 변화를 보기 힘들었던 남자의 표정이 시시각각 변했다.

"저희들과 함께하던 동료들이 그들을 처치하기 위해 나섰습니다. 사실 모든 것이 저희의 계획대로 된 것은 아닙니다. 애초 저희들의 계획은 이 자리에 있는 어둠의 선두자 전원을 제 주술로 묶은 다음, 심장만을 파괴하고 돌아가는 것이었으니. 당신들은 심장의 파괴 후, 동료들과 힘을 모아 처치하려고 했었죠. 만약 일이 잘못되면 죽을 수 있다는 각오와 함께. 그런데 당신을 제외한 선두자들만 입구를 지키고 있었고, 결국 당신은 묶지 못해 이렇게 되었지만⋯ 이럴 때를 대비해서 두 분은 준비를 하셨습니다."

진히의 얼굴에 슬픔이 차올랐다. 재차 맑고 큰 그녀의 두 눈동자에 물기가 맺혔다.

"두 분이 준비한 것은 금기된 주술! 그들이 죽음을 맞게 되면 루운님에게 자신의 힘을 넘겨 드리는 것입니다. 그와 함께⋯ 두 분의 영혼은 소멸되었지만요⋯⋯. 다시는 환생도 할 수 없게⋯⋯."

진히가 말을 마치자 루운의 주먹이 부들부들 떨렸다.

갑작스럽게 둘의 힘을 받겠냐는 알림 창이 떴다.

힘을 받게 되면 이 퀘스트가 완료될 때까지만 발휘할 수 있다는 정보와 함께.

그래서 루운은 어찌 된 영문인지는 모르지만 망설이지 않고 힘을 수락했다.

갚아줘야 했다. 비록 게임의 NPC들이었지만… 자신을 대신해 죽은 둘의 복수를 해야 했다.

한데… 육체뿐 아니라 영혼의 소멸까지 감수했을 줄이야…….

'피셴님… 세화님…….'

루운은 그들의 마음을 느낄 수 있었다.

그렇게 해서라도 이 세계와 자신을 구하고 싶었던 의지도 함께.

"헛되이 하지 않겠습니다……. 라지, 아지!"

루운의 외침! 남자는 긴장을 감추지 못하며 고개를 돌렸다.

그리고 볼 수 있었다. 합체를 완성한 채 자신에게 돌진하는 루운을.

"이럴 수는 없어! 크으윽!"

남자의 신형이 바닥을 뒹굴었다. 그런 그의 입에서 튀어나온 피가 허공을 수놓았다.

"자연의 마나, 마나의 파편!"

쉐에에에엑!!

두 개의 십자형 마나가 채 일어서지도 못한 남자를 노리며 달려들었다.

모습은 이전과 같지만 위력과 속도에서는 비교가 되지 않았다.

"네놈이 날 이길 수 있을 것 같으냐!"

파아앙! 파아앙!

남자는 분노를 터뜨리며 도를 빠르게 움직였다.

눈에 보이지도 않을 정도의 속도! 파편조차 일일이 박살 낼 수준이었고, 그는 곧이어 루운을 향해 접근해 자신의 또 다른 비기를 시전했다.

"어디 한번 막아보아라!"

샤샤샤샤! 샤샤샤샥!

수백 개의 도가 루운을 잡아먹기 위해 검은 혀를 날름거렸다.

하나, 루운은 피할 생각이 없는 듯 도들을 지켜보다 피센과 세화의 힘을 믿으며 기술을 발휘했다.

"폭룡! 죽음의 검!"

쿠오오오오! 쉐에에에엑!

"뭐, 뭐야… 폭룡과 죽음의 검이 왜 저리된 거야?"

샤케의 말에 모두는 공감하는 듯 고개를 끄덕였다.

눈앞에서 펼쳐지는 루운의 싸움은 그만큼 모두를 기가 차게 만들 정도였으며, 둘의 힘을 받은 지금은 이전에 알고 있던 루운이 아니었다.

폭룡과 죽음의 검은 남자의 도에 전혀 밀리지 않았다.

수십 마리의 폭룡들이 절반 가까이를 파괴했고, 그 뒤를 이은 수백 개의 죽음의 검이 나머지를 박살 냈다.

이전에 비해 위력과 속도는 물론, 범위 스킬은 그 수도 증가한 현재 루운의 힘!

막아낸 것은 물론, 되려 반격까지 하게 된 루운은 쉴 틈도 없이 남자를 몰아붙였다.

"돌진! 파멸!"

아주 짧은 시간 사이에 남자한테 파고든 루운의 검이 그의 미간을 노리며 움직였다.

스파아앗! 콰지지직!

순간 남자는 아슬아슬하게 피했으며 루운의 검이 내려쳐진 땅은 그 기운을 이기지 못한 채 두 쪽이 나버렸다.

지진이 일어났다고 착각하게 만드는 놀라운 위력!

"검은 달!"

하지만 루운은 여전히 공격의 고삐를 늦추지 않았다.

제한 시간은 10분이었다. 그 안에 남자를 죽이고 심장 역시 파괴해야 한다!

처어어억!

붉은 선혈이 재차 허공에 튀었다.

루운의 기습에 남자는 목의 일부를 헌납한 탓이다.

"감히… 감히……!!"

목에서 피를 철철 흘리던 남자가 괴성을 토해내며 허공으로 치솟았다.

그런 남자의 주변에는 어둠의 기운이 보호막을 형성하고 있었고, 그는 도를 높게 치켜 올렸다.

피센과 세화를 사라지게 만든 바로 그 기술이었다.

"마지막 힘인가……?"

그를 쳐다보며 속삭이듯 말한 루운은 검을 놓으며 모든 힘을 끌어올렸다.

웬만한 기술로는 저 어둠의 막을 박살 내지 못할 것이다.

그렇다면 일격으로 보호막은 물론 남자까지 한 번에 끝낸다!

'나는 지지 않는다……!'

루운은 이를 악물며 남자를 노려봤다. 그는 어느새 거대한 어둠의 기를 완성시킨 다음 씨익 웃으며 쳐다보고 있었다.

그러자 루운 역시 차갑게 웃음을 선사했다.

"이렇게 또 물러설 수 없다… 죽어라!!"

쿠오오오오!

남자가 도를 힘껏 들어 루운을 향해 베었다. 그와 함께 허공에 떠 있던 원형의 거대한 기운이 루운을 소멸시키기 위해 달려들었다.

그 순간, 기다렸다는 듯 루운 역시 자신과 피셴, 세화의 모든 힘을 폭발시키며 이전에는 쓸 수 없었던 스킬을 시전했다.

바로 철후의 비기였는데, 현재의 루운은 그보다 더욱 강력하고 완벽하게 그 기술을 재현해 냈다.

곧 어둠의 기운과 수백 개의 마나 검이 허공에서 격돌했다.

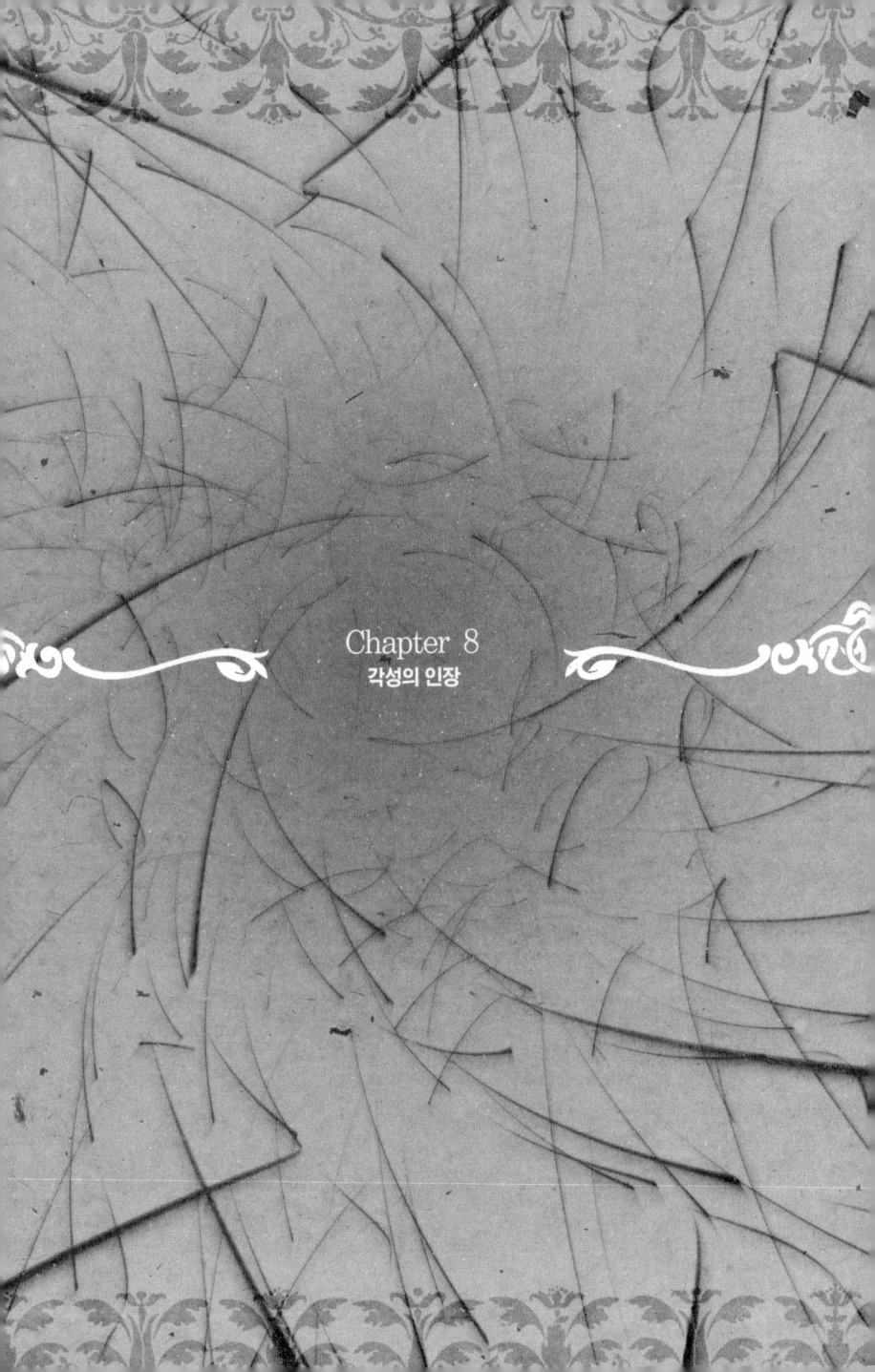

Chapter 8
각성의 인장

NEW 뉴월드
WORLD

풀썩!

로그아웃을 한 시현은 쓰러지듯 침대에 누웠다.

4차 전직부터 예상보다 일찍 끝났기에 몸은 그렇게 피곤하지 않았지만, 머릿속이 복잡했다.

어둠의 선두자 퀘스트는 성공으로 완료되었다.

마나의 검들로 인해 그는 죽음을 맞이했고, 심장 역시 피센과 세화의 힘이 사라지기 전에 파괴했다.

사실 남자를 없애고도 불안한 마음이 없지 않아 있었다.

자신이 그와 상대하는 동안 진히의 얘기로 인해 모두가 심장을 공격하고 있었다.

한데 피셴과 세화가 죽음을 맞이할 때, 남자가 심장에 보호막을 설치했는지 형성된 검은 막이 형성되어 공격을 방어하고 있었다.

그러나 피셴과 세화의 힘 앞에서는 그 막조차 무용지물이었다.

'괜히 한 것 같다…….'

시현은 베개로 얼굴을 가렸다.

1년을 넘게 해온 퀘스트여서인지 대단한 보상들을 받았다.

스텟 포인트와 라르크, 명성에 희귀 포션, 주문서들, 카오스 급 무기까지.

만약 다 판다면 적지 않은 라르크가 나올 것이었고, 고생한 보람을 얻게 해주는 수준이었다.

하지만 루운은 기쁘지 않았다.

상처뿐인 영광이었으며, 기쁨보다는 씁쓸함이 더욱 컸다.

퀘스트는 성공하고 그에 비례하는 보상품을 받았지만… 그보다 더욱 큰 두 명을 잃은 탓이다.

진히에게 물었다. 어떻게든 살릴 수 없냐고.

그러자 진히는 울 것 같은 표정으로 고개를 저을 뿐이었고… 체념할 수밖에 없었다.

'오늘은 푹 자자. 그리고 털자…….'

시현은 한참이나 피셴과 세화를 떠올리다가 두 눈을 감았다.

이제 저녁부터 내일 오후까지는 뉴 월드에 접속이 불가능했다.

2주년 이벤트를 위한 점검이 기다리고 있었다.

그래서 철준과 미진 등, 아는 이들이 오랜만에 만나서 놀자고 했었지만 거절했다.

지금은 혼자 쉬고 싶었다. 가상에서 만난 존재들이며 빨리 기억에서 지우는 것이 상책이겠지만… 당장은 그러고 싶지 않았다.

그것이 그들에게 해줄 수 있는 마지막 배려였으니…….

다음날 오후, 뉴 월드의 유저들은 흥분에 들떠 있었다.

드디어 공개된 2주년 이벤트.

참석을 하지 않더라도 이벤트는 유저 모두의 축제였고, 구경을 즐기는 유저들도 많았다.

그들은 각 대회에서 어떤 이들이 우승할 것이라 내기를 했으며, 우승 상품에 대한 의지도 불태웠다.

그것은 유저들뿐만 아니라 방송국에서도 마찬가지였는데, 독점 중계권을 위해 노력했고, 자신들이 판단한 우승 후보자들에게 접촉을 하기 바빴다.

하나, 단 한 명만이 큰 관심 없는 얼굴로 접속했는데 바로 루운이었다.

오후 내내 방 안에서 누워 있던 루운은 시간에 맞춰 먼저 뉴 월드 홈페이지에 접속했다.

그리고 이벤트들의 내용과 진행 방식, 보상들을 확인해 보
니 당장 자신이 참가할 만한 것은 없었다.

제일 첫 번째로 열리는 이벤트는 바로 커플 대회였다.

오늘 자정까지 커플 신청을 받는데, 커플은 꼭 연인이거나
남녀가 아니어도 가능했다.

10대와 50대도 가능했으며, 대륙이 다른 유저, 남남 커플도
얼마든지 참여할 수 있었다.

그런데 루운의 입장에서는 커플 대회에 참여할 짝이 없었
다.

하은은 연예계 활동으로 바빴으며, 그 외 떠올려 보면 스윈
이 있었지만 곧 체념하고 말았다.

커플 대회였다. 아무리 연인들만 참여하지 않는다 할지라
도 분명 요상한 것들을 시킬 것이라 확신했다.

그러니 스윈과 어찌 그럴 수 있겠는가? 아무리 게임이지만
분명 실행도 하지 못한 채 포기할 확률이 높았다.

또한, 짧은 시간임에도 불구하고 참가자들이 너무 많아 우
승할 확신이 들지 않았다.

커플 대회에 참여하는 건 우승 상품을 노리고 하는데, 많은
이들을 물리치고 우승을 하지 못한다면 애초에 참여하지 않
는 것이 낫다는 판단이다.

그 외에는 진정한 강자를 가리고 모두가 기다리는 대회가

존재했지만, 대회는 참가 신청이 꽤 길어서 바로 하지 않아도 될 듯했다.

더불어 서대륙과 동대륙의 대륙전쟁 이벤트는 원하지 않아도 자동 참가가 되었으며, 마지막 이벤트인 보스 퀘스트 역시 시기가 길다 보니 당장 관심을 줄 필요가 없었다.

'다른 이벤트 전까지는 각성 퀘스트를 하고 있어야겠다.'

수많은 유저들 사이를 지나며 루운은 쟈케를 향해 움직였다.

각성의 퀘스트는 두 개의 코스가 존재했다.

각성을 위한 퀘스트와, 각성의 퀘스트에 도전할 수 있는 인장의 퀘스트가 그 두 개였다.

인장의 퀘스트는 각종 몬스터와 요괴를 잡으며 재료를 모아야 했는데, 초기에는 대단히 까다로운 일이었다.

그 수가 워낙 많고 또 잘 나오지도 않는 아이템들이었으며, 거래도 쉽지 않았으니.

하지만 오랜 시간이 지난 지금은 퀘스트 아이템들의 거래가 이느 정도 활발했으며, 특히 거대 길드의 경우는 길드원들을 도와주기 위해 일부러 모아두는 경우도 있었다.

그래서 쟈케를 찾아가는 것이었다. 전에 쟈케한테서 각성할 때 얘기하라는 말을 들었기에.

'뭐, 그래도 고생을 하겠지만.'

아무리 퀘스트 아이템들 거래가 수월해졌다 해도 본인만

이 얻을 수 있는 아이템이 몇 개 존재했다.

그것은 거대 길드라 할지라도 구할 수 없는 아이템들이었다.

"어? 스윈."

현재 쟈케가 성에 있다는 사실을 확인하고 집무실로 이동 중이던 루운의 발걸음이 멈췄다.

스윈에게서 귓속말 신청이 들어온 탓이었는데, 잠시 대화를 나눈 루운은 쟈케의 성이 아닌 성 근처에 위치한 찻집으로 향했다.

"무슨 일이야?"

"아… 보고 싶기도 하고 할 얘기도 있어서요."

"어떤 얘기?"

루운은 자리에 앉아 세트 음료를 주문한 뒤 스윈을 향해 물었다.

갑작스럽게 만나자고 하다니? 무슨 일이 있는 것인가?

그런 루운을 쳐다보는 스윈의 심장은 빠르게 두근거렸다.

그녀가 오늘 루운을 부른 이유는 바로 커플 이벤트에 함께 참가하자는 제의를 하기 위함이었다.

한데 입이 붙은 듯 쉽게 말이 떨어지지 않았다.

제안을 하면 루운이 무슨 생각을 할지 온갖 걱정이 앞선 가운데 루운이 주문한 세트가 등장했다.

갖가지 과일들과 함께 원형의 마법 물품이 존재했다.

이곳 찻집은 유명한 곳이어서 루운 역시 몇 번 찾은 적이 있었기에, 기억을 떠올려 전에 먹은 것을 주문했다.

생으로 먹고 싶은 과일은 그냥 먹으면 되고, 갈아 마시고 싶은 것들은 마법 물품 안에 넣고 컵을 받치면 주스가 되어 나온다.

'왜 저러지?'

과일들을 쳐다보다가 몇 가지를 선택한 후 마법 물품에 컵을 받치고 넣던 루운은 고개를 갸웃거리며 스윈을 쳐다봤다.

이상했다. 평소 그녀답지 않게 얼굴이 붉어져 있으며, 계속 입을 움찔거렸다.

할 말이 있는데 쉽사리 하기 힘든 것처럼 말이다.

그런 스윈의 모습에 단도직입적으로 물어볼까? 고민도 들었지만 루운은 기다리기로 결심했다.

오랜만에 스윈과 함께 있는데 서두를 필요는 없었다.

지이이이잉!

마법 물품에서 소음과 함께 주스가 컵에 가득 따라졌다.

"맛 특이하다. 너도 마실래?"

"네? 네, 네!"

이전과는 다른 조합으로 맛을 냈던 루운이 감탄하며 문자 홀로 계속 얘기를 어떻게 해야 되나, 생각하던 스윈이 놀라며 대답했다.

'오빠와 함께 커플 이벤트에 나가고 싶어요… 오빠와 함께… 오빠와 함께……!'

머릿속에서 같은 말만 반복하는 스윈!

결국 그녀는 결심과 함께 주먹을 불끈 쥐었다!

어차피 얘기를 하기 위해 만난 자리였다. 언제까지 질질 끌 수 없다.

루운도 이상한 눈초리로 자신을 쳐다보고 있지 않은가!

"너는 뭘 갈아줄까?"

스윈이 말문을 여는 찰나, 루운이 과일들을 살짝 내밀며 그녀의 취향을 물었다.

그와 함께 힘차게 터져 나오는 스윈의 대답!

"오빠와 함께 갈아주세요!!"

"……"

여러 의미로 오해할 수 있는 발언이었다.

"빨리 끝나면 좋겠군."

네모난 빛의 문을 바라보며 루운이 중얼거렸다.

현재 루운은 스윈과 오해를 푼 다음, 쟈케에게 들러 각성의 인장을 얻기 위한 퀘스트 아이템들을 받았다.

그리고 자신만이 할 수 있는 개인 퀘스트를 위해 출발 지점으로 온 상황이었다.

현재 루운이 구해야 될 퀘스트 아이템은 총 세 개였다.

얼음의 인장, 불꽃의 인장, 지혜의 인장.

"그럼 가볼까?"

루운은 심호흡을 길게 한 다음 빛의 문을 향해 온몸을 날렸다.

각성의 퀘스트는 고정된 것이 아니었다. 수많은 직업만큼 그 수에 비례하는 퀘스트 종류가 있었기에 직접 겪기 전까지는 그 무엇도 알 수 없었다.

다만 그 내용만 다를 뿐 형식은 모두 같아 기본적인 틀은 알 수 있었다.

풍더어엉!

문을 빠져나감과 함께 루운은 물에 빠졌다는 사실을 알 수 있었다.

"으으윽… 어쩐지 차갑더라!"

변신과 함께 수면 위로 올라온 루운은 온몸을 부들부들 떨며 주변을 살폈다.

온통 눈으로 뒤덮인 세상이었고, 물 위에는 거대한 얼음들이 둥둥 떠다녔다.

"정보."

물을 벗어나 눈 위에 안착한 루운은 아지를 소환해 불꽃을 피운 다음 퀘스트 정보를 확인했다.

그러자 얼음의 여우를 찾아 꼬리를 탈환하라는 정보가 눈에 들어왔다.

여우의 꼬리가 얼음의 인장인 듯했다.

"얼음 여우라……. 다 뒤져야 하나?"

아지의 불꽃에 손을 말리며 루운은 재차 주위를 살폈다.

꽤 넓은 곳이었지만 바다를 제외하면 오랜 시간이 걸릴 것 같지는 않았다.

만약 얼음의 여우가 물속에 산다면 낭패겠지만.

으르릉… 으르릉……

"호오, 호랑이도 제 말 하면 온다더니!"

어느 정도 몸을 녹이고 여우를 찾아 움직이려고 할 때였다.

등 뒤의 눈 덮인 언덕 꼭대기에서 짐승의 울부짖음이 들리자, 루운은 반색하며 고개를 돌렸다.

그곳에는 거대한 몸집에 온몸이 새하얀 털로 뒤덮인 여우가 있었다.

'저것이 인장!'

루운의 시선이 여우의 꼬리에 멈췄다.

여우는 꼬리가 두 개였는데, 하나는 털로 되어 있었으며, 다른 하나는 얼음으로 이루어져 있었다.

"아지, 저 꼬리를 빼앗을 수 있겠어?"

적의를 드러내는 얼음의 여우를 향해 나가려던 루운은 곁에 소환된 아지를 쳐다보며 물었다.

얼음과 불꽃 여우들의 대결! 꽤 재미있을 것 같았다.

더불어 아지나 라지는 움직임이 빠른 편이었다.

스파아앗!

루운의 말에 고개를 끄덕인 아지가 자신만만한 표정으로 여우를 향해 솟구쳤다.

쉐에에엑!

그러자 얼음 여우 역시 왜 달려드는지를 알아차린 듯 빠르게 달리기 시작했는데 루운은 입을 쩍 벌렸다.

놀라운 속도였다. 자신이 변신을 하고 돌진을 시도해도 잡을 수 있을지 확신할 수 없는 수준!

두 여우들의 이펙트가 환상적이었다.

아지는 불꽃들이 길게 늘어졌고, 반대로 얼음 여우는 새하얀 눈꽃들이 흩날렸다.

화르르륵!

너무나 아름다운 영상에 루운이 멍하니 쳐다보고 있을 때쯤, 아지가 짜증난 얼굴로 불꽃의 구들을 발사했다.

생각과는 달리 얼음의 여우와 자꾸 거리가 벌어지자 화가 난 것이다.

하나, 여우는 그런 아지를 약 올리듯 살짝살짝 피하면서 속도를 유지했다.

'이거 안 되겠군.'

흥분한 아지로 인해 주변이 폭발을 이기지 못하고 사라지자 루운은 라지도 소환했다.

"가서 도와줘라."

"흥! 내가 왜 그래야 하는가?"

"맞고 시작할래……?"

루운이 검을 소환하며 협박하자 튕기던 라지는 불만이 가득한 얼굴로 움직였다.

예전의 라지라면 상상도 할 수 없는 일이었다.

하지만 루운이 급속도로 레벨 업을 하고 4차 전직까지 하면서 라지의 힘을 능가하자 상황이 급반전했다.

물론 힘의 차이가 뒤바뀌었음에도 여전히 고분고분하지 않아 처음에는 많이 두들겨 맞았다.

그리고 이제는 말은 들으면서도 한마디씩 하는 것은 꼭 잊지 않았다.

"주인! 오해할까 봐 말하는데, 난 절대 맞는 것이 두려워서가 아니다! 단지 주인을 위한 충성심 때문에 움직이는 거야!"

여우를 따라가면서 큰 목소리로 허세를 부리는… 일명 허세라지!

그 모습에 루운은 실소를 흘리며 둘을 빤히 쳐다봤다.

'라지와 아지도 얼른 더 강해져야 할 텐데…….'

4차 전직을 할 때 샤스라가 말했었다.

저 둘의 진정한 힘은 이 정도가 아니라고.

그렇다면 3차 진화 이후에도 계속해서 강해질 수 있다는 것을 뜻했다.

아직은 3차 진화가 마지막이지만 분명 훗날에는 제한이 풀릴 테니 말이다.

"도대체 저놈은 왜케 빠르냐!"

전기를 사방에 퍼뜨리며 라지가 분통을 터뜨렸다.

아지와 함께 양 방향에서 덮치려고 했으나 미꾸라지처럼 용하게도 빠져나갔다.

그러면서 자신들을 향해 대놓고 썩은 미소를 날린다!

"아지, 너 보고 비웃는다."

"아냐. 네 면상한테 그런 거야."

"하하. 너의 그 소극적인 불꽃 때문이 아닐까?"

"ㅂㅁ 먹은 노인네의 오줌 줄기 같은 네 전기인 듯한데?"

"한판 해보자는 것이냐!"

"오냐! 너 먼저 죽여주마!"

"……."

루운은 한숨을 길게 내쉬었다.

꼬리 하나 가져오라 했더니 그것도 못해내고, 분을 못 이겨 자신들끼리 싸운다!

'히여튼 저것들은…….'

결국 루운은 쓴웃음과 함께 둘을 불러들였고 진월을 꺼내 연주를 시작했다.

그러자 얼음 여우 역시 자리에 멈춰 귀를 황홀하게 만들어 주는 연주를 들었다.

하지만 여우의 바람과는 달리 연주는 오래 이어지지 않았으며, 황급히 자리를 피했다.

"2라운드를 시작하지."

어느새 합체를 한 루운이 접근했기 때문이다.

화르르륵!

뜨거운 불길이 치솟는 화산 지대였다.

그곳에서 루운은 온몸에서 땀을 뻘뻘 흘리며 이동하고 있
었다.

'곧바로 이런 뜨거운 곳이라니.'

루운은 불만이 가득한 얼굴로 이렇게 만든 사람들의 센스
를 원망했다.

원래 차가운 데 있다가 뜨거운 곳으로 가면 평소보다 더욱
뜨겁게 느껴지는 법이었다.

한데, 극한의 추위 속에서 얼음 여우를 잡게 하더니 바로
이곳으로 옮겨졌다.

"도대체 어디 있는 거야?"

루운은 인상을 일그러뜨리며 주변을 둘러봤다.

불길이 치솟고 용암이 끓고 있는 갈라진 대지…….

아무리 주변을 둘러봐도 찾아내야 하는 불새의 알은 보이
지 않았다.

'찾기만 하면 금방 끝날 것 같은데…….'

얼음 여우는 생각보다 쉽고 빠르게 퀘스트를 완료할 수 있

었다.

변신을 한 이후 검은 달을 시전하니 금방이었다.

그렇기에 이번 퀘스트 역시 어렵지 않을 것이라 추측했건만… 찾는 것부터 쉽지 않았다.

얼음 여우와는 달리 이곳에 온 지 몇 분이나 흘렀음에도 불구하고 목표물은 모습을 드러내지도 않았다.

"라지, 아지."

결국 루운은 라지와 열기에 강한 아지를 소환했다.

자신이 직접 이동하며 찾을 수도 있지만 혹시 모를 위험이 언제 닥칠지 모르니 합체를 아끼려는 계획이었다.

또한, 원래 고생은 혼자가 아닌 함께 나누는 법!

"너희들이 나보다 낫잖아! 함께 찾자!"

그러면서 겉으로는 전혀 다르게 얘기한다!

"뭐… 나야 이렇게 뜨거운 곳은 좋아하니."

"후후. 주인이 굳이 부탁하니 이 위대한 몸께서 들어주도록 하지."

속마음도 모른 채 반색하며 협조하는 라지와 아지.

둘은 곧 불새를 찾기 위해 허공으로 치솟았고, 루운은 속으로 사악한 미소를 흘리며 둘이 떡밥을 물어오기만 기다렸다.

"여기에 있었군."

루운은 만족스러운 표정으로 아래를 내려다봤다.

그 곁에는 아지만 존재했는데, 라지는 이렇게 더운 곳은 자신과 맞지 않다고 투덜대어 역소환시킨 상태였다.

'저것이 알이구나.'

루운은 겉 표면이 붉은색인 알을 쳐다봤다.

크기는 타조알보다 두 배는 될 법했는데, 총 세 개가 존재했다.

드르렁… 드르렁… 퓨우.

'제발 깨지 마라.'

언덕에서 아래로 조심스럽게 내려가는 루운.

그 이유는 알들 바로 곁에서 잠들어 있는 불새 탓이었다.

불꽃으로 이루어져 온몸이 활활 타고 있는 불새는 고래와 맞먹는 몸집을 보유하고 있었고, 코를 골 때마다 불꽃들이 뿜어져 나왔다.

슬금슬금! 한 걸음, 한 걸음 도둑질을 하는 이처럼 은밀하게 알 가까이 접근한 루운은 불새를 곁눈질로 힐끔거렸다.

다행스럽게도 불새는 아직도 깊은 잠에 빠져 있었다.

'좋아. 이번 퀘스트도 쉽구나.'

다 됐다는 생각과 함께 알을 잡는 루운!

하나 루운의 얼굴이 일그러진 것은 그 순간이었다.

화르르륵! 털썩!

"커어억!"

갑작스럽게 알에서 불꽃이 치솟으며 루운의 손을 데이게 했고, 그로 인해 알을 떨어뜨렸다.

그리고 감겨져 있던 불새의 두 눈이 번쩍 뜨였다.

슈웅! 슈웅! 슈웅!

허공에서 불꽃의 구들이 루운을 노리며 빠르게 달려들었다.

그 수가 얼마나 많은지 하늘 자체가 불로 뒤덮인 듯한 광경
이 연출되었고, 루운은 검은 달을 시전하며 불새의 뒤로 이동
했다.

검은 달은 기습에도 유용하지만, 이토록 피할 때도 큰 도움
을 주었다.

'큭… 너무 뜨거워.'

루운은 후끈한 열기에 기습을 하려다 뒤로 물러섰다.

변신을 한 상태였기에 추락하지 않았으며 주변을 맴돌며
머리를 굴렸다.

'원거리 스킬들로 상대를 해야 하는가?'

루운은 시선을 내려 알들의 위치를 확인했다.

어차피 자신의 목표는 불새를 죽이는 것이 아닌 알을 하나
훔치는 것이었다.

그러니 굳이 죽어라 맞상대할 필요는 없었다.

스킬들을 난사한 다음, 알만 하나 얻는다! 그러면 퀘스트
아이템을 얻었기에 바로 다음 장소로 이동될 테다.

"자연의 마나! 마나의 파편!"

원거리 스킬들이 바람을 갈랐다.

"폭룡!"

쿠오오오오! 콰콰콰쾅!

그 뒤를 이어 범위 스킬인 폭룡도 시전되었다.

불새가 불에 강하다 할지라도 화염 계열에 데미지를 안 입는 것은 아니었다.

키이이익!

세 번의 연속 공격! 불새는 큰 몸집에 공격력이 뛰어나서인지 얼음 여우처럼 재빠른 움직임을 보이지 못했다.

그래서 모든 기술을 온몸으로 맞게 되었는데, 고통과 분노의 고함을 내질렀다.

크르르륵! 펄럭!

불새의 낮은 울음과 더불어 검처럼 생긴 불꽃들이 루운을 향해 날개에서 쏟아져 나왔다.

"검은 달!"

그러나 큰 기술들을 발휘하지 않아 마나의 여유가 있는 루운은 망설이지 않고 검은 달을 발휘해 회피했고, 재차 원거리 스킬들로 불새의 신경을 긁었다.

그러자 불새는 화가 난 듯 몸집이 불어나며 불꽃 역시 더욱 열기가 강해졌다.

'서둘러야겠다.'

짧은 변신의 시간과 불새의 높아진 힘.

루운은 숨이 막힐 듯한 더위를 느끼며 일단 거리를 벌렸다.

그와 함께 불새의 공격이 날아왔고, 이번에도 검은 달을 발휘해 어렵지 않게 피한 루운!

동시에 이전보다 더욱 많은 스킬들을 난사했다.

쉐에에엑!

자연의 마나와 마나의 파편이 그 시작이었다.

뒤를 이어 폭룡과 16개의 검기를 내뿜는 죽음의 검이 발휘되었고, 마지막으로 마나의 검을 소환해 집어 던졌다.

휘처어엉!

다른 기술에도 타격을 받은 듯했지만 특히 마나의 검에는 불새의 신형이 뒤로 밀려났고, 괴로운 듯 주위를 둘러볼 여력도 없는 듯했다.

스파아앗!

그 순간 알을 향해 전속력으로 날아가는 루운! 그러면서 입술을 꽉 깨물었다.

알들은 잡히는 순간 화염을 내뿜기에 미리 각오를 하는 행동!

키에에엑!

뒤늦게 정신을 차린 불새의 비명이 뒤쪽에서 들렸지만 루운은 반응하지 않으며 알들에만 집중했고, 변신의 시간이 10초가 남았을 때, 다시 한 번 알을 손에 쥐게 되었다.

꿀꺽! 꿀꺽! 힐끔!

사자와 같은 금빛 머리카락에 금안을 보유한 진상진이 술을 마시며 스윈을 몰래몰래 쳐다봤다.

그녀는 음료수로 목을 축이며 다른 이들과 대화를 나누고 있었는데, 그 모습마저도 진상진에게는 간직하고 싶은 한 폭의 그림이었다.

'얼른 말해야 할 텐데……'

진상진은 목이 타는지 재차 술로 갈증을 해소시켰다.

진상진의 이런 행동은, 신청 시간이 얼마 남지 않은 커플 이벤트 때문이었다.

스윈과 함께 커플로 참석하고 싶은 욕망이 하루 종일 얼마나 불타올랐던가?

그래서 어떻게 말을 꺼내나 고민하던 차에, 쟈케가 오늘은 아는 이들을 불러서 휴식도 취할 겸 즐거운 시간을 보내자 하기에 기회다 싶어 이곳까지 참석했다.

한데, 그럼에도 아직 얘기를 할 타이밍을 쉽게 잡지 못했다.

떨어져 앉은 것과 주변에 여러 유저들이 있다는 사실도 걸렸지만 계속해서 걱정이 들었기 때문이다.

그녀는 루운을 좋아했다. 그러니 이미 루운과 신청을 했을지도 모른다!

또한, 아직 아무하고도 참가 여부를 결정하지 않았는데 만약 거절을 한다면……?

'아… 도대체 어찌해야 된다는 말인가!'

진상진은 저도 모르게 머리카락을 쥐어뜯으며 고민했다.

그로 인해 모두의 시선이 잠시 그에게 집중되었지만 진상진의 진상 짓이 하루 이틀도 아니었기에 곧 관심을 끄며 눈길을 돌렸다.

하지만 쟈케는 안타까운 시선으로 그를 쳐다봤다.

무슨 이유 때문에 저러는지 너무나 잘 알고 있었다.

오기 전, 진상진이 초조한 표정으로 스윈과 이벤트 참여에 대해 물었다.

과연 그녀가 자신과 함께 나갈 것 같냐는 질문…….

쟈케는 기왕이면 형인 그를 위해 좋은 말을 해주고 싶었지만 현실이 너무나 빤히 보였다.

아직 루운과 얘기가 끝났는지는 모른다.

하나 지금까지 보인 스윈이라면 루운과 함께가 아니라면 참석을 안 하면 안 했지… 절대 진상진과 함께 할 일이 없어 보였다.

그렇기에 냉정하게 어려울 것이라 말했다.

그러자 진상진은 흥분하며 큰 목소리로 외쳤다.

"나의 하트 스윈은 그렇지 않아!!"

'이럴 것이면 왜 물어보냐고!'

진상진과의 대화를 떠올린 쟈케는 고개를 돌려 스윈을 바라봤다.

그녀는 아주 밝은 표정으로 루나, 마야와 대화 중이었는데 혹시나 해서 귓속말을 신청해 루운과 커플 이벤트에 나가기로 했냐고 물어보니 수줍은 얼굴로 고개를 끄덕였다.

그 사실도 모른 채 진상진은 여전히 고민 중이었고, 쟈케는 고개를 저으며 사실을 알려주려다가 포기했다.

괜한 불똥이 자신한테도 튈 수 있기에…….

"아참. 스윈, 커플 이벤트는 어떻게 할 거야?"

스윈과 수다를 떨고 있던 루나가 음료수를 빨며 묻자, 그 발언을 놓치지 않고 들은 진상진의 표정이 눈에 띄게 변했다.

그러면서 두 귀를 토끼처럼 쫑긋 세우며 스윈이 위치한 방향으로 쭉 내밀었다.

두근, 두근! 두 명이나 기다리고 있는 그녀의 대답!

곧 스윈의 붉은 입술이 움직이며 진상진에게 비수를 꽂았다.

"커플 이벤트? 루운 오빠랑 같이 나가기로 했어!"

'이제 마지막 하나.'

루운은 인벤토리를 열어 두 개의 인장을 확인했다.

얼음 여우에게서 빼앗은 꼬리와 조금 전 고생을 하며 얻은 불새의 알.

불새의 알은 역시나 재차 화염을 발출해 손을 데게 했지만 인벤토리에 넣는 순간 바로 이동되었고 퀘스트를 무사히 마칠 수 있었다.

"저기가 입구인가?"

루운은 이마를 찌푸리며 눈앞에 나타난 거대한 석상을 쳐다봤다.

석상은 스핑크스의 모양을 하고 있었는데, 날카로운 이빨이 들어가는 순간 자신을 물 것처럼 흉흉하게 빛났다.

'미로라고 했지.'

루운은 이곳에 오자마자 확인했던 퀘스트 정보를 인지하며 조심스럽게 안으로 전진했다.

"숫자판……?"

회색으로 이루어진 동굴 같은 석상의 내부를 지나 둥근 원형의 홀이 나타났다. 그곳의 바닥에는 1에서 50까지 적힌 숫자판이 존재했으며, 그 앞에는 붉은 종이 허공에 둥둥 떠 있었다.

'어떻게 해야 하지?'

정보 창에는 석상 안에서 세 가지 관문을 통과해야 한다고 적혀 있을 뿐 자세한 내용은 알려주지 않았다.

그렇기에 퀘스트를 맞닥뜨리면 새로운 정보가 나타날 것이라 믿었는데, 잠시 기다리고 숫자판을 밟아봐도 달라지는 것이 없었다.

데에엥… 데에엥…….

결국 루운은 허공에 떠 있는 종을 손으로 툭툭 건드렸다.

그러자 맑은 종소리가 울려 퍼지더니 다행히도 정보 창이 나타났다.

[첫 번째 관문]

기둥 옆에 존재하는 주사위를 굴려 숫자를 기억해라.

총 세 번을 맞히게 되면 아래로 내려가는 길이 나타난다.

단, 틀렸을 경우 위험이 닥치리라.

새롭게 뜬 정보를 확인한 루운은 설명에 나온 대로 주사위를 찾았다.

주사위는 총 두 개가 있었는데 둘 다 양손으로 들어야 될 정도의 크기였으며 재질은 솜처럼 푹신하고 가벼웠다.

그리고 하나는 홀수, 짝수, 홀짝이 각기 두 개씩 적혀져 있었고, 다른 하나는 아무것도 새겨져 있지 않았다.

'기억력 테스트라면 나쁘지 않지.'

숫자가 많은 점이 걸렸지만 루운은 처음부터 큰 어려움은 없을 것이라 믿으며 홀수, 짝수, 홀짝이 적혀 있는 주사위를 던졌다.

투욱! 우르르르릉!

주사위가 바닥을 구르다 멈추자, 지진이 일어나는 것 같은 소리와 함께 숫자판이 뒤집혔다.

'이것도 마저 굴려야 하나?'

하나 그 상태에서 아무런 변화가 없자 루운은 아무것도 새겨져 있지 않은 주사위도 들어 힘차게 던졌다.

주사위는 방금 전 던진 것과 다를 바 없이 바닥을 구르다 멈췄다.

번쩍! 우르르릉!

놀라운 일은 그때 발생했다. 멈추자마자 허공을 향하고 있는 면에 붉은 빛이 나며 숫자가 나타나더니 재차 숫자판이 움직였다.

다만 처음과는 달리 하나씩이었으며 속도도 늦었다.

"아하."

루운은 그때서야 손뼉을 치며 게임의 룰을 이해했다.

주사위에는 6이란 숫자가 새겨졌었고, 숫자판 역시 6개가 뒤집어졌다.

더불어 눈앞에 드러났다가 다시 엎어진 숫자판들은 모두 홀수!

즉, 첫 번째 주사위로 홀수, 짝수, 홀짝을 정하고 두 번째 주사위로는 몇 개를 기억해야 되는지를 결정하는 게임.

"3, 15, 1, 29, 37, 43!"

루운은 숫자판이 뒤집힌 순서대로 외쳤다.

그러자 붉은 종이 스스로 소리를 울렸고, 루운은 만족스러운 미소와 함께 주사위들을 챙겼다.

쉽기를 바랐지만 첫 번째 퀘스트는 너무나 간단했다.

"자, 이제는 뭐가 나오나 볼까?"

자신만만한 표정으로 주사위를 굴리는 루운! 그런 루운의 표정이 일그러졌다.

첫 번째 주사위는 괜찮았다. 짝수! 그런데 문제는 두 번째 주사위였다.

처음 6이라는 숫자와는 달리 20이라는 수가 나온 것!

"2, 48, 32, 8, 30, 16, 42, 26, 4, 12… 큭!"

정신을 집중하며 어떻게든 외우려고 했지만 결국 기억력의 한계가 찾아오고 말았다.

다음 숫자가 헷갈렸다. 이것도 맞는 것 같고 저것도 틀리지 않는 것 같다!

'제, 젠장! 어쩔 수 없다!'

결국 루운은 최후의 방법을 떠올렸다. 그것은 바로 찍기!

"18!"

욕을 하는 것처럼 강한 어조로 숫자를 외치는 루운!

그렇지만 거친 종소리가 틀렸음을 알려주었고, 동시에 주변이 빛으로 물들었다.

쩌저저저적! 촤아아아악!

"커어어억!!"

천장 전체에서 맺혔다가 쏟아지는 전기의 비!

온몸으로 짜릿한 고통을 느끼며 루운은 바닥에 주저앉았다.

틀릴 경우 위험이 닥친다더니 바로 이것이었다.

"하아… 끝인가?"

1분과 같은 10초의 시간이 지나고 루운은 비틀거리며 자리에서 일어섰다.

방금 판은 운이 나빠서 높은 수가 나왔지만 이번에는 제발 처음처럼 낮은 수가 나오기를 바라며 주사위를 집었다.

"어? 왜 이러는 것이지?"

그 순간 이상한 점을 발견했다. 솜처럼 가볍던 주사위가 들수도 없을 정도로 돌변했다!

'설마 틀린 것을 맞힐 때까지 반복이야?'

누가 그랬던가? 불안한 예감은 적중한다고!

불현듯 머릿속을 스쳐 지나간 생각이 채 끝나자마자 번호판이 다시 움직였고 루운의 얼굴은 울상이 되었다.

"모두 준비됐지?"

"오브코스!"

"주인, 우리만 믿어라!"

전기에 무참히 회생된 루운은 결국 라지와 아지를 소환했다.

저들도 지능이 있으니 도움이 될 것이며, 혼자서 20개를 외우기는 어렵다는 판단이었다!

그리고 당당하게 외치는 라지와 아지의 목소리는 믿음을 심어주었다.

"내가 일곱 개! 아지가 일곱 개! 라지가 여섯 개다!"

루운은 그나마 지능이 떨어져 보이는 라지에게 하나가 적은 여섯 개를 배당한 후, 숫자판이 움직이자 침묵하며 뚫어져라 쳐다봤다.

스르릉! 스르릉! 하나, 둘, 셋, 넷, 다섯··· 숫자판은 천천히 움직였고, 일곱 개가 모두 지나가자 루운은 머릿속으로 되뇌며 아지를 쳐다봤다.

곧 아지의 일곱 개 역시 지나갔고, 아지는 세차게 고개를 끄덕이며 라지를 바라봤다.

다 외웠다는 뜻과 함께 차례를 알려주는 것!

'라지, 제발······.'

루운은 간절한 표정으로 라지가 여섯 개를 모두 외우기를 기도했다.

"주인! 완벽하다!"

돌들이 뒤집힐 때 라지가 날카로운 이빨이 드러날 만큼 환하게 웃으며 말하자, 그때서야 루운은 안도와 함께 숫자를 맞혀 나갔다.

루운이 7개를 말했다. 모두 정답인 듯 종은 아무런 반응을 하지 않았다.

그 뒤를 이어 아지 역시 7개를 말했다. 종은 여전히 아무런 미동도 없었다.

이제 남은 것은 라지 하나뿐! 더군다나 저토록 자신만만하며 숫자는 여섯 개뿐이었다!

'이제 2차로 갈 수 있구나!'

루운은 희망이 피어오르는 것을 느끼며 라지를 사랑스러운 눈길로 바라봤다.

그동안 큰 도움이 되지 못했는데 라지가 힘차게 숫자를 말하고 있었다.

하나, 둘, 셋, 넷! 이제 두 개만 더 대답하면 끝나는 순간! 그때 라지가 뿌듯한 표정으로 루운에게 시선을 던지며 소리쳤다.

"네 개만 완벽하게 외웠다!"

"……"

라지의 무개념과 함께 천장이 아름답게 빛났다.

"16! 28! 32! 2ㅁ! 44! 12!"

"오! 라지!"

루운은 라지를 품에 꼭 끌어안으며 등을 토닥였다.

역시 매가 약이라고, 전기를 맞은 다음 한참 두들겨 팼더니 이렇게 뇌가 활성화되지 않는가!

"나는 처음부터 너를 믿었다!"

'그래서 이렇게 두들겨 팼냐!'

순수한 얼굴로 엄지손가락을 치켜세우는 루운으로 인해, 곳곳이 멍든 라지는 속이 부글부글 끓어올랐지만 꾸욱 눌러 참았다.

지금은 붙어봤자 자신의 패배가 확실했다.

힘을 키워야 했다. 그 후 예전처럼 기를 펴고 살 것이다!

물론 오늘의 일을 비롯해 지금까지 당한 모든 고통도 갚아주고 말이다!

"이제 1층은 마지막이다."

루운이 주먹을 불끈 쥐며 주사위를 향해 움직였다.

그러자 라지가 잠시 갈등을 하더니 루운을 조심스럽게 불렀다.

"주인, 할 말이 있다."

"뭔데?"

주사위를 주우려다가 움직임을 멈추고 고개를 돌리는 루운은 라지의 눈동자를 확인했다.

라지는 주사위를 빤히 쳐다보며 갈망을 담고 있었다.

"주, 주사위를 돌려보고 싶다! 한 번도 해본 적이 없다!"

어린아이 같은 무한 호기심! 만약 잘못만 했다면 얘기를 꺼내지 못했겠지만 어찌 되었든 방금 여섯 숫자를 맞히지 않았던가?

그렇기에 루운의 마음도 풀어진 지금이 적기라고 판단했다.

"음… 네가?"

하나, 루운은 쉽게 결정을 내리지 못하며 망설였다.

자신 역시 재수가 좋은 놈은 아니었지만 라지는 더 나쁜 놈이었다!

만약 최악의 숫자가 나온다면? 한 번의 판단 실수로 큰 고생을 하게 될지도 모르는 일!

'그런데 지금까지 나빴으니 이제는 좋을 수 있잖아?'

갑작스럽게 찾아오는 갈등! 결국 망설이던 루운은 라지에게 주사위를 양보했다.

사실 내면에서는 아직도 믿지 마! 라고 외쳤지만… 바로 곁에 얼굴을 들이대며 어린아이처럼 순수한 눈망울로 주시하는데 도저히 외면할 수 없었다.

또, 매도 약을 발라주면서 때려야 하는 법!

가끔은 이렇게 원하는 것도 하게 해줘야 앞으로 말도 잘 들을 것이었다.

"후후. 주인! 나만 믿어라!"

라지가 큰소리를 치며 주사위를 입으로 살짝 물어 높이 던졌다.

투우욱! 데구루루루루!

심판의 주사위는 정해졌고 루운은 침을 꿀꺽 삼키며 결과를 확인했다.

"커억! 홀짝!"

루운의 두 눈동자에 살기가 서렸다.

홀이나 짝만 나올 경우보다 홀짝은 수의 제한이 높아진다!

한마디로 셋 중에서 최악이 걸린 것!

"크, 크윽! 두, 두 번째가 중요하지 않은가!"

전신이 아파올 정도의 분노가 파고들자 라지는 애써 당당하게 외쳤다.

이럴 때 기가 죽으면 자신의 의견이 상대에게 믿음을 주지 못하기 때문!

"그, 그래! 제발 잘 좀 해라!"

라지의 예상처럼 두 번째 수의 중요성을 깨닫자 루운은 손톱을 깨물며 초조함을 달랬다.

보통 불행은 한 번에 여러 개가 덮치기도 하지만, 확률이 반반인 경우도 있었다.

후자로 판단하자면 이제는 행운이 올 차례!

휘리리릭!

두 번째 주사위가 높이 솟구쳤다가 바닥으로 추락했다.

루운과 아지, 생사가 달린 라지까지 시선을 떼지 못했고, 잠시 후… 루운은 천사 같은 얼굴로 라지한테 손짓하며… 검을 소환했다.

주사위에는 41이라는 숫자가 나타나 있었다.

"주인! 저기다!"

드디어 출구가 생성되자 라지가 가장 먼저 발견하며 모두에게 알렸다.

하나, 루운의 반응은 1차를 완수했음에도 불구하고 좋지 않았다.

21번이었다! 라지 때문에 많은 숫자를 외워야 하는 것도 괴로운데, 자꾸 틀리다 보니 21번이나 전기와 소개팅을 했다!

얼굴만 봐도 속이 뒤틀리는 밉상!

"넌 들어가."

결국 루운은 라지를 역소환하며 출구를 향해 뛰어갔다.

어차피 곁에 있어봐야 큰 도움이 되지 않을 것이라는 판단!

"이번에는 뭐지?"

출구를 통해 아래층으로 내려온 루운은 푸른 빛깔의 물웅덩이를 발견했다.

석상 안에 있다는 것이 믿기지 않을 정도로 넓고 큰 웅덩이에는 수없이 많은 물고기들이 헤엄을 치고 있었다.

[두 번째 관문]

많고 많은 진짜 물고기들 사이에서… 단 하나의 가짜를 찾아내라!
단, 틀렸을 경우 위험이 닥치리라.

'이것들이 장난하나!'

루운은 기가 찼다. 눈앞에 보이는 물고기들만 해도 셀 수가 없는 수준인데, 어찌 가짜 하나를 찾으라는 것인가?

더군다나 가짜만의 특징도 알려주지 않으면서!

"꽤 노가다를 해야겠군."

결국 루운이 결정한 해결책은 하나하나 다 찾아보는 것이었다.

생각보다 오랜 시간이 걸리겠지만 어쩔 수 없는 선택.

그러나 1층과 마찬가지로 허공에 떠 있는 종이 스스로 울리는 순간, 루운의 계획은 수정되어야 했다.

—제한 시간 1분.

'컥! 어떻게 1분 안에!'

지루할 것이라 예상되었지만 그래도 여유를 갖고 있던 루운의 표정이 험상궂게 돌변했다.

1분⋯ 1분이면 단지 숫자를 세기도 부족한 시간이었다.

"아지, 너도 찾아봐. 라지!"

어쩔 수 없이 루운은 자신이 삐친 것을 강조하기 위해 볼을 부풀린 라지까지 소환해 가짜 물고기 찾기에 나섰다.

'도대체 뭐지? 어떤 거냐고!'

빠르게 눈동자를 굴리는 루운은 머리가 아파왔다.

모든 것이 진짜 같았고, 반대로 전부 가짜 같았다.

차라리 모습이라도 똑같다면 차이점을 구분할 수 있겠지만 색깔도, 모양도 다른 물고기들이 한가득이라 가짜가 있다 해도 알아차리기가 힘들었다.

"젠장⋯ 정말 가짜 같은 모양일 리도 없잖아!"

"주인! 저기!"

검을 소환하며 스킬이라도 난사하려는 타이밍에 라지의 목소리가 들려 루운은 고개를 돌렸다.

'정말 가짜 같다!'

그런 루운의 시야에 들어온 물고기 한 마리!

실뱀처럼 얇으면서도 등에 날개가 한 쌍 달려 있다.

또한 물고기보다는 종이로 급조해 만든 것 같은 어정쩡한 외형과 미동도 거의 없는 부자연스러운 움직임!

"저거다!"

어차피 남은 시간도 부족하자, 루운은 망설이지 않고 물속에 달려들었다.

그러자 공격성을 갖춘 물고기들이 달려들었지만 루운의 피부에 생채기 하나 내지 못했고, 루운은 회심의 미소를 날리며 물고기를 빠르게 낚아챘다.

그리고 확신했다. 이놈은 가짜라고! 감촉 역시 물컹거리기보다는 딱딱했다!

"라지! 드디어 네가 한 건 했구나!"

"으하하! 주인! 내가 이런 놈이다!"

루운의 칭찬에 라지는 우쭐하며 웃음을 터뜨렸지만……

"응? 갑자기 물이 왜 치솟지?"

모든 물고기들이 바깥쪽으로 봄을 피하고, 한가운데에서 용오름 현상이 나타나자 헤벌쭉하고 있던 루운과 라지의 이마에서 식은땀이 흘렀다.

슈슈슈슈슈슉!

루운과 라지, 아지는 볼 수 있었다.

허공으로 치솟은 물기둥에서 바늘처럼 날카로운 물의 파편들이 쏟아져 내리는 것을……

"그래, 너는 이런 놈이었지."

루운이 이마에서 흐르는 피를 닦으며 날카롭게 쏘았다.

그러자 득의양양하던 라지는 어느새 사라지고, 구석에서 쭈그린 채 눈치를 살피는 그만이 존재했다.

'후… 그러면 도대체 뭐지?'

루운은 라지에게 화낼 시간도 없다는 사실을 파악하며 물고기들을 지켜봤다.

물의 파편들이 사라지자 종은 곧바로 울렸고 1분의 카운트다운은 시작되었다.

"폭룡!"

쿠오오오오! 퍼퍼퍼퍼펑!

결국 루운은 스킬을 난사해서 물고기들을 죽이기로 결정했다.

1분이 지날 때마다 또 고통을 느껴야 하겠지만, 다른 방법이 존재하지 않았다.

어떻게든 참아가면서 물고기들을 전부 죽여 버리다 보면 끝이……

'이러… 잠깐.'

하지만 그런 루운의 행동은 오래가지 못했다.

찾아야 된다는 말이 머릿속을 파고들었기 때문이다.

만약 모든 물고기를 흔적도 없이 죽여 버리다가, 가짜 물고기마저 박살이 나버린다면?

그러면 퀘스트는 도대체 어떻게 된다는 말인가? 종료? 반복? 실패?

'어? 다시 살아난다?'

움직임을 멈춘 채 갈등에 휩싸인 루운의 눈동자에 당혹스러움이 차올랐다.

자신이 죽인 물고기들이 어느새 복구된 탓이다.

'진정하자. 흥분해서는 될 일도 못 해결한다.'

루운은 카운트가 얼마 남지 않았지만 긴 숨을 내쉬며 자리에 털썩 주저앉았다.

찾아올 아픔이 싫어서 너무나 초조한 자신의 모습을 보았기에.

'분명 가짜라면 다른 점이 있을 것이다. 또한 1분 안에 가능하니 이런 퀘스트가 존재할 테고……. 일단 모두 기절이라도 하면 찾기 편할 텐데. 더군다나 가짜만 떠오르지 않을 수도 있고. 한데 저 많은 녀석들을 어떻게 기절시키지? 잠깐… 그때 불고기들을 잡을 때도 모두를 떠오르게 했었…….'

"라지!!"

루운은 큰 목소리로 구석에 아직도 쭈그리고 있는 라지를
불렀다.

전투를 하기보다는 자꾸 방해만 되어서 잠시 잊고 있었다!
라지가 번개의 힘을 가지고 있다는 사실을!

"왜, 왜! 또 때리려는가!"

"아니, 물고기들을 모두 떠오르게 해봐."

루운의 말에 라지는 안도하며 혹여나 저 더러운 성질이 또
폭발할까 봐 후다닥! 자리에서 일어나 물속으로 들어갔다.

그와 함께 자신의 온 힘을 폭발시키며 내뿜었는데… 잠시
후, 마찬가지로 물속에 들어간 루운이 미소와 함께 올라왔다.

루운의 손에는 축 늘어진 물고기 한 마리가 들려 있었다.

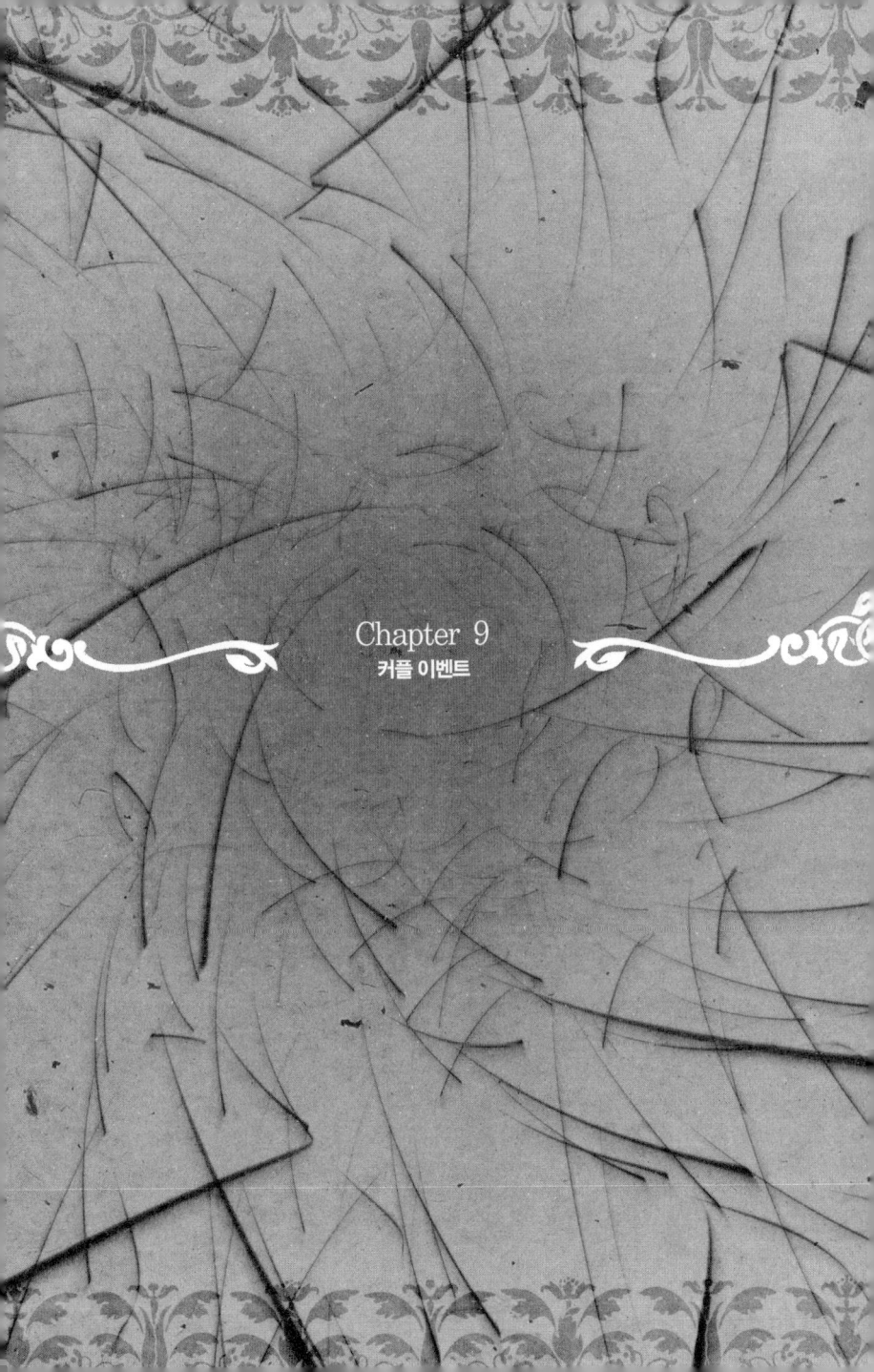

Chapter 9
커플 이벤트

NEW 뉴월드
WORLD

"아직도 퀘스트 중이신가……?"

스윈은 초조한 표정으로 입구에서 기다리며 루운의 접속 창을 확인했다.

접속은 되어 있는데 귓속말 신청이 안 된다는 것은, 귓속말을 할 수 없는 퀘스트 중이라는 뜻이었다.

그런데 문제는 커플 이벤트의 시간이 많이 남지 않았다는 것.

"내가 로그아웃해서 오빠한테 말해줄까?"

"아니야… 오빠 퀘스트 방해하고 싶지 않아."

스윈은 고개를 저으며 거절했다. 루운한테 짐이 되고 싶지 않았다.

꼭 참여하고 싶어도 만약 루운이 늦는다면… 어쩔 수 없는 것이었다.

"에휴. 언니는 너무 착해서 탈이라니깐! 하여튼 우리 오빠지만 창피해."

"나도 동감이다! 내 아들이지만 부끄럽기 짝이 없구나! 이토록 예쁜 스윈에게 짐만 되고!"

"아, 아니에요!"

스윈은 난처한 표정으로 손을 내밀어 저었다.

그러자 쟈케가 나서며 상황을 정리했고, 그때서야 스윈 역시 안도의 한숨을 내쉬었다.

"한데, 우리가 이렇게 모이기도 오랜만이네요."

루운을 더 기다려 보기로 결정하고 자리에 앉아 챙겨온 음식을 나눠 먹으며 쟈케가 말했다.

현재 이 자리에는 아는 얼굴들이 많이 있었다.

루운을 기다리고 있는 스윈과 자신의 커플인 샤네, 시아와 박시준, 은하와 마야, 아로하에 루나까지!

모두가 이곳에 모이게 된 이유는, 커플 이벤트는 실력이 필요한 부분도 있어서 레벨로 분류해 여러 곳에서 동시에 시합을 치르기 때문이었다.

그리고 레벨 200 이상인 커플들은 A급으로 분류되었으며, 다들 200 이상의 레벨이었기에 함께 하게 된 것.

"그런데 너희들은 커플이 왜 그러냐?"

박시준이 여여 커플을 쳐다보며 물었다.

그러자 네 명의 여인들은 내심 뜨끔했지만 애써 웃는 얼굴로 대답했다.

"지는 마야 언니가 좋아서예!"

"저도 우리 은하가 너무 예쁘고 사랑스러워서! 같이 하면 좋잖아요! 꼭 남녀만 해야 되나요!!"

서로를 부둥켜안으며 은하와 마야가 너무나 행복하다는 듯 말하자, 속사정을 알고 있는 은하의 친오빠 쟈케는 입이 근질거렸지만 꾸욱 눌러 참았다.

만약 대놓고 남자가 없어서라… 말했다가는 둘에게 살해당할지도 모른다!

"후후. 저도 마찬가지입니다. 남자들이 수없이 들러붙었지만, 제 미모에 홀린 그들로 인해 기사 정보 수집에 혹여나 지장을 받을까 봐!! 진짜입니다!"

"저는 아로하 언니를 위해주기 위해서예요!"

솔로의 한이 맺힌 네 여인의 공격적인 대답!

"으하하! 그냥 남자가 없… 컥! 그, 그래! 너희들 마음 잘 알겠다!"

해서는 안 될 말을 할 뻔한 박시준은 밀려오는 살기에 다급히 입을 다물며 그들을 위로했다. 그 모습에 곁에서 염장을 떨고 있던 쟈케가 말문을 열었다.

"그런데 아버님은 왜 시아랑?"

박시준에게는 영원한 단짝인 정혜미가 있었다. 한데 왜 굳이 딸이랑 참석한 것일까?

"하, 하하! 오랜만에 우리 딸하고 오붓한 시간을 보내고 싶어서지!"

입가에 경련이 일어나는 어색한 웃음! 또한, 웃음을 터뜨리며 말문을 열려는 시아의 허벅지를 은밀히 꼬집는 손놀림!

모두는 무슨 내막이 있을 것이라 짐작했지만 차마 물을 수는 없었다.

박시준의 흰자위가 번뜩이는 눈빛이 어디 한번 궁금하기만 해봐! 라고 외쳤기에!

'온천… 잊지 않겠다.'

박시준은 끓어오르는 슬픔을 참으며 주먹을 불끈 쥐었다.

이벤트가 발표되고 나서 그토록 간절히 함께 참여하자고 부탁했다.

하지만… 평생의 피앙새는 부부회에서 온천 약속이 있다며 거절을 하는 것이 아닌가!

자신이 온천보다 못하냐고 따지기도 했지만… 오래전에 한 약속을 지키지 못해 부부회에서 왕따를 당하면 좋겠냐는 반격에 차마 더 이상 설득할 수 없었다.

—30분 뒤 시합이 시작됩니다.

그때 모두에게 알림음이 들렸고, 스윈의 표정은 더욱 초조하게 물들어갔다.

그 시각, 루운은 머리카락을 쥐어뜯으며 괴성을 지르는 중이었다.

"도대체 이놈의 출구는 어디야!!"

온몸에서 터져 나오는 짜증 작렬!

루운이 이렇게 된 것은 지혜의 인장을 얻기 위한 마지막이자, 세 번째 퀘스트 탓이었다.

두 번째 퀘스트까지는 어렵지 않았고 나름 빨리 끝났다.

그런데 세 번째 퀘스트의 미로는 사람 미치게 만들기 딱 좋았다.

처음 단 한 번만 미로의 전체 모습을 보여줬다. 하지만 문제는 미로 전체가 계속해서 변형된다는 것이었다.

그 바뀌는 법칙에 대해 뭐라뭐라 공식을 떠벌리기는 했지만 셋 다 모두 저렴한 뇌의 보유자! 절대 알아들을 리가 없었다!

'날지도 못하고!'

재차 벽이 나오자 루운은 이제 어지럼증마저 느끼며 자리에 주저앉았다.

합체를 해서 쉽게 가려고 했지만 보이지 않는 장벽에 막혀 공중으로 뜰 수가 없었다.

"주인! 여기도 막혔다!"

"여기도 마찬가지예요!"

흩어져서 찾고 있는 라지와 아지도 비보를 전하자 루운은 맥이 풀렸다.

지금 몇 시간째 이곳에서 헤매고 있다는 말인가? 커플 이벤트도 참석해야 하는데!

"이 운빨 게임!"

한마디로 법칙을 이해하지 못할 경우, 운만 믿고 무작정 걸고, 또 걸어야 되는 미로!

루운은 성질을 참지 못하며 주먹으로 벽을 강하게 후려쳤다.

'혹시……'

쿠우우웅! 소리와 함께 무슨 생각이 든 루운은 검을 소환했다.

그리고 보니 돌파하라고 했지, 부수지 말라는 내용은 없었다!

"마나의 검!"

스파아아앗!

루운의 손에 마나들이 모이더니 검으로 형상화되자, 생각할 겨를도 없이 벽에 강하게 집어 던졌다.

현재 기댈 수 있는 마지막 희망과 함께…….

―10분 뒤 시합이 시작됩니다.

도우미의 알림음과 함께 모두의 시선이 스윈을 향했다.

이제 남은 시간이 많지 않았다. 5분만 더 지나면 정해진 출발 위치에 서서 규칙을 들어야 했는데, 루운은 아직도 나타나지 않고 있다.

"오빠는 도대체 뭐 하는 거야?"

시아가 짜증이 담긴 목소리로 투덜거렸지만 그녀 역시 루운이 빨리 오기를 바라고 있었다.

정미라를 소개해 준 것은 자신이지만 스윈과 잘되기를 원했다.

정미라에게 남자친구가 있다는 사실을 잘 알기에⋯⋯. 또한, 스윈의 일편단심 마음도 고마워서 말이다.

"어⋯ 귓속말 됐어요!"

그때 스윈이 놀랐지만 기쁜 얼굴로 소리쳤고, 모두는 안도의 숨을 내쉬었다.

지금 어떤 대륙의 어디인지는 알 수 없지만 게이트가 있기에 도착하기까지 오랜 시간이 걸리지 않을 것이다.

"각성의 인장 퀘스트를 이제 마쳤대요. 금방 올 것이라고 걱정 말래요."

"이야, 이제 루운도 각성을 하겠네? 내 순위가 또 밀리겠는걸."

샤케는 이미 느끼고 있었다. 지금만으로도 루운이 자신보다 강하다는 사실을.

다만 루운은 공식적인 자리에서 그 힘을 알리지 않았기에 아직도 전투 랭킹이 낮은 것뿐이었다.

그런 루운이 각성까지 하게 된다면? 정말 적이 되면 두려운 존재가 될 것이다.

"루나⋯⋯."

루운을 향한 긴장이 풀어진 모두가 이런저런 잡담을 할 때였다.

루나는 등 뒤에서 들리는 목소리에 고개를 돌리며 활짝 웃었다.

자신의 언니인 아리스가 도착했기 때문이다.

"언니, 왜 이제 왔어? 커플은?"

원래 루나는 당연히 아리스와 함께 참석하려고 했었는데, 저녁에 얘기를 꺼내니 다른 유저와 나가기로 했다며 계속 미안하다고 했다.

그래서 내심 섭섭하기도 했지만 그 마음보다는 오히려 보면 알 것이라는 상대가 누구인지 더 궁금했다.

"응? 어딨어? 누구야?"

루나가 계속 재촉하자 아리스가 민망한 표정을 지으며 뒤를 가리켰다.

그 모습에 루나를 비롯한 모두의 눈도 손가락이 가리킨 방향으로 움직였는데, 모두는 전혀 예상치 못한 상황에 입을 쩍 벌렸다.

아리스의 등 뒤에 나타난 남자는 바로 진상진!

"에에?"

루나는 큰 눈을 깜빡이며 둘을 번갈아 바라봤다.

그렇게 남자들을 좋아하지도 않던 아리스가 남성과 함께 커플 이벤트에 참여하는 것만으로도 놀라운데… 그 상대가 전혀 가깝지도 않은 진상진이라니!

더군다나 진상진은 스원을 좋아하지 않는가!

"스원! 오해하지 마라! 목적이 있어서 참여한 것일 뿐! 나의 마음은 변함이 없다!"

스원이 당황하자 진상진은 그녀의 손을 부여잡으며 자신의 확고한 마음을 알렸다. 그때서야 스원은 일단 놀란 마음을 추스르며 되물었다.

"무슨 목적이요?"

"에… 그것은……."

스원의 질문에 차마 대답을 하지 못하는 진상진!

그가 아리스와 함께 참석하기로 결정한 것은 어제 다 같이 모였을 때였다.

부운과 커플을 하기로 했다는 얘기를 듣고, 충격을 받은 그는 가게 뒤에 위치한 화장실로 나가 루운을 크게 외치며 벽을 패고 물어뜯는 등 미친 자의 모습을 선보였다.

그러다 아리스가 나오는 것을 보자 평소 루운을 미워하는 그녀를 기억하며 제안했다.

그 결과 루나와 함께 나가고 싶었던 아리스는 마음을 바꿔 먹었다!

커플 이벤트는 사랑에 관한 시합만 있는 것이 아니었다. 공지에는 분명 치열한 전투도 있을 것이라 했다!

루운에게 그동안 받았던 것들을 갚아줄 수 있는 기회! 평소에는 루나가 자꾸 말려서 참아야 하지 않았던가!

우승하고 싶은 마음은 없다. 오로지 루운 타도!

진상진에게는 스윈을 빼앗아가는 원수였고, 아리스에게는 루나의 일을 비롯 항상 밉상인 존재!

그로 인해 둘은 처음으로 마음이 맞는 것을 느끼며 손을 맞잡았다.

"뭐, 그런 이유가 있어! 하하!"

진상진은 차마 스윈한테는 자신들의 검은 속내를 말하지 못하며 웃음으로 넘겼지만, 스윈을 제외한 모두는 알고 있었다.

'저 형… 루운 때문이군!'

'언니… 혹시 루운 오빠 때문에?'

'하여튼 바보들만 모였어. 우리 오빠가 최고 바보지만.'

"어? 다들 모여 있… 컥! 커플들이 왜 이따위야?"

그 순간 듣고 싶었던 낯익은 목소리와 함께 모두는 볼 수 있었다. 드디어 도착한 루운을.

'……'

루운은 뜨끈한 뒤통수를 애써 무시하며 속으로 한숨을 내쉬었다.

오자마자 이해가 안 되는 커플들에 대한 사정을 들을 수 있게 되었지만, 얘기를 오래 할 수는 없었다.

이벤트의 시작이 곧 다가온 탓이었다.

그래서 지정된 순서대로 자리를 잡고 서서 스윈과 수다를 떨고 있었는데, 갑작스럽게 등 뒤에서 위협이 느껴졌다.

그로 인해 고개를 돌리니 진상진과 아리스가 서 있었다.

자신을 미워하는 최상의 완벽 조합!

'하필이면 저 둘이 내 뒤에! 정말 불우한 내 운!'

200에 도달한 유저들이 이렇게 많은데 하필 붙어 있는 자리라니……

'적은 가까이에 있다!'

커플 이벤트 첫 대회는 죽음의 마라톤과 다름없었다.

결승점까지 유저들 간의 전투도 허용되었으며, 절대 죽지 않고 살아 도착해야 하는 게임!

이 게임에서 선착순 상위 10%가 다음 단계에 진출할 수 있게 되는데, 루운은 최대한 싸우지 않을 작정이었다.

싸우면 속도가 이동하는 것보다 느린 전진이 될 수밖에 없었고, 불필요한 마나와 생명 소모도 감수해야 되니!

하지만 왠지 등 뒤에 있는 이들이 그렇게 두지 않을 것 같았다.

"스윈, 살아야 한다."

"네? 네!"

뜬금없는 루운의 말에 스윈은 그 속도 모른 채 이기자는 말인 줄 알며 대답했고, 곧 출발의 신호음이 들렸다.

타아앙! 타타타타탁!

"이봐! 우리 앞길을 막지 말라고!"

"어어? 부딪쳐? 한판 떠?"

"괜히 힘 빼지 말고 달리지?"

"젠장! 뒤에서 공격한 자식 누구야!"

말 그대로 아수라장이었다.

족히 수천 명은 될 법한 레벨 200 이상의 유저들이 앞 다투어 고지를 향해 달리기 시작했다.

그렇다 보니 원치 않게 부딪치게 되기도 하고 자신이 치고나가기 위해 공격을 하는 등 시작부터 혈투가 시작되었는데, 루운과 스윈도 그중 하나였다.

"커억! 케엑!"

"오빠… 괜찮으세요?"

루운은 이런 사태를 대비해 일부러 스윈의 바로 뒤에서 달렸다. 그로 인해 뒤에서 치고 나오는 무리들의 모든 몸빵을 루운이 맡았는데, 루운은 울컥하기도 했지만 애써 참으며 웃는 얼굴로 스윈을 향해 고개를 끄덕였다.

절대 싸워서는 안 되었다. 그렇게 되면 패배의 지름길!

"크큭. 우리 먼저 간다!"

루운의 곁으로 쟈케와 샤네가 손을 흔들며 지나가자, 루운 역시 스윈과 함께 속도를 높이며 달렸다.

그런데 문제가 발생했다. 바로 요주의 인물이라 판단했던 두 명 중 한 명이 어느새 옆에 나타난 것이다!

"스윈… 너에게는 원한이 없어! 미안해!"

그 말과 함께 주술로 루운의 몸을 붙잡는 아리스!

"진짜 이러깁니까!"

설마했는데 진짜로 당하자 어이가 없는 루운은 황당함을 금치 못하며 소리쳤다.

하나 아리스의 차가운 미소는 변하지 않는 진심을 보여주었다.

"그날 빨갱이와 네놈을 난 못 잊고 있다……."

"어, 언니! 참아요!"

진짜라는 사실을 알아차린 스윈이 울상이 되어 말렸지만 아리스는 안타까운 표정으로 고개만 저을 뿐이었고, 결국 루운은 스윈을 향해 먼저 가라고 손짓했다.

"하지만 오빠는……."

"난 어떻게든 따라갈 테니 2단계 코스에서 기다려."

"그래도……."

첫 번째 대회는 여러 개로 나뉘어져 있었다.

1단계 죽음의 마라톤으로 시작해 마지막은 다시 죽음의 마라톤으로 끝나는 형식!

그런데 이처럼 따로 달려도 되는 경우도 있지만, 커플이 함께 해야 되는 단계도 있어서 기다리라고 한 것이었다.

더불어 자신을 노리는 저 둘로부터 스윈을 보호하면서 가는 일이 더 힘들었다.

"오빠 믿지?"

결국 루운은 오빠들의 전통적인 거짓말까지 해가며 스윈을 안심시켰고, 그녀가 고개를 끄덕이며 떠나자 도저히 스윈 앞에서 루운을 공격할 수 없어 숨어 있던 진상진도 모습을 드러냈다.

"다 너 때문이다!"

"네놈은 1박 2일 동안 두들겨 패도 속이 시원하지 않아."

'도대체 내가 뭘 잘못했냐고!'

스윈이 사라지자마자 적개심을 드러내는 진상진과 아리스!

루운은 빠르게 머리를 굴렸다. 저 둘을 상대로 이기기란 쉽지 않았다.

변신을 한다면 가능할 수도 있겠지만 자신의 출혈도 적지 않을 것이다.

물론, 싸우고 난 다음 달려가는 시간 동안 어느 정도 회복은 될 수 있었다.

하나 또 다른 적이 있을 수도 있었고, 최대한 자제해야 했다.

'어쩔 수 없군.'

결국 루운은 기습을 하고 도망치기로 결심했다.

자신은 현재 예전에 비해 대단히 강해진 상태. 저 둘은 짧은 기간 동안 급속도로 성숙한 지금이 아닌, 예전의 실력을 더 인지하고 있을 것이다. 실력이 높아진 이후 저 둘과 대결했던 적은 없으니.

추가로 혼자가 아닌 둘이라서 절대 지지 않는다는 방심도 함께일 테고.

그렇기에 기습을 한다면 먹힐 확률이 높았다.

"일단 진정 좀……."

루운은 먼저 말을 꺼내며 둘을 안심시켰다.

그와 함께 다급히 스킬들을 시전하며 재빠르게 움직였다.

"마나의 검! 검은 달!"

쉐에에에엑! 스으윽!

마나의 검을 소환하자마자 아리스에게 집어 던진 루운은 곧바로 진상진의 그림자에 나타났다.

콰아아아앙! 스파앗!

아리스는 위급함을 느끼며 다급히 실드를 소환해 마나의

검을 막았다.

그렇지만 급한 대로 펼친 그녀의 실드는 마나의 검을 막지 못하며 파괴되었고, 폭발에 휩싸이며 뒤로 나가떨어졌다.

더불어 진상진 역시 아무리 레벨이 올랐다 하지만 전에 비해 막강해진 루운의 실력에 당황하고 있었다.

그림자 검의 기습은 힘겹게 피했다. 문제는 뒤에 이어진 연속 스킬들이었다.

"죽음의 검! 마나의 파편!"

샤샤샤샤샤샥! 슈우우우!

열여섯 개의 검기가 자신을 노렸으며, 그 뒤를 이어 십자형의 마나도 달려들고 있었다.

또한, 루운은 그 스킬들을 발휘함과 동시에 꽁지 빠지게 도망간다!

"이 자식이! 타하아압!"

진화족인 진상진은 변신과 함께 날카로워진 손톱을 허공에 그었다.

촤아아악!

수십 개의 바람의 칼날이 형성되더니 죽음의 검과 마나의 파편에 부딪쳤다.

그러나 마나의 파편이 진상진의 힘과 부딪치는 동시에 파편이 되어 흩날리자 미처 몰랐던 그는 당할 수밖에 없었고, 둘이 자리에서 일어서자 어느덧 루운의 모습은 보이지 않았다.

루운의 실력을 과소평가하다 보기 좋게 당한 것이다.

"오빠!"

"응! 여기는 뭐야?"

초월과 돌진을 쉬지 않고 사용해 겨우 도착한 루운은 다급히 스윈을 향해 물었다.

자신으로 인해 이미 뒤처진 상황이었다. 싸운 것은 루운뿐만이 아니었고 또한 일찍 빠져나온 편이었기에 더 늦은 유저들도 많았지만, 그래도 마음이 초조했다.

10%만 진출하기에 얼른얼른 가야 했다.

"한 명이 저 안에 들어가서 참고, 다른 한 명은 문제를 푸는 거예요."

스윈 역시 상황을 잘 알기에 간략하게 설명했다.

그러자 루운의 시선은 당연히 들어가야 하는 물속을 바라봤는데 겉으로 보기만 해도 뜨거워 보였다!

아니, 짙게 올라오는 수증기들이 아니라도, 이미 문제를 풀고 있는 많은 유저들로 인해 충분히 알 수 있는 상황!

"내, 내가 들어갈게! 빨리 풀자!"

"네, 최선을 다할게요!"

절대 들어가고 싶지 않았지만 루운에게는 선택의 여지가 존재하지 않았다.

자신이 피하자고 여자인 스윈에게 시킬 수도 없기에.

결국 루운은 이를 악문 채 물속으로 들어갔고, 스윈은 루운이 입수하자 눈앞에 나타난 문제들을 풀기 시작했다.

'커어억! 진짜 뜨겁다!'

루운의 이마에서 땀이 뻘뻘 흘렀다.

어린 시절, 어른들의 시원하다는 말에 속아 들어갔다가 놀라 뛰쳐나오는 아이처럼, 루운도 빠져나가고 싶었다.

그러나 포기하면 이벤트는 종료될 테고 자신과 이벤트를 위해 열심히 문제를 푸는 스윈의 모습을 보니 차마 그럴 수 없었다.

"루우우우우운!!"

"루우운! 이자시이이이이악!"

"켁! 스윈! 다 풀어가?"

그때 저 멀리서 아리스와 진상진의 목소리가 들렸고, 루운은 다급히 스윈을 향해 물었다.

그러자 스윈은 난감한 얼굴로 대답했다.

"그게… 문제가 100개나 돼요!"

'사랑의 이벤트가 아닌 고통의 이벤트냐!'

문제의 개수에 루운은 어이없음을 느꼈지만 이제는 눈앞에 나타난 둘을 보니 일단 살아야 되겠다는 생각만이 머릿속을 지배했다.

그런데 루운에게 뜻밖의 희소식이 있었으니……

"에? 왜 공격이 안 돼?"

"이런! 달리기 코스 외에서는 공격을 할 수 없다니!"

루운을 발견하고 분노의 일격을 날리려던 진상진과 아리스는 공격을 할 수 없다는 알림음과 함께 이를 갈았다.

결국 이곳에서 복수는 체념을 한 둘은 마지막 레이스에서 갚아줄 계획과 함께 얼른 문제를 풀기 시작했다.

"쳐봐요? 쳐보시죠! 푸헤헤!"

"아악! 죽여 버리겠어!"

"죽여보시라고요! 못 죽이면 말을 하지 마세요! 우헤헤!"

전투가 안 된다는 사실을 알게 된 루운의 깐죽 작렬!

미래를 위해서라도 곱게 화해하기 위해 노력해야 되지만 루운 역시 뒤끝은 화려했다!

둘의 심정은 이해된다. 하지만 서로 도와줘도 모자랄 판에 그렇게 나오다니!

나중에는 피해 다니면 그만이었고, 이곳에서도 자신들이 계속 선두로 가다 보면 부딪칠 일은 없을 것이다.

"오빠! 다 풀었어요!"

"그래? 으랏차!"

스윈이 밝은 표정으로 외치며 달리기 시작하자 루운 역시 물속에서 뛰쳐나오며 그 뒤를 따랐다.

그러면서 약 올리는 것은 잊지 않았다.

"100문제밖에 없잖아요? 빨리 풀고 나오세요. 저희는 먼저… 혹혹! 갈 테니!"

"네, 네놈! 크윽!"

뜨거워서가 아닌 혈압으로 쓰러질 것 같은 진상진이었다.

우걱! 우걱!

루운은 미친 듯한 속도로 눈앞에 놓인 초콜릿을 먹어 치우기 시작했다.

속이 니글거렸으며 구토가 치밀었지만 꾸욱 눌러 참았다.

'도대체 누가 이리 무식한 관문들을 만든 거야!'

속으로 불만이 터져 나왔다. 그것은 루운뿐 아니라 다른 유저들도 마찬가지였다.

그들 중에서는 먹다가 너무 지쳐 휴식을 취하는 이들도 있었다.

사랑의 초콜릿 먹기. 취지는 좋다! 커플 이벤트였으니!

한데, 문제는 많아도 너무 많았다.

"오빠… 히, 힘내요!"

곁에 있는 스윈도 괴롭기는 마찬가지였다.

평소 초콜릿을 좋아하기는 했지만 지금은 한계에 도달해 있었다.

루운에게 힘을 보태기 위해 말을 하는 입에서 침과 초콜릿이 섞여 나와도 상관하지 않을 정도!

이때까지 루운 앞에서는 언제나 이미지를 신경 썼는데!

"루우우우우운!"

"죽여어어어어 버리겠어!"

"또, 또 왔다!"

어느덧 바닥을 드러내고 있었지만 정말 한 입만 더 먹으면 무엇인가가 나올 것 같은 느낌을 받자 잠시 쉬려던 루운은 둘의 목소리가 들리자 멈추지 못하며 손을 움직였다.

슈우욱! 덥석! 우물우물!

손과 이빨에 돌진이라도 사용한 듯 보이지 않을 정도의 스피드!

지금 필요한 것이 무엇인지 루운은 너무나 잘 알고 있었고, 빠르게 크고 넓은 접시 위에 놓인 초콜릿을 모두 비우자 이제 먹기 시작한 둘에게 혀를 길게 내밀어주는 센스를 발휘한 다음, 스윈의 손을 잡고 3단계를 벗어났다.

"후우… 아직도 속이 니글거려."

"네… 초콜릿을 먹다가 눈물이 난 적은 처음이에요."

"이제 마지막이니 힘내자. 다음 단계 올라가야지!"

"네! 헤헤!"

마지막이자 4단계는 처음의 재판이었으며, 초콜릿의 악몽에서 벗어난 루운과 스윈은 속도를 올려 달리기 시작했다.

콰아아앙! 퍼어억! 쩌어어어억!

"이봐! 비켜! 내가 싸우고 싶은 것은 다른 놈이니!"

"네 공격에 나도 당했거든?"

4차전의 양상은 혼돈 그 자체였다.

이전부터 사이가 좋지 않던 유저들이 만나서 싸우기도 했으며, 달리다가 부딪치는 등 대회에서 기분이 나빠져 다투는 유저들도 있으며, 그들의 싸움에 원치 않게 휘말렸는데 울컥해서 전투를 벌이는 유저들도 있었다.

루운과 스윈은 최대한 그들을 피해서 움직이면서도 속도를 늦추지 않았다.

빨리 가야 되기도 했지만 그보다 더 큰 걱정은 언제 다 먹고 쫓아올지 알 수 없는 아리스와 진상진 때문!

"우리에게 도움을 주는구나."

"그러게요."

싸운다고 멈춰 선 유저들을 보며 루운과 스윈은 방긋 미소를 지었다.

비록 출발은 늦었지만 자신들보다 속도가 느리거나 혹은 각 단계들에서 빨리 돌파하지 못하는 이들, 그리고 대결을 하는 이들로 인해 10%에 들 확률이 높아졌다.

하지만 그 순간이었다.

"피해!"

루운은 다급히 스윈을 끌어안고 몸을 날렸다. 등 뒤에서 느껴진 서늘한 기운 때문!

'뭐, 뭐지?'

퍼어어어억!

루운은 이마를 찌푸리며 자신이 조금 전 위치해 있던 곳을 쳐다봤다.

그곳의 지면은 누군가의 공격으로 인해 움푹 패어 있었다.

'벌써 따라왔다는 말인가?'

떠오르는 인물이 있다면 아리스와 진상진이었는데 그럴 일이 없었다.

둘이 초콜릿을 자신들보다 더욱 빠른 속도로 먹었다고 해도, 스피드는 자신이 빨랐다.

그렇기에 1차에서도 그 둘이 따라잡지 못한 것이 아닌가?

그러면 또 다른 적이 나타났다는 말인데… 이렇게 이유도 없이 공격한다면……?

"호오, 정말 네놈이었군."

그때 머리 위에서 들리는 귀에 익은 목소리.

루운은 굳어진 표정으로 천천히 고개를 들었다.

그러자 볼 수 있었다. 커다란 바위 위에 서 있는 라튼과 레니아를…….

『뉴 월드』 7권에 계속…

세상을 보는 또 하나의창 · **inthebook.net**
유행이 아닌 자유추구 · **chungeoram.net**
Book Publishing CHUNGEORAM

화산검종

華山劍宗

한성수 新무협 판타지 소설

문피아 최단기간 골든 베스트 1위!!
선호작 1위!! 평균 조회수 3만의
『화산검종』!!!

『무당괴협전』, 『태극검해』, 『만검조종』……
연이은 대작들의 감동을 넘어설 또 하나의 도전!!

한성수 작가가 야심차게 준비한
구대문파 시리즈의 출사표!!

그날 나는 죽었고 모든 것은 변하기 시작했다!

오 년 전의 싸움으로 내공이 전폐되고 목숨보다 소중했던
자하신공과 자하구벽검을 잃었다.
저주처럼 심장에 틀어박힌 구마련주의 마정을 품은 채
화산에 드리운 그늘을 벗기 위해 산을 내려온 운검.

하지만 그것은 끝이 아니라 또 다른 시작이었다!!

CHARM MASTER

참마스터

눈매 퓨전 판타지 소설

부적(Charm)이란

**만드는 자의 정성, 만드는 자의 능력, 받는 자의 믿음,
이 세 가지가 충족되어야 최고의 힘을 발휘한다.**

이계에서 넘어온 영환도사의 후손 진월랑!
아르젠 제국의 일등 개국 공신 가문이었던 이계인 가문, 진가가 하루아침에 몰락했다.
그것도 가장 믿었던 사람으로 인해.

홀로 살아남은 어린 월랑은 하루하루 생존 게임이 벌어지는
살인자들의 섬으로 보내지는데……

**독과 부적의 힘을 손에 넣은 진월랑!
그가 피바람을 몰고 육지로 돌아온다.**

유행이 아닌 자유추구 -
WWW.chungeoram.com
Book Publishing CHUNGEORAM

Book Publishing CHUNGEORAM

청운하 新무협 판타지 소설

백팔번뇌

百八煩惱

세상은 날 버렸다.
나 또한 세상을 버렸다.

神이 선택한 그들이 흘린 쓰레기를…
난 그저 주위 먹었을 뿐이다.
그러므로 난 여전히 배가 고프다.

일류(一流)가 되기 위해서라면…
난 기꺼이 신마저 집어삼킬 것이다.

유행이 아닌 자유추구 ─
WWW.chungeoram.com

Book Publishing CHUNGEORAM

백팔살인공을 한 몸에 지닌 그를
훗날 천하는 그렇게 불렀다.

大武神
대무신

임영기 新무협 판타지 소설

무간백구호(無間百九號). 태무악(太武岳).
신풍혈수(神風血手). 대살성(大殺星).

고독한 소년이 세 살 때의 기억을 좇아
천하를 상대로 싸우면서 열아홉 살 때까지 얻은 이름들.
그리고 백팔살인공(百八殺人功).

大武神

백팔살인공을 한 몸에 지닌 그를 훗날 천하는 그렇게 불렀다.

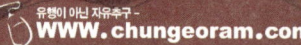